KB149587

한국 고전문학
그리고 정치

한국 **고전문학** 그리고 **정치**

초판 1쇄 펴낸날 | 2021년 10월 15일

지은이 | 김명준
펴낸이 | 류수노
펴낸곳 | (사)한국방송통신대학교출판문화원
　　　　03088 서울특별시 종로구 이화장길 54
　　　　전화 1644-1232
　　　　팩스 02-741-4570
　　　　홈페이지 press.knou.ac.kr
　　　　출판등록 1982년 6월 7일 제1-491호

출판위원장 | 이기재
책임편집 | 이두희
교정 | 김경민
본문 디자인 | (주)동국문화
표지 디자인 | 최원혁

© 김명준, 2021

ISBN 978-89-20-04146-4 93810
값 18,000원

한국 고전문학 그리고 정치

김명준 지음

에피스테메
EPISTEME

이 책은 고전문학을 정치적 측면에서 고찰한 시론이다. 문학 연구자에게 문학과 정치의 관계를 무관, 소원, 대립, 근접 중에서 고르라고 한다면, 대체로 앞에 놓인 것들을 선택할 것이다. 저자 또한 문학을 전공으로 삼을 때부터 이미 정치와 무관한 삶을 지향했고, 요행히 지금까지도 현실 정치가 닿지 않은 곳에서 살고 있으니 다수의 선택과 다르지 않다.

그런데 고전문학을 공부하다 보니 적지 않은 고전이 다분히 정치적이었다. 작가가 분명한 작품 중에는 치자治者·관료官僚에 의한 것이 많았고, 그러한 작품에는 정치적 이념과 이상, 권력에 대한 선망과 반어, 정치적 세계상 등이 전면 혹은 부분적으로 반영되어 있었다.

이처럼 중세 이전의 문학 현상에서 정치적 주류가 생산, 유통, 수용 담당층으로서 관여한 경우, 문학과 정치는 무관하기는커녕 매우 밀접하게 관련되어 있었다. 정치적 지향을 솔직히 담고 있는 작품은 물론이고 강호자연江湖自然의 삶을 동경하거나 세속적 욕망을 소거하려는 의지를 담은 작품이라 할지라도 정치적 관심을 전제하고 있기 때문에 이 또한 정치적이라 할 수 있다.

이런 까닭에 문학과 정치의 관계를 두고 저자의 선택지는 점점 정치적으로 근접하게 되었고, 이 책은 그 경로에 놓여 있다. 돌이켜 보면 매번 고전문학 강의에서 역사주의 연구방법론에 따른 정치적 맥락을 강조해 왔고, 작품에 대한 해석을 정치사에 기대어 보려는 시도도 수차례 있었다. 그리고 강사 시절 〈문학과 정치〉라는 강의를 했던 경험도 빼놓을 수 없다. 이와 같은 지속적인 관심과 경험 역시 이 책에 담겨 있다. 그러나 무엇보다도 김성언 선생님, 조규익 선생님, 신영명 선생님 그리고 은사 김흥규 선생님의 저작이 있었기에 이 책이 나올 수 있었다.

이 책이 출간되기까지 많은 분들의 도움을 받았다. 네 분의 선생님들을 비롯해 저자의 뜻을 이해하여 출판을 독려해 준 한국방송통신대학교출판문화원 이두희 선생님 그리고 난삽한 원고를 잘 정리하고 다듬어 준 김경민 선생님과 책 디자인 등 편집에 참여한 관계자 여러분께 감사의 마음을 전한다.

2021년 한가위

김명준

차례

머리말   5

제 1 장

한국 고전문학과 정치

1. 정치적 문학

중세 이전 한국문학사에서 정치적 성격을 띤 작품은 적지 않게 존재하였다. '정치적'의 의미가 사람마다 그리고 시대, 공간, 상황에 따라 다를 수 있으나 '공동체의 보전과 그 속에서 삶의 가치를 찾기 위한 물리적·정신적 활동 일체'라고 한다면 이를 담고 있는 작품은 넓게 분포하기 때문이다. 어느 시기이든 문학은 생산, 유통, 수용의 과정에서 문화적 물류로서 자리하였고, 특히 중세까지의 문학은 담당층이 정치적 주류인 점을 고려한다면 정치적일 수밖에 없을 것이다.

김성언은 유가의 전통적 문학관에서 보여 준 정치적 효용, 정치적 목표 실현을 위한 도구적 기능, 정치 행위자의 도덕적 모델 등을 제시함으로써 문학과 정치의 관계를 언급한 바 있다.[1] 이렇게 굵직한 차원의 논의가 아니라도 공적 담론을 담은 작품은 물론이고 세계와 거리를 두고 자아의 정서에 몰입하거나 허구적 세계상 등을 그린 작품도 정치적인 문학 행위의 결과라 할 수 있을 것이다. 이것은 모두 공동체적 삶에서 비롯된 것이며 자아가 그 세계를 어떻게 바라보고 행동할 것인지에 대한 정치적 사유이기 때문이다.

자신이 속한 공동체의 안녕과 발전, 그 안에서의 가치 실현에 대해서는 이견이 없으나 이를 구현하는 방편은 공동체의 구성원만큼 다양할 수 있다. 사회적 위치, 종교와 사상, 이념, 관습, 대내외적 환경에 따라 공동체에 대한 진단과 처방, 유지와 보수, 회고와 전망 등이 달리 나타나기 때문이다. 문학 현상도 예외가 아니어서 통치 권력을 획득한 사람, 권력을 획득하려는 사람, 권력 밖으로 밀려난 사람, 통치의 대상인 사람에 따라 문학적 세계상이 다르게 그려질 수밖에 없다. 위치에 따라 이상적인 세계 질서를 문학적 상으로 구현하여 전파하는 방식이 다양한 만큼 혼란과 질서의 세계상은 선동과 반동, 충돌과 조정을 거치면서 정치적 문학은 전개해 왔다고 할 수 있다.

이처럼 중세 이전 문학은 문화의 유통 체계, 담당층, 이념, 구현 방식 등에서 정치적 자장 안에 다양한 세계를 만들어 가면서 전개해 왔다.

2. 정치적 문학의 양상

1) 집권층의 통치 이념 구현

海東 六龍이 ᄂᆞᄅ샤 일마다 天福이시니 古聖이 同符ᄒᆞ시니(1장)

불휘 기픈 남ᄀᆞᆫ ᄇᆞᄅᆞ매 아니 뮐씨 곶 됴코 여름 하ᄂᆞ니

ᄉᆡ미 기픈 므른 ᄀᆞᄆᆞ래 아니 그츨씨 내히 이러 바ᄅᆞ래 가ᄂᆞ니(2장)

千世 우희 미리 定ᄒᆞ샨 漢水 北에 累仁開國ᄒᆞ샤 卜年이 ᄀᆞᆺ업스시니

聖神이 니ᅀᅳ샤도 敬天勤民ᄒᆞ샤ᅀᅡ 더욱 구드시리이다

님금하 아ᄅᆞ쇼셔 洛水예 山行 가이셔 하나빌 미드니잇가(125장)

《용비어천가龍飛御天歌》[2]

列聖開熙運 여러 성군들께서 빛나는 국운을 여시니,

炳蔚文治昌 찬란한 문치가 대를 이어 창성하도다.

願言頌盛美 언제나 우리는 성대한 아름다움을 칭송하려,

維以矢歌章 노래에 올려 베풀어 부르나이다. 보태평保太平 희문熙文

於皇聖穆 아! 위대하신 목조穆祖께서,

浮海徙慶 바다 건너 경흥慶興으로 옮기셨도다.

歸附日衆 좇는 사람들 날로 많아,

基我永命 우리의 영원한 천명에 터를 닦으셨도다. 기명基命

〈종묘제례악장宗廟祭禮樂章〉[3]

고려와 조선의 궁중 의례는 오례五禮인 길례, 가례, 군례, 빈례, 흉례에 사용될 음악과 노랫말(악장)이 필요했기 때문에 국가 주도로 음악 및 악장 제작이 이루어졌다. 이렇게 제작된 궁중 의례 가무악은 국가 제례와 궁중 연례(연향)에 사용되었다.

조선 세종 때 쓰인 《용비어천가》(1445)는 애초 종묘제례에 사용할 목적이었으나 이를 연향에도 사용하기로 하여 새로운 악곡인 〈여민락〉, 〈치화평〉, 〈취풍형〉에 올려 불리게 되었다. 그리고 세종 때 수양대군이 주도하여 제작한 〈보태평〉 11곡과 〈정대업〉 15곡은 원래 연향용 춤곡이었으나 세조 10년(1464) 〈보태평〉 11곡, 〈정대업〉 11곡으로 개편하여 〈종묘제례악장〉으로 형질을 변경하였다. 이 두 작품이 제례용에서 연향용으로, 연향용에서 제례용으로 각각 역할을 달리하거나 공유할 수 있었던 것은 둘 사이의 음악적, 의미상 거리가 가까웠기 때문이라 할 수 있다. 이 외에도 수입 음악인 당악과 아악을 밀어내고 전통 국가 음악인 속악을 더 가까이 두려는 의도도 배제할 수 없을 것이다.

《용비어천가》는 한국 악장 가운데 널리 알려진 작품이다. 연구 초기부터 많은 관심을 받아 왔고 그만큼 연구 결과가 축적되기도 하였다. 이 작품은 내용상 제1~2장은 서사, 제3~109장은 본사, 제110~125장은 결사로 볼 수 있으며, 109장까지는 세종 이전 6대조에 대한 칭송을, 110장 이후부터는 앞으로의 군주에 대한 경계를 보여 준다. 선왕에 대한 예찬과 후왕에 대한 경계가 이 작품에 공존하기 때문에 주제 논의가 왕권 강화(어용적 성격) 내지 왕권에 대한 견제(신권 강조) 사이에서 진행되었다. 어느 쪽이든 통치 권력을 쟁취한 세력들이 각자 혹은 함께 소망하는 바를 담았다고 할 수 있다.

　세조 때 개편된 〈종묘제례악장〉은 〈영신〉, 〈전폐〉, 〈진찬〉 각 1편, 〈보태평〉 초헌 11편, 〈정대업〉 아·종헌 11편, 〈철변두〉, 〈송신〉 각 1편 등으로 구성되어 있다. 본론에 해당하는 〈보태평〉과 〈정대업〉은 선왕 6대조의 문덕과 무덕을 추앙하고 있어 《용비어천가》 제109장까지의 주제를 공유하고 있으나, 제110장 이하의 후왕에 대한 권계가 없는 점은 차이라 할 수 있다. 이는 제례용 악장으로서 선대의 업적에 집중하려는 의도 때문으로 보인다. 따라서 주제는 조선 건국의 창업을 선양하고 일선에 나섰던 조선 건국의 아버지들에 대한 예찬과 그 업적에 대한 장구한 기억으로 볼 수 있다.

　이 두 작품에 건국 주체들의 행적을 노래하고 있지만 대체로 작품 제작 집단의 정치 이념이 투영되어 나타난다고 할 수 있다. 도덕적 영웅,[4] 합리적 군주 등으로 요약되는 것처럼 제작 집단의 정치 이상을 작품에 투영했다고 할 수 있다. 이렇듯 국가 제례와 연향에 사용된 작품들은 주기적, 공식적으로 반복되는 행사를 통해 공동체의 안정과 유지의 중요성을 강조하고 통치 행위자의 자긍심과 권력 행사의 당위성을 보여 준다.

2) 집권층의 분열과 왕권의 재확인

魔王이 말 재야 부텻긔 나아드니 현날인들 迷惑 어느 플리

부텻 智力으로 魔王이 업더니 二月 八日에 正覺 일우시니(74장)

〔마왕이 말이 너무 가벼워 부처께 나아가 대드니, 몇 날인들 미혹한 마음을 어떻게 풀 것인가.

부처의 슬기의 힘으로 마왕이 (드디어) 엎드러지니 (이때가 바로) 이월 초여드렛날, (이날에) 정각을 이루시니.〕

千百億 變化 ㅣ샤 正道 ㅣ 노프신들 아래브터 ㅁ슦애 아ᅀᆞᄫᅩᄃᆡ

제 道理 붓스리다가 一千 梵志 더블오 이날애ᅀᅡ 머리 좃ᄉᆞᄫᅵ니(109장)

〔(세존은) 몇천 몇백 억의 변화이시어 (세존의) 올바른 신통한 도가 높으신 줄을 전부터 마음에 알(고 있기는하)되.

(가섭이) 제 도리가 (못 미침을) 부끄러워하다가 천 명이나 되는 범지를 데리고 이날에야 (세존께) 머리를 조아리니.〕

調達이 慰勞를 目連이 니거늘 地獄애 잇부미 업다ᄒᆞ니

調達의 安否를 世尊이 물여시늘 三禪天에 즐거봄 ᄀᆞ다ᄒᆞ니(131장)

〔조달이 위로할 목적으로 목련이 가거늘 (조달이) 지옥살이에 피로함이 없다 하니.

조달이 안부를 세존이 묻게 하시거늘 (조달은) 삼선천에 즐거움 같다 하니.〕

滿虛空 金剛神이 各各 金剛杵ㅣ어니 모딘들 아니 저ᄊᆞᄫᅵ리

滿虛空 世尊이 各各 放光이어시니 모딘돌 아니 깃스ᄫ리(190장)

〔허공에 가득한 금강신이 각각 금강저를 가졌으니 (독룡이 아무리) 모진

들 두려워하지 않으리?

허공에 가득한 세존이 각각 빛을 내시니 (독룡이 아무리) 모진들 기뻐하

지 않으리?〕

龍王이 두리ᄉᆞᄫᅡ 七寶 平床座 노숩고 부텨하 救ᄒᆞ쇼셔 ᄒᆞ니

國王이 恭敬ᄒᆞᄉᆞᄫᅡ 白氎 眞珠網 펴ᄉᆞᆸ고 부텨하 드르쇼셔 ᄒᆞ니(191장)

〔용왕이 (세존을) 두려워하여 칠보로 꾸민 평상을 놓고 부처님이시여 구

하소서 하니.

국왕이 (세존을) 공경하여 백첩과 진주의 그물을 펴고 부처님이시여 들어

오소서 하니.〕

《월인천강지곡月印千江之曲》[5]

《월인천강지곡》은 세종 때 찬성된 불교 서사시이다. 세종은 집권
후반기에 이르면 내불당 건립, 각종 법회 개최 그리고 불경 간행 등
호불好佛의 태도를 취한다. 이에 대해 불교에 호의적이지 않은 관료들
과의 갈등도 빈번했던 것으로 보인다. 특히 소헌왕후 사후에 불거진
《불경》 제작 사건은 그 갈등이 정점에 이른다. 새로운 지배 이념인 유
가와 오래된 기층 이념인 불교, 사대부 집단 세력과 궁중 왕실 세력
간에 대결로 심화된 것이다. 이후《불경》 제작은 세종의 뜻대로 이루
어졌고《월인천강지곡》의 편찬으로 이어졌다.

《월인천강지곡》의 찬성에 세종의 참여와 역할에 대해 다양한 논의가 있으나 대체로 세종의 적극적인 참여와 후원이 있었다는 점에 의견을 모으고 있다. 제작 이유에 대해서는 왕실 내부의 소헌왕후 추모라는 점에 주목하고 있으나 정치적인 의도도 배제할 수 없을 것이다. 추모 사업에 비용과 시간을 대거 투입한 것은 상식 밖의 일이며, 설령 추모 사업이라 할지라도 추모의 방식이 당시 통치 이념과 거리를 둔 것이라면 내막을 의심해 볼 수 있기 때문이다. 세종 당시까지 누적된 개국공신〔권신權臣〕과의 긴장 관계 속에서 이들에 대한 경계와 왕권 누수에 대한 우려를 유가적 통치 이념의 논리가 아니라 고려까지 통치 이념으로 작동한 불교를 통해 왕권 수호에 활용한 것으로 볼 수 있다. 《용비어천가》의 주인공은 왕 이전 범인凡人의 모습으로부터 출발하여 일국의 군주가 되었지만, 《월인천강지곡》의 주인공은 태자로부터 출발하여 초월적, 전능한 존재로 성장하여 고통받는 인민뿐만 아니라 현상계와 초월계의 중생까지 구제하는 것에서 이를 알 수 있다.

《월인천강지곡》은 찬성 이후에도 얼마 동안 실록에 등장하지 않다가 세조 14년(1468)에 처음 보인다.[6] 세조가 집권 10년 차에 기존의 아악 제례악을 폐기하고 속악 무곡인 〈보태평〉과 〈정대업〉을 종묘제례악으로 편입하였고, 이후 4년 뒤에 《월인천강지곡》을 궁중 연향에 올린 것은 신권에 대한 왕권 강화를 보여 주는 것이 아닐까 한다. 따라서 군왕이 관여하여 제작된 작품은 신료를 의식하여 공동체의 주인으로서의 위치를 재확인하고 강력한 통치자의 권위를 높이려는 의식을 보여 준다고 할 수 있다.

3) 집권층을 향한 건의

君은 아비여	군君은 아비요
臣은 두슨실 어시여	신臣은 사랑하시는 어미요,
民은 어릴흔 아히고	민民은 어리석은 아이라고
호실디 民이 두술 알고다	하실진대 민民이 사랑을 알리라.
구릿 하늘 살이기 바라물씨	대중大衆을 살리기에 익숙해져 있기에
이를 치악 다스릴러라	이를 먹여 다스릴러라.
이 짜훌 브리곡 어드리 가눌뎌	이 땅을 버리고 어디로 가겠는가
홀디 나락 디니기 알고다	할진대 나라 보전保全할 것을 알리라.
아야 君다 臣다히 民다	아아, 군君답게 신臣답게 민民답게
호눌돈 나락 太平호눔짜	한다면 나라가 태평太平을 지속持續하느
	니라. 〈안민가安民歌〉[7]

《삼국유사》에 따르면, 〈안민가〉는 신라 경덕왕 24년(765)에 충담사
忠談師가 지은 향가이다. 충담사가 경덕왕의 명을 받은 노래이나 내용
을 보면 국정 운영 전반에 관한 건의建議 시라 할 수 있다. 경덕왕 때는
진골 세력의 부상과 왕권의 약화가 진행되던 시기로, 왕권에 대한 도
전은 경덕왕 19년 기록에서 유추할 수 있다. 경덕왕 19년 어느 날 하
늘에 두 해의 괴변이 발생한 것이다. 해가 군주를 상징한다면 이런 현
상은 분명 왕권에 위협이라 할 수 있다. 이에 경덕왕은 월명사月明師로
하여금 〈도솔가〉를 지어 부르게 함으로써 위기를 벗어나려 했다고 전
한다. 그러나 5년 뒤 이번에는 궁궐의 뜰에 오악 삼산의 신들이 나타

남으로써 위해 요소가 완전히 제거되지 않았음을 보여 준다. 그러자 경덕왕은 월명사에게 그랬던 것처럼 충담사에게 노래로서 위기를 극복하려 했던 것이다. 이 두 가지 이야기는 모두 경덕왕 대의 불안한 정치 상황과 이것을 해결하기 위해 미륵 사상에 가까운 불승들의 향가에 기대고 있음을 말해 준다고 할 수 있다. 다만 월명사의 〈도솔가〉가 낙관적, 이상적 세계관을 통해 현실 문제를 덮으려 했다면, 〈안민가〉는 구체적 수습 방안으로 현실의 위기를 극복하려 했다고 볼 수 있다.

충담사의 정치적 위치에 대해 신영명은 관련 기록과 역사적 상황을 통해 왕당파에 가까운 중도좌파로 보고 있다. 그는 중도좌파를 전제 왕권을 긍정하면서 온건한 정치 개혁을 추진하려는 집단으로 이해하고 있다.[8] 작품에서 인민의 이탈 문제를 해결하기 위해 민생 최우선 정책 실행을 요구하고 직분에 따른 질서 유지를 주창한 것을 볼 때, 충담사는 정치 개혁을 추진하는 인물이다. 충담사는 민생 문제 해결을 위해서는 집권층 전체가 참여해야 가능하기 때문에 군주와 신료 모두 갈등과 견제 대신 화합과 조화가 전제되어야 한다고 한 것이다. 그리고 부여된 직분을 지키고 직분에 따라 의무를 수행하는 것이 조화로운 질서를 구현하는 일이라고 노래하였다. 골품제 국가에서 하위 품제에 있거나 품제 밖 인민은 직분에 충실할 여력조차 없는 상황이기에 군주와 신료들에게 '임금다운 임금, 신하다운 신하'를 강조했다고 할 수 있다.

이렇듯 충담사가 집권층 전체에 대해 선언적이며 당위적 건의를 할 수 있었던 것은 그가 집권층과 거리를 두었기 때문이다. 결국 민생 안정과 직분 수호를 담은 건의는 역린 행위에 대한 경고, 왕권 안정 그리고 국정 쇄신 등을 담았다고 할 수 있다. 따라서 군왕 및 국가를 수용자로 설정한 작품은 공적 자아가 군왕 중심으로 정국 운영의 방향과 해법을 제시한다고 하겠다.

4) 집권층의 선전 선동

사ᄅᆞᆷ 사ᄅᆞᆷ마다 이 말ᄉᆞᆷ 드러ᄉᆞ라
이 말ᄉᆞᆷ 아니면 사ᄅᆞᆷ이오 사ᄅᆞᆷ 아니니
이 말ᄉᆞᆷ 잇디 말오 ᄇᆡ호고야 마로링이다(1연)

아버님 랄 나ᄒᆞ시고 어마님 랄 기ᄅᆞ시니
父母옷 아니시면 내 몸이 업실랏다
이 덕을 갑ᄑᆞ려 하니 하ᄂᆞᆯ ᄀᆞ이 업스샷다(2연)

둉과 항것과ᄅᆞᆯ 뉘라셔 삼기신고
벌와 가여미아 이 ᄠᅳᄃᆞᆯ 몬져 아이
ᄒᆞᆫ ᄆᆞᄋᆞ매 두 ᄠᅳᆮ 업시 소기지나 마옵생이다(3연)

지아비 받 갈라 간 ᄃᆡ 밥 고리 이고 가
반상을 들오ᄃᆡ 눈섭의 마초이다
진실로 고마오시니 손이시나 다ᄅᆞ실가(4연)

兄님 자신 져줄 내 조처 머굴이다

어와 우리 ᄋ아 어마님 너 사랑이야

兄弟오 不和ᄒ면 기 도치라 ᄒ리라(5연)

늘그니ᄂ 父母 갓고 얼우ᄂ 兄 ᄀ튼니

가튼 ᄃᆡ 不恭ᄒ면 어듸가 다롤고

랄로셔 ᄆ지어시ᄃᆞ 절ᄒ고야 마로링이다(6연) 〈오륜가五倫歌〉⁹

주세붕周世鵬(1495~1554)의 〈오륜가〉는 성리학이 통치 이념으로 자
리 잡아 가던 시기에 인민 교화를 위해 창작한 작품이다. 이 작품을
기점으로 다양한 오륜가류(훈민가류)는 파생하면서 전개해 갔다. 성리
학적 이념을 직접적인 주제로 삼은 정철, 김상용, 박인로 등의 오륜·
훈민 작품들과 이념을 전제로 인민 노동과 납세의 당위성을 담은 농
가월령가류 등이 그것이다. 그리고 각종 《열녀전》과 《삼강행실도》 출
간, 효자·효부·충신의 지리지 등재 및 선양 등도 이들과 동반하였다.
오륜(훈민)가별로 강조하는 바가 다르지만, 전체적으로 이들 작품
은 상하 분별分別을 전제하여 아래에 놓인 자의 의무적, 당위적 실천을
강조한다. 정치적, 사회적으로 상하를 분명히 하여 재하자在下者는 재
상자在上者에게 무조건적 오륜의 도리(정절, 효, 충 등)를 실천하도록 강
제하고 있다. 가족 내에서 부부간, 부자간, 형제간 상하 질서를, 지역
사회의 장유와 국가의 군신으로 확산함으로써 질서 유지의 명분과 통
치의 효율성을 도모하였다. 〈안민가〉에서 보인 직분이 오륜가류에서

는 더욱 공고화된 셈이다. 다만 이러한 공작이 여성, 자식, 청년, 인민 등의 권리를 억압한 결과를 빚어낸 점은 유감이다.

　주세붕의 〈오륜가〉는 자애로운 아비, 효성스러운 자식, 형제간의 우애, 부부와 장유 사이의 구별과 차례를 2~6연에서 보여 준다.[10] 통치 이념은 국가적 차원에서 머무를 것이 아니라 실제 지역 공동체에서 구현되어야 하기에 〈오륜가〉는 지역 사회에 선전 가요로서 기능한 것이라 할 수 있나.[11] 집권층이 설계한 통치 이념을 긍정하고 이를 완성하기 위해서 지역 사회에 안착되어야만 하였다. 지역마다 시골의 아낙네와 아이들이 성리학의 의식화가 이루어진다면 결국 국가 전체가 성리학의 성채가 될 것을 기대했던 것이다. 따라서 하위 공동체를 수용자로 설정한 작품은 통치 이념을 공동체 전체에 전파하여 안정적 통치를 위한 선전 가요라 할 수 있다.

5) 집권층의 대외적 교류

원슌문元淳文 인노시仁老詩 공노ㅅ특公老四六
니졍언李正言 딘한림陳翰林 솽운주필雙韻走筆
튱긔디칰沖基對策 광균경의光鈞經義 량경시부良鏡詩賦
위 시댱試場ㅅ 경景 긔 엇더ᄒ니잇고
(葉) 금흑ㅅ琴學士의 옥슌문싱玉笋門生 금흑ㅅ琴學士의 옥슌문싱玉笋門生
門生
위 날조차 몃부니잇고(1장)
〔유원순의 문장, 이인로의 시, 이공로의 사륙변려문

이규보 진한림의 쌍운주필

유충기의 대책, 민광균의 경의, 김양경의 시부

아, 시험장의 모습 그것이 어떠합니까?

(엽) 금의의 죽순같이 늘어선 문하생

아, 나를 따라 몇 분입니까?]

당한셔唐漢書 장로즈莊老子 힌류문집韓柳文集

니두집李杜集 난티집蘭臺集 빅락뎐집白樂天集

모시샹셔毛詩尙書 쥬역츈츄周易春秋 주티례긔周戴禮記

위 주註조쳐 내외옷 경景 긔 엇더ᄒ니잇고

(葉) 태평광긔大平廣記 ᄉ빅여권四百餘卷 대평광긔大平廣記 ᄉ빅여권
四百餘卷

위 력남歷覽ㅅ 경景 긔 엇더ᄒ니잇고(2장)

〔당서와 한서, 장자와 노자, 한유와 유종원의 문집

이백과 두보의 시집, 난대령사들의 시문집, 백거이의 시문집

시경과 서경, 주역과 춘추, 대대례와 소대례를

아, 주와 아울러 내내 외운 모습이 어떠합니까?

(엽) 태평광기 사백여권 태평광기 사백여권

아, 두루두루 읽는 모습 그것이 어떠합니까?]

당당당唐唐唐 당츄즈唐楸子 조협皂莢남기

홍紅실로 홍紅글위 미요이다

혀고시라 밀오시라 뎡쇼년鄭少年하

위 내가논딕 눔 갈셰라

(葉) 쟉옥셤셤削玉纖纖 쌍슈雙手ㅅ길헤 쟉옥셤셤削玉纖纖 쌍슈雙手
ㅅ길헤

위 휴슈동유携手同遊ㅅ 경景 긔 엇더ᄒ니잇고(8장)

〔당당당 호두나무 쥐엄나무에

붉은 실로 붉은 그네를 맵니다

당기고 있으라 밀고 있으라 정소년아

아, 내가 가는 곳에 남이 갈까 두렵구나

(엽) 옥을 깎은 듯 고운 두 손길에 옥을 깎은 듯 고운 두 손길에

아, 손을 잡고 같이 노는 모습 그것이 어떠합니까?〕[12]

예나 지금이나 국가의 사안 가운데 국제 정치는 중요한 부분을 차
지한다. 고려나 조선 역시 외교 문제를 중요하게 여겼고 그 과정에서
관련 제도와 의례를 정비하였다. 중세까지 한반도의 외교 정책은 중
국 중심의 사대와 그 외 국가의 교린으로 요약할 수 있다. 이는 현실
적으로 국가 간 역학 관계를 고려한 것으로서 사대국의 외교 사절을
사신으로, 교린국은 객인으로 규정함으로써 차등적인 외교 활동을 전
개하였다. 사대의 대상인 중국 사신과 교린의 대상인 일본, 여진, 유
구의 객인에 대해서 의례 절차와 연향에 차이를 두었다. 특히 중국 사
신에 대한 접대는 각별하였다. 다섯 차례에 걸쳐 군주, 고급 신료가
주최하는 잔치를 가졌으며 그만큼의 연행 종목도 마련해야만 했다.[13]

〈한림별곡〉은 고려 고종 때 한림학사들의 의해 제작된 경기체가이다. 이 노래는 고려 궁중 연향에서 불리다가 조선에 계승되었는데, 이유는 노래의 성격이 집권층의 세계관과 부합했기 때문이다. 지적 허영, 호사奢侈스러운 물품, 화려한 놀이, 관료로서의 자긍 의식 등 사회적 주류로서 꿈꿀 수 있는 세상을 압축과 집중, 정서적 충만과 합리적 각성 등으로 펼쳐 놓은 것에서 이를 짐작할 수 있다.

〈한림별곡〉은 국내 궁중 잔치뿐만 아니라 사신연에서도 불렸다. 세종 7년(1425)과 15년(1433)에 전별연에서 이 노래는 연행되었으며, 일부 중국 사신들은 이 작품을 등사하여 가져가기도 하였다.[14] 이 노래가 중국 관료에게까지 애호될 수 있었던 것은 한자어가 주요 시어로 사용되었고 노래 내용이 관료로서 공감할 만한 것이기 때문이라 할 수 있다. 제2장의 서책은 한중 외교 관료에게 익숙한 것들이며, 제1장과 제8장은 경합과 긴장의 상황이 아니라 어울림의 놀이로 읽힐 수 있어 접대용 연향 종목으로 수용되었던 것이다. 외교는 국가 간 신뢰를 바탕으로 갈등을 해소하고 협력 관계를 유지하는 것을 목적으로 하기에 외교 관료 간 공감대를 형성하는 것이 무엇보다 중요하다. 이런 면에서 〈한림별곡〉은 의외의 효과를 냈다.

〈한림별곡〉의 외교적 효용은 이후 〈가성덕〉, 〈축성수〉와 같은 대외용 악장을 제작하기에 이르렀다. 이처럼 국외 수용자를 의식하여 정비되거나 제작된 작품은 정서적 공감대를 바탕으로 원만한 외교 관계를 유지함으로써 궁극적으로 체제 안정을 도모하였다.

3. 한국 고전문학에서 정치적 문학의 세계상

정치적 문학의 양상을 개괄적 차원에서 살펴보았다. 이보다 더 많은 양상과 작품이 존재하겠으나 지금까지의 이해를 전제하고 창작, 수용, 의례, 목적 등을 중심으로 작품군을 분류하면 다음과 같다.

① 국가 의례에 사용되었거나 사용될 목적으로 창작된 작품
  - 의례는 제례, 의식, 연향 등을 포함한다.
  - 악장 다수가 이에 해당한다.

② 관료 및 인민을 수용자로 설정하여 국가 운영에 관해 군왕이 창작하거나 창작에 관여한 작품
  - 공식적·비공식적 활동을 전제로 창작된 것을 포함한다.
  - 고려 예종, 조선 세종, 조선 정조, 효명세자 등의 작품이 이에 해당한다.

③ 군왕 및 국가를 수용자로 설정하여 공적 자아로서 입장을 밝힌 작품
  - 창작자와 수용자 사이의 관계는 공적 차원에서 설정된다.
  - 신라시대 향가 일부, 고려시대 일부 한시(악부시), 조선시대 연군, 우국가류 일부, 기타 한시(악부시), 문헌 설화, 몽유록,

심성 의인 소설, 영웅 소설 등이 이에 해당한다.

④ 공동체를 수용자로 설정하여 공동체의 유지 보전 및 공적 담론을 위해 창작한 작품
　- 공동체에는 가족, 사회를 포함한다.
　- 교화를 목적으로 하는 〈훈민가〉, 〈오륜가〉 등이 이에 해당한다.

⑤ 한국과 관계를 맺은 주변국을 수용자로 설정하여 외교 관계 정립 및 방향에 대해 창작한 작품
　- 중국이 주요 대상이나 동아시아 국가가 포함된다.
　- 경기체가 중 일부, 빈례賓禮 악장 일부가 이에 해당한다.

어떤 작품이 공적 차원의 담론으로 인정될 때, 그 작품은 위 범주 중 하나에 담을 수 있다. 물론 이와 같은 범주는 배타적이거나 경쟁적이지 않기 때문에 관점에 따라 소속은 달리할 수 있을 것이다.

한편 그간 정치적 영역에서 깊이 살펴보지 않았던 강호시가, 판소리와 우화소설, 민속극, 내간 수필 등도 넓게 보면 공적 자아로서 정치적 문학 행위를 전개했을 수도 있다.

1 김성언, 《문학과 정치》(동아출판사, 2004), 11~29면.

2 정인지 외, 《용비어천가》.

3 봉좌문고본 《악장가사》 속악가사.

4 Peter H. Lee, *Celebration of Continuity: Themes in Classic East Asian Poetry*, Havard University Press, 1979, pp. 11~25; 김홍규, 〈선초 악장의 천명론적 상상력과 정치의식〉, 《시가사와 예술사의 관련 양상》(보고사, 2000), 133면.

5 《월인천강지곡》 상.

6 《세조실록》 권46 14년 5월 12일(신미). "임금이 사정전에 나아가 종친·재신· 제장과 담론하며 각각 술을 올리게 하고, 또 영순군 이부에게 명하여 여덟 기생에게 언문 가사를 주어 부르도록 하니, 곧 세종이 지은 〈월인천강지곡〉이었다."

7 《삼국유사》 권2 기이. 김완진 해독.

8 신영명, 《월명과 충담의 향가》(넷북스, 2012), 152~160면.

9 주세붕, 《무릉속집》 권1.

10 주세붕, 〈고풍기부로돈유소민문〉.

11 1970~80년대 정부 주도로 제작한 애국 강요 노래, 공동체 우선 노래, 건전 가요 등도 〈오륜가〉의 전통에 놓여 있다고 할 것이다.

12 한림제유, 봉좌문고본 《악장가사》 가사 상.

13 《經國大典》 卷3 禮典 侍使客. "朝廷使臣則 遣遠接使于義州 宣慰使于五處 迎送宴慰 到京設下馬宴 翌日宴 及還設餞宴 (凡接待考儀軌行之)."

14 《세종실록》 권27 7년 3월 3일.

제 2 장

신라 선덕여왕과 〈풍요〉

1. 〈풍요〉를 이해하는 출발점

신라 전기 선덕여왕(?~647) 시대 노래인 〈풍요風謠〉에 대해서는 노동요,[1] 불교가요[2] 등으로 보는 견해가 있다. 형성 당시 영묘사靈廟寺의 장육상丈六像을 조성할 때 불린 노래라는 점에서 이와 같은 논의가 진행된 것이다. 그리고 노래의 형성 과정에서 승려 양지良志의 관여 정도에 대한 차이가 있으나 〈풍요〉가 양지사석조에서 양지의 조불造佛과 가깝게 기록된 점, 양지의 작품과 〈풍요〉를 함께 수용했을 가능성,[3] 일연의 서술 태도―서술 대상의 행적과 긴밀하다고 판단되는 것들을 묶어 서술함―등을 고려할 때, 〈풍요〉와 양지는 어느 정도 관계가 있다고 할 수 있다.

한편 〈풍요〉의 배경에 선덕여왕 4년(635) 때 창건된 영묘사와 그 절의 장육상 조성이 있고, 이를 조성한 양지의 활동 시기가 선덕여왕 때인 점에⁴ 관심을 둔다면 '선덕여왕과 양지, 선덕여왕과 〈풍요〉'의 관련성을 이해의 출발점으로 삼을 수 있다. 다시 말해 선덕여왕 재위 16년간 대규모 불사는 재위 3년(634)의 분황사芬皇寺와 14년(645)의 황룡사皇龍寺 탑 등인데, 이 가운데 재위 4년에 완성한 영묘사도 같은 수준의 사업이었던 것이다.⁵ 그리고 영묘사는 선덕여왕과 그 이후에도 신라 왕실의 적지 않은 관심을 받았기 때문에 영묘사의 장육상 조성시의 〈풍요〉도 선덕여왕 시대의 상황을 일정 정도 반영하였을 것이라 여겨지기 때문이다.

2. 선덕여왕 대의 위기와 한계

제27대 덕만德曼의 시호는 선덕여대왕으로 성은 김씨이며 아버지는 진평왕眞平王이다. 정관貞觀 6년 임진壬辰에 즉위하여 나라 다스리기 16년 동안에 미리 안 일이 세 가지 있었다. 첫째는 당 태종이 홍색·자색·백색의 세 가지 색으로 그린 모란꽃 그림과 그 씨 석 되를 보내왔다. 왕이 그림의 꽃을 보고 말하기를 "이 꽃은 향기가 없을 것이다." 하며 이에 씨를 정원에 심도록 명하였다. 꽃이 피었다가 떨어질 때까지 과연 〔왕의〕 말과 같았다. 둘째는 영묘사 옥문지玉門池에 겨울임에도 많은 개구리가 모여 3~4일 동안이나 울었다. 나라 사람들이 그것을 괴이하게 여겨 왕에게 물은즉, 왕은 급히 각간角干 알천閼川·필탄弼呑 등에게 명하여 정병 2천 명을 뽑아 "속히 서쪽 교외로 나가 여근곡女根谷을 수색하면 필히 적병이 있을 것이니 엄습하여 그들을 죽이라." 하였다. 두 각간이 명을 받들어 각각 군사 1천 명씩을 거느리고 서쪽 교외에 가서 물으니 부산富山 아래에 과연 여근곡이 있었다. 백제의 군사 5백 명이 그곳에 와서 숨어 있으므로 이들을 모두 죽여 버렸다. 백제의 장군 울소亏召란 자가 남산 고개 바위 위에 숨어 있으므로 이를 포위하여 활로 쏘아 죽이고, 이후 〔백제〕 병사 1천 2백 명이 오자 역시 쳐서 모두 죽여 한 사람도 남기지 않았다. (…)

당시에 여러 신하가 왕에게 어떻게 꽃과 개구리 두 가지 일이 그렇게 될 줄을 알았는가 물었다. 왕이 대답하기를 "꽃을 그렸는데 나비가 없으니 향기가 없는 것을 알 수 있었고, 이는 바로 당제唐帝가 나의 짝이 없음을 희롱한 것이다. 개구리가 노한 형상은 병사의 형상이며 옥문은 여자의 음부를 말한다. 여자는 음이고 그 빛이 백색이며, 백색은 서쪽을 뜻하므로 군사가 서쪽에 있는 것을 알았다. 남근은 여자의 음부에 들어가면 반드시 죽는다. 그러므로 그들을 쉽게 잡을 수 있었음을 알았다." 하였다. 이에 군신들이 왕의 성스럽고 슬기로움에 모두 감복하였다. (…)[6]

선덕여왕의 지혜와 예지를 보여 주는 일연의 기록이다. 첫 번째 예화는 당시 중국과 신라의 통치자 사이의 기 싸움이라 할 만한 사건으로 당 태종의 저의〔희롱〕와 이를 알아차린 선덕여왕의 기지로 이해할 수 있다. 하지만 이것을 단순 미담으로만 읽을 수는 없다. 당시 동아시아 질서 속에서 당과 신라는 우열의 역학관계에 놓여 있던 데다가 미혼인 여왕의 등극은 양국 간 불균형을 더욱 심화할 수 있음을 당 태종이 우회적으로 표현했다고도 볼 수 있기 때문이다.

두 번째는 재위 5년(636) 5월에 신라에 침입하려고 매복한 백제군을 여왕이 예지를 발휘하여 물리친 이야기이다. 백제의 침입은 재위 2년(633) 8월에도 있었는데,[7] 3년 뒤의 재침입을 잘 막아 냈음을 보여 준다.

하지만 재위 7년(638) 10월 고구려의 칠중성 침공,[8] 재위 11년(642) 7월 백제와의 전투에서 40성 함락,[9] 같은 해 8월 고구려 · 백제 연합군의 당항성 공략 모의,[10] 얼마 뒤 대야성 함락[11] 등 여왕은 한반도 전투에서 늘 패배했으며 그나마 막아 낸 것이 여근곡 전투였다. 상황이 이러함에도 일연은 여근곡 전투만을 부각하여 미화했던 것이다. 이는 기지삼사의 첫 번째 여성 군주로서의 부족분을, 두 번째 이야기의 여성성을 통해("남근은 여자의 음부에 들어가면 반드시 죽는다.") 보완하고자 한 의도가 아닌가 생각한다. 그럼에도 불구하고 이 두 가지 예화는 당시 동아시아의 국방 · 외교적 측면에서 선덕의 국가 경영 능력의 한계를 드러냈다고 할 수 있다.

가을 9월에 당나라에 사신을 보내서 말하기를, "고구려와 백제가 우리나라를 침범하기를 여러 차례에 걸쳐서 수십 개의 성을 공격하였습니다. 두 나라가 군대를 연합하여 기필코 그것을 빼앗고자 장차 이번 9월에 크게 군사를 일으키려고 합니다. [그러면] 저희 나라의 사직은 반드시 보전될 수 없을 것이므로 삼가 신하인 저를 보내서 대국大國에 명을 받들어 올리게 되었습니다. 바라건대 약간의 군사를 내어 구원해 주십시오."라고 하였다.

황제가 사신에게 말하기를, "나는 그대 나라가 두 나라로부터 침략받는 것을 매우 애달프게 여겨서 자주 사신을 보내 너희들 세 나라가 친하게 지내도록 하였다. 〔그러나〕 고구려와 백제는 돌아서자마자 생각을 뒤집어 너희 땅을 집어삼켜서 나누어 가지려고 한다. 그대 나라는 어떤 기묘한 꾀로써 망하는 것을 면하려고 하는가?"라고 하였다.

사신이 대답하기를, "우리 왕은 일의 형편이 궁하고 계책이 다하여 오직 대국에 위급함을 알려서 온전하기를 바랄 뿐입니다."라고 하였다.

〔이에〕 황제가 말하기를, (…) 백제국은 바다의 험난함을 믿고 병기兵器를 수리하지 않고 남녀가 어지럽게 섞여서 서로 즐기며 연회만 베푸는데, 내가 수십 수백 척의 배에 군사를 싣고 소리 없이 바다를 건너서 곧바로 그 땅을 습격하려고 한다. 그런데 그대 나라는 여자를 임금으로 삼고 있으므로 이웃 나라의 업신여김을 받게 되고, 임금의 도리를 잃어서 도둑을 불러들이게 되어 해마다 편안할 때가 없다. 내가 왕족 중의 한 사람을 보내 그대 나라의 왕으로 삼되, 자신이 혼자서는 왕 노릇을 할 수 없으니 마땅히 군사를 보내서 호위하게 하고, 그대 나라가 안정되기를 기다려서 그대들 스스로 지키는 일을 맡기려고 한다. 이것이 세 번째 계책이다. 그대는 잘 생각해 보라. 장차 어느 것을 따르겠는가?"라고 하였다.[12]

신라가 고구려·백제와의 전투에서 거듭 패하고 여왕 재위 11년에 중요 군사 요충지인 대야성과 그곳에서 무장武將들까지 잃은 상황에서, 파병 요청을 위해 파견한 사신과 당 태종과의 대화이다. 대화가 외교적 협상이라기보다는 당의 일방적 제시라고 볼 수 있을 정도로 당시 신라의 미약한 국력을 짐작게 한다. 당 태종은 세 가지 계책을 제시하는데, 그 두 가지는 거란·말갈과 함께 고구려·백제를 쳐서 그들의 시선을 돌리는 것과 수천의 당군唐軍 깃발과 당군 복색의 우병偶兵으로 신라에 위장 진열함으로써 이 두 나라의 침입을 막는다는 것이다. 세 번째 계책은 신라의 위기 상황이 여왕의 통치에 기인함을 지적하여 신라가 안정될 때까지 당 태종의 왕족과 군대를 보내 통치케 하겠다는 것이다.

선덕여왕이 당에 사신을 파견하여 얻고자 한 것은 당군 파병을 통한 '신라의 온전함', 즉 체제 안정이었으나 오히려 파병이 점령군이 될 수 있고, 사직 또한 위태로워질 지경에 다다른 것이다. 여기서 선덕여왕의 외교 실패는 신라의 국력 때문만은 아니라 당대 관념이 작용한 '여성' 군주로서의 한계가 먼저 작용했다고 볼 수 있다. 이러한 한계는 정국을 더욱 위태롭게 하면서 재위 16년(647)에 비담毗曇과 염종廉宗이 반란을 일으킴으로써 위기 상황은 극에 달한다. 반란의 구호가 "여자 임금은 나라를 잘 다스릴 수 없다.〔女主不能善理〕"였던[13] 것에서 '여왕'이 가졌던 대내적 한계를 엿볼 수 있다. 이들의 반란은 곧 진압되었지만 여왕은 얼마 있지 않아 죽음을 맞이하였다.

논하여 말한다. 신이 듣기에 옛날에 여와씨女媧氏가 있었는데 이는 바로 천자가 아니라 복희伏羲를 도와 9주를 다스렸을 뿐이다. 여치呂雉와 무조武曌 같은 이에 이르러서는 어리고 나약한 임금을 만나서 조정에 임하여 천자처럼 정치를 행하였으나 역사서에서는 공공연하게 왕이라 일컫지 않고 단지 고황후高皇后 여씨呂氏나 측천황후則天皇后 무씨武氏라고 썼다. 하늘의 이치로 말하면 양은 굳세고 음은 부드러우며, 사람으로 말하면 남자는 존귀하고 여자는 비천한데, 어찌 늙은 할멈이 안방에서 나와 나라의 정사를 처리할 수 있겠는가? 신라는 여자를 세워서 왕위에 있게 하였으니 진실로 어지러운 세상의 일이다. 나라가 망하지 않은 것이 다행이라 하겠다. 《서경》에서 "암탉이 새벽을 알린다."라고 하였고, 《역경》에서 "파리한 돼지가 껑충껑충 뛰려 한다."라고 하였으니, 그것은 경계할 일이 아니겠는가![14]

《삼국사기》의 논평이다. 선덕여왕을 평가하는 자리에서 여왕의 치세에 대한 언급보다는 '여성으로서 군왕이 된 것'에 대한 의문과 폐해를 역사적 인물과 전적을 통해 드러내고 있다. 그러면서 재위 기간 동안 "나라가 망하지 않은 것이 다행이다."라는 평을 내리고 있다.

이처럼 선덕여왕은 '여성' 군주가 갖는 한계와 위협을 당대의 당, 한반도, 국내에서 각각 겁박, 군사적 행동, 반란 등의 형태로 받았으며 후대의 사관 또한 여왕 편에 있지 않았다. 당 태종의 꽃씨 선물과 대리 통치 요구는 군사적 위협 이상의 공포로, 고구려·백제의 침공은 물리적·현실적 손망으로, 비담·염종의 반란은 '여왕' 통치의 한계와 무능력함으로 이해될 수 있는 것이다. 이런 선덕여왕 대를 사관이 '어지러운 세상'에 '암탉이 새벽을 알리고' '파리한 돼지 뛰는 꼴'이라 했으니 여왕의 번민과 고통은 생전과 사후에도 크게 다르지 않다고 하겠다.

신라는 진흥왕, 진지왕, 진평왕을 이어 오는 동안 삼국의 영토 전쟁과 대당對唐, 대일對日과의 외교적 긴장감 고조로 정국은 더욱 경색되어 갔으며, 선덕여왕에 이르러 누적된 위기 상황과 '여성' 군주이기 때문에 추가된 대내외적 위협과 저항 앞에서 그녀의 고민은 더욱 깊었을 것이다. 따라서 선덕여왕은 당대 긴장된 동아시아 정세 속에서 위기의 유산과 여성 군주로서의 한계를 동시에 가졌던 군주라 할 수 있다.

3. 위기 극복을 위한 여왕의 모색

선덕여왕 당대에는 대내외적 위기 상황에 놓여 있었다. 이런 처지에서 선덕여왕은 위기를 탈출하기 위해 다양한 방안을 강구했을 것으로 보이는데, 그 가운데 하나가 '불교치국책'이라 할 수 있다. 현재의 위기가 선대로부터 물려받은 것이기는 하지만 이를 극복하기 위한 '불교치유적' 방책 또한 유산으로 받았기 때문이다.

신라는 법흥왕 14년(527) 불교 공인 이후 진흥왕과 진평왕 대를 거쳐 불교 이념을 통해 왕실의 권위를 강화하고자 하였다. 이들 초전불교初傳佛教 시대에 불교의 교설 가운데 업설業說의 전륜성왕轉輪聖王 사상과 미륵사상彌勒思想을 선별적으로 수용한 것도 이와 같은 맥락에서 이해할 수 있다. 업설은 기존 천강성왕天降聖王의 무교적 세계관을 부정함으로써 박·석에서 김으로 바뀐 이계異系 왕권의 한계를 극복할 수 있었으며, 전륜성왕사상과 미륵사상은 새로운 성왕 출현과 미륵 치세의 꿈을 합리화할 수 있는 정치 이념으로 이용할 수 있기 때문이다.

진흥왕 5년(544)에 완공된 흥륜사興輪寺가 전륜성왕의 사상을 담고 그곳에 미륵불을 봉안한 것은 미륵사상을 정치이념으로 표현한 것이라 할 수 있다.[15] 그리고 이 시기 신라 군주의 왕명이 불교식인 것은 신라의 왕이 곧 부처라는 왕즉불사상과 함께 왕실이 석가모니의 종족이라는 진종설眞種說을 유포함으로써 신라왕은 자신을 이상적인 정복 군주 전륜성왕으로, 자신의 통치 공간을 불국토로 확립하려 한 것이다.[16] 특히 부왕인 진평왕〔김금륜金金輪〕이 지명智明과 원광圓光 등 많은 학승 배출함으로써[17] 불교치국의 튼실한 기반을 닦아 놓은 것과 제석 천帝釋天으로부터 옥대玉帶를 받았다는 이야기도[18] 이와 무관하지 않을 것이다.

선덕여왕 대에 들어와 여왕이 불교에 기대 흔적은 어렵지 않게 찾을 수 있다. 재위 3년(634)에 분황사芬皇寺 완공, 4년 영묘사 완성, 14년 (645) 황룡사탑 조성과 재위 5년(636) 3월 황룡사에서 백고좌百高座를 열어 치유를 기원한 것은[19] 대표적인 불사라 할 수 있다. 분황사가 비록 전 왕대에서 시작한 공사일지라도 사찰명이 '아름다운 여왕(선덕)을 위한 사찰'이라는 점을[20] 상기한다면 이 사찰은 정권 초기부터 선덕에게 적지 않은 힘을 실어 주었다고 할 수 있다. 그리고 자장慈藏의 건의에 따라 조성한 황룡사구층목탑이 국가 방위를 위해 건립되었다는 점에서[21] 보면 불교를 통한 호국護國 의지가 반영된 것이라 할 수 있다. 또한 황룡사의 백고좌회에서 《인왕경仁王經》의 법강을 통해 군주의 건

강과 국가의 안녕을 기원했다는 것에서도 개인적, 국가적 안녕을 위해 종교를 활용했음을 알 수 있다.[22]

한편 불교의 정치 이념화와 흥불興佛을 위해서는 국가의 승려 장려 제도와 함께 승려의 적극적 참여가 필수적이라 할 수 있다.[23] 선덕여왕 때도 예외는 아니어서 자장이 당에 들어가 불법을 탐구하고 귀국 후 불교적 행보를 보인 것이 대표적인 예이다.[24] 이런 승려의 활동은 당대 선진국이던 당의 선진문물 제도를 수입하여 당면 과제를 해결하기 위한 방편 가운데 하나였으며 그런 사업에 뛰어든 승려 역시 정치적 임무, 즉 왕실 강화에 경주하지 않을 수 없었다.[25] 이렇게 선덕여왕 대 불교를 국가적으로 차원을 끌어 올려 왕권 강화에 힘을 보탠 자장이 있었다는 점도 여왕이 불교에 기댈 수 있었던 방증이다.

그리고 여왕은 불교의 수용과 활용에서도 극대화를 꾀했다. 국내 불사와 불교 행사를 통해 초전불교시대의 유풍인 밀교적 측면을 활용하는 한편 대당 승려 파견을 통해 새로운 불교사상을 수입하고 확산하여 정국 운영하는 데 활용하기도 하였다. 이런 측면에서 신라 불교사에서 초전불교의 토착화와 신불교사상의 전개가 선덕여왕 대에 시작되었다고 보아도 무리가 아니다.[26] 이는 여왕이 현실의 위기를 절박하게 인식하고 극복의 절실함이 작용했기 때문이라 할 수 있다.

셋째는 왕이 아무런 병도 없는데 여러 신하에게 말하기를 "짐은 모년 모월일에 죽을 것인즉, 나를 도리천忉利天에 장사를 지내도록 하여라." 하였다. 군신들이 그곳의 위치를 몰라 "어느 곳입니까?" 하니 왕이 말하기를

"낭산狼山 남쪽이다." 하였다. 모 월일에 이르러 과연 왕이 승하하시므로 신하들이 낭산의 양지바른 곳에 장사 지냈다. 그 후 10여 년이 지난 뒤 문호대왕文虎大王이 사천왕사四天王寺를 왕의 무덤 아래에 창건하였다. 불경에 이르기를 사천왕천의 위에 도리천이 있다고 하였으므로, 그제야 대왕의 신령하고 성스러움을 알 수 있었다.[27]

선덕여왕은 사후에도 불교에 의지하려 했던 것으로 보인다. 예문은 지기삼사의 세 번째 예화로 선덕여왕과 불교의 관계를 단적으로 보여 준다. 불교 세계관의 주요 개념인 도리천, 도리천을 수호하는 사천왕 등에서 이를 알 수 있다. 앞서 살핀 대로 선덕여왕은 초전불교시대를 마감하고 대승 교학을 열었지만, 사후에는 '도리천'에서 새로운 국가를 꿈꾼 것은 아닌지 모를 일이다.

4. 위기를 극복하기 위해 등장한 〈풍요〉

지금까지 선덕여왕이 전승 누적된 국가적 위기를 인식하고 여성 군주이기 때문에 가중된 한계를 극복하기 위해 선대의 유산이자 자산인 불교를 적극적으로 활용하고자 했음을 살폈다. 이러한 이해를 바탕으로 영묘사의 장육존상 조성자 양지와 조성 시에 불린 〈풍요〉에 대해 살펴본다.

1) 양지와의 만남

석釋 양지의 조상과 고향은 자세히 알 수 없다. 다만 선덕왕 때 자취를 나타냈을 뿐이다.

석장 끝에 포대 하나를 걸어 놓으면 석장錫杖은 저절로 날아가 단월檀越의 집에 이르러 흔들면서 소리를 냈다. 〔그〕 집에서 이를 알고 재에 쓸 비용을 〔여기에〕 넣었고, 포대가 차면 날아서 되돌아온다. 이 때문에 그가 머무는 곳을 석장사錫杖寺라고 하였다. 그의 신이함을 헤아리기 어려움이 모두 이와 같은 것들이다.

한편으로는 여러 가지 기예에도 통달하여 신묘함이 비할 데가 없었다. 또한 〔그는〕 필찰筆札에도 능하여 영묘사의 장육삼존상과 천왕상天王像과 전탑의 기와, 천왕사天王寺 탑 밑의 팔부신장八部神將, 법림사法林寺의 주불삼존과 좌우 금강신金剛神 등은 모두 〔그가〕 만든 것들이다. 영묘, 법림 두 절의 현판도 썼으며, 또 일찍이 벽돌을 다듬어 작은 탑 하나를 만들고 아울러 3천 불상을 만들어 그 탑에 모시어 절 안에 두고 공경하였다.[28]

예문은 양지의 출신 및 활동 시기, 승려로서의 행적 그리고 그의 불교예술품 등에 대해 말하고 있다.

신라 왕실은 불교 공인 이후 호국–불교를 위해 경내 대사찰이나 거대한 불상 조성에 적지 않은 후원을 하였다. 그리고 사찰 건립은 물론이고 불상 제작에는 당시 대표적인 조불사造佛師를 참여시키기도 하였다.[29] 영묘사가 칠처가람七處伽藍 중 하나이고 성전成典을 설치했던 곳이기에 왕실과 선덕여왕의 후원이 대단했을 것으로 보이고, 그곳의 장육존상 제작에 양지가 참여한 점에서 그가 당대에 이름난 조불사였을 것으로 짐작할 수 있다. 당시의 조불사는 조각가(예술가)임과 동시에 불사佛師이기에 불상을 조성하는 데 종교적 신앙심과 영험적 능력이 뒷받침되었을 것으로 보인다.[30] 이런 점에서 양지는 종교성과 예술성을 동시에 갖춘 인물이라 할 수 있다.

양지의 신분은 비천한 평민 계층이라는 미술사학계의 견해,[31] 비천하지 않으며 덕이 높은 장승匠僧이라는 견해[32] 그리고 서역인이라는 주장[33] 등이 있다. 양지의 신분 논쟁은 그 나름대로 의미는 있지만 관점의 층위를 달리하는 것이기 때문에 어느 한쪽이 옳고 그르다는 식으로 이해해서는 안 될 것이다. 출신 성분, 불법의 수련 정도, 예술가적 역량 등은 서로 층위를 달리하기 때문이다. 따라서 신라시대 대부분의 승려가 평민 출신이라는 점과[34] '양지의 조상을 알 수 없다.'〔未詳祖考鄕邑〕는 기록을 감안한다면, 그의 가계가 기록에 남길 정도가 아니므로 "전통적인 도기 제작자 평민 가계家系 출신으로 승려가 된 후 명필가, 조각가, 공예가로 활약한 불교미술의 대장인大匠人, 즉 대가大家"로 이해하는 것이 옳은 듯하다.[35]

승려로서 양지의 모습을 보여 주는 대표적인 예화는 '석장 부리기〔사석使錫〕'라 할 수 있다. 승려의 사석담使錫譚은 《삼국유사》에서 어렵지 않게 찾아볼 수 있는데, 보천이 불법을 정진하는데 석장이 경종警鐘이 되었다든가[36] 밀본이 선덕여왕의 병을 치유했다는[37] 이야기가 그것이다. 양지가 석장을 부려 재齋에 쓸 비용을 마련했다는 이야기에서 이들과 비슷한 맥락을 찾을 수 있다. 이와 같이 양지 사석의 신이함은 민중에게 시주의 저항감을 없애고 자발적인 예불에 참여하도록 유도하면서, 무교巫敎의 영향권에 남아 있던 그들에게 불교로의 자연스러운 전향을 이끄는 데 어느 정도 작용했다고 할 수 있다. 이런 측면에서 양지를 밀교승密敎僧으로 보아도 무방할 듯하다. 그의 작품인 천왕상, 팔부신장, 금강신 등이 밀교와 관련되었다는 견해에서도 이를 확인할 수 있다.[38]

한편 양지의 미술 작품에 대해서는 그 표현 형식과 양식·기법 면에서 서역西域 내지 당풍唐風, 즉 외래적 요소가 지배적이라는 점에서 공통된 견해를 보이고 있다.[39] 그렇다면 양지가 어떻게 외래적 기법을 수용했을까가 의문이다. 양지가 서역, 당에서 직접 그 기술을 전수했을 가능성과 외국 유학을 했던 인물을 통해 간접적으로 수용했을 가능성 등을 들 수 있다.[40] 이 가운데 후자가 현실적으로 가능성이 높지 않을까 생각한다. 양지가 서역 내지 당에 유학했다는 어떤 정보를 얻을 수 없고, 신분 또한 평민층에 기반했다면 국비 유학을 떠날 정도는 아니었을 것이다.

이렇게 간접적 수용과 학습을 전제하면, 전달자는 어렵지 않게 추정할 수 있겠다. 양지가 활동했던 시기에 불교 최고 지도자들, 즉 원광과 자장과 같은 유학승들을 떠올릴 수 있기 때문이다. 이들이 공부를 마치고 귀국할 때 《불경》과 함께 불상을 들여왔고, 이것들이 신라의 조불사들에게 훌륭한 교본이 되었을 것으로 보인다.[41] 따라서 양지는 당 유학승들에 의해 수입된 예술 기법을 수용하여 불상을 훌륭히 구현했다고 볼 수 있다. 또한 도입된 불상이 새로운 관념을 담은 것이라는 점을 생각한다면 기존의 밀교사상 이외에도 새로운 불교사상을 수용하는 유연함도 갖추었다고 할 수 있다.

선덕왕善德王이 절을 창건하여 소상을 만든 인연에 관하여는 모두 《양지법사전良志法師傳》에 자세히 실려 있다. 경덕왕景德王 23년에 장육존상을 개금改金하였는데 〔비용으로〕 조租가 2만 3천7백 섬이었다. (《양지전良志傳》에는 불상을 처음 만들 때의 비용이라고 하였다. 지금 두 설을 그대로 써둔다.)[42]

그가 영묘사의 장육상을 만들 때는 스스로 입정入定하여 정수正受의 태도로 대하는 것을 법식으로 삼으니 이 때문에 성안의 남녀가 다투어 진흙을 날랐다. 〔그때 부른〕 〈풍요〉는 다음과 같다. (…) 장육상을 처음 조성할 때 든 비용은 곡식 2만 3천7백 섬이었다. (혹은 다시 도금할 때의 비용이라고도 한다.)

평하건대 스님은 재주가 온전하고 덕이 충족했으나, 대가로서 하찮은 재주에 숨었던 자라고 하겠다.[43]

(현재 전하지는 않지만) 《양지법사전良志法師傳》을 근거로 선덕여왕이 영묘사를 창건하고 그곳에 장육상을 조성할 때 양지가 관여했음과 조성 비용 혹은 개수 비용을 구체적으로 보여 주는 기록이다. 2만 3천 7백 섬이 초기 비용인지 개수 비용인지에 대해 설이 분분하지만 앞의 글은 장육상이 경덕왕 때까지 보존되었고 역사적으로 충분한 보존 가

치를 지닌 점을 강조하고 있고, 뒤의 글은 장육상이 조불사의 정성[입정
入定, 정수正受], 경성사녀傾城士女의 적극적 노동 기부 그리고 적지 않은
국가 예산의 투입이 이루어 낸, 당대 동원 가능한 유무형 자원이 극대
화된 결과물이라는 점을 드러내고 있다. 그리고 뒤의 글은 장육상 조
성 사업에 양지를 부각하고 있으며, 앞의 글은 그런 양지 뒤에 선덕여
왕이 긴밀히 밀착되어 있음을 말해 준다. 따라서 위 두 기록은 여왕과
양지가 장육상을 매개로 매우 가까운 거리에 서 있음을 보여 준다고
할 수 있다.[44]

2) 양지의 사색思索이 투사된 〈풍요〉

앞서 언급한 바 있듯이 〈풍요〉의 제작과 양지와의 관련성에 대해서
는 부정적인 견해도 없지 않으나, 이 둘의 관계를 수용 불교예술사적
관점과 기록상의 근접성 등에서 볼 때 친연성이 있다고 할 수 있다.[45]
다시 말해 '양지가 장육상을 조성할 때 입정入定, 정수正受하는 자세에
감화를 느낀 성안의 남녀가[傾城士女] 다투어 진흙을 나르면서[爭運
泥土] 부른 노래가 〈풍요〉'라는 기록에 주목한다면 불상 제작을 중심
으로 조불사 양지의 자세에 감복한 대중(경성사녀)의 자발적 참여와
이의 표상으로써 노래가 함께한다는 것이다.

來如來如來如　來如哀反多羅　哀反多矣徒良　功德修叱如良來如[46]

《삼국유사》 원전의[47] 분절 그대로 옮겨 놓은 〈풍요〉이다. 분절에 대

해서 정렬모(6분절),[48] 지헌영·류렬(2분절)[49] 등을 제외하고는 대부분 연구자들은 원전의 분절을 좇아 4분절 형태로 해독과 현대어역을 하고 있다.[50]

해독 쟁점은 1행 '如來'의 독법·서법·시제·끊어 읽기의 문제, 2행 '哀反多羅'에서 '多羅'의 음차 혹은 훈독에 따른 끊어 읽기의 문제, 3행 '哀反多矣徒良'에서 '矣徒良'의 의미성 유무에 따른 끊어 읽기의 문제, 4행 '切德修叱如良來如'에서 '如良'의 문법적 기능 여부 등이 제기되어 왔다.[51]

이 가운데 중요하게 거론된 것을 중심으로 살펴보면 다음과 같다. 1행의 '如來'에 대해서 감탄, 명령, 평서 등의 견해가 있지만 '如'가 이두에서 '-다'로 해독되는 점을 볼 때,[52] 명령형으로 보기보다는 감탄 혹은 감탄적 평서로 읽을 수 있겠다. 2행의 '多羅'에 대해 최근의 연구가 '多'를 훈으로, '羅'를 문법적 표지로 읽고 있음을 볼 때, '많아라 혹은 많구나'로 이해할 수 있다. 3행의 '矣徒良'에 대해서는 음차하여 '모두'로 해독한 경우나[53] 이두 표현인 '우리들[我等]'로 본 경우[54] 모두 복수로 보고 있어 의미상의 거리는 없다고 할 수 있다. 그리고 4행의 '如良'의 '良'을 명령형 종결어미로 보는 견해가 있으나,[55] '良'이 종결 위치에 놓여 있지 않기 때문에 연결형 어미 '-라/-러-'로 보는 것이 옳을 듯하다. 이상의 해독 논의를 정리하고 저자의 생각을 조금 보탠 결과 공교롭게도 김완진의 해독이 가장 근접함을 확인할 수 있다.

【전사轉寫】	【현대어역現代語譯】
오다 오다 오다.	온다 온다 온다.
오다 셜번 해라.	온다 서러운 이 많아라.
셜번 하늬 물아.	서러운 衆生의 무리여.
功德 닷て라 오다.	功德 닦으러 온다.[56]

1행은 단순한 시어의 반복으로 되어 있어 의미 파악이 순조로울 것 같으나 실상은 그렇지 않다. '오다'가 시어로 사용될 때 단순한 공간 이동만이 아니라 의식의 전환과 같은 정신상의 움직임을 포함하고[57] 더불어 귀착, 종결 등이 연동되어 의미상 분기分岐를 이루기 때문이다. 화자 또한 특정特定할 수 없어, ㉠ 이곳에 있는 화자가 멀리서 오는 대상을 바라보며 그들의 행위를 노래하거나 ㉡ 귀착지로 가는 과정에서 있는 화자 자신을 노래하거나 ㉢ 아니면 3인칭 화자가 이들의 모습을 묘사했다고 볼 수 있다. 다만 화자를 다양하게 읽을 수 있을지라도 노래의 대상이 오고자 하는 곳—올 수밖에 없는 정해진 곳—을 향하고 있음은 분명하다. 가창자는 과거로부터 현재로 오고 있으며 그 길은 정해져 있다. 그러한 길이 과거 자신의 행위에 따른 것임을 인식할 때, 운명으로 작용할 것이다. 곧 현재는 과거 업業의 결과요, 미래는 현재 업이 결정한다는 업보業報이자 윤회輪廻인 것이다.

2행에서는 '서러움[哀]'과 '많음[多]'이 시의 의미망을 형성한다. 업 설業說에 따르면 업이 괴로움[苦]을 낳은 것은 혹惑(번뇌)에 의한 것이라 한다.[58] 따라서 서러움이 괴로움을 안을 때 그 서러움만큼 괴로움의 깊이[多]도 생기는 것이며 이 모두가 업인 셈이다. 여기에 '오다'는 무한한 고통과 번민, 서러움이 많은 이들이 현재 이곳에 이르고 있음을 보여 주는 탄식이다. 따라서 1·2행은 가창자 일체가 고업苦業에 따라 운명을 향해 가는, 심리적 행보를 묘파하고 있다고 할 수 있다.

한편 표상된 언어는 그 내면에 또 다른 의미를 감추기도 한다. '來如'는 1·2행에 4번, 4행에 1번 이렇게 〈풍요〉 모두 다섯 차례 사용되었다. '來如'가 겉으로 드러낸 뜻이 '오다'라면, 행자行者가 품을 수 있는 대상 혹은 행자가 이르고자 하는 대상은 숨은 뜻이라 하겠다. 그 심의深意는 말의 순서를 역전시켜 보면 쉽게 드러난다. 과거에서 현재로, 번뇌에서 해탈로 오는 길을 돌려 보면 '來 → 如'는 '如 → 來', 즉 부처[如來]임을[59] 알 수 있기 때문이다. 여래는 사바세계의 남·서·북 등 시방十方 세계에 있고 그 세계마다 백억만에 달하는 여래의 이름이 있으며, 이와 같이 무수한 이름이 있는 것은 오로지 부처님의 가르침을 중생에게 알리기 위한 것이라 한다.[60] 따라서 지금 '오다'[來如]를 노래하는 군중이 각각의 이름이 있지만 여래如來와 다름 아님을 보여 주는 것이 아닌가 싶다.[61]

3행은 2행의 의미를 반복하고 있으나, 2행이 서러움을 지닌 무리의 이동을 멀리서 바라보고 있다면 3행에서는 정지된 그들의 모습을 좀 더 확대하고 있다. '중생의 무리'[矣徒良]는 해탈하기 전까지 윤회를 반복할 수밖에 없으니 '서러운' 중생이다. 또한 서러움이 많아서 이를 씻고자 귀의歸依하고 있지만 그 순간마저도 서러운 것이 '중생'이기도 하다.

4행에서 서러운 중생은 혹업고^{惑業苦}의 윤회를 끊기 위해 '공덕^{功德}' 닦으러 '온다'고 한다. 선한 행동에는 좋은 결과를 약속하는 힘의 덕, 즉 공덕이 있다.[62] 고업의 윤회를 끊기 위해서는 공덕만이 유일하다. 공덕은 쌓는 일은 많으나 지금 '서러운 우리들'은 조사^{造寺}, 조불^{造佛}의 선근공덕^{善根功德}을 행하고 있다. 대개 수행은 결과보다는 과정이 중요한 법이다. 이렇듯 '경성사녀가 다투어 진흙을 나르는 것'은 나타^{懶惰} 없는 수행의 과정을 보여 주는 것이며, 결국 이들은 여래^{如來}에 오고 〔來如〕 있는 셈이다.[63]

이처럼 〈풍요〉만을 놓고 본다면 양지의 조불 공사에 참여한 민중이 윤회의 고통을 벗어나기 위해 선근공덕을 쌓는 노래라 할 수 있다.

3) 불교정치적 의미

앞서 우리는 〈풍요〉가 초전불교시대에 업설이 반영된 노래임을 알수 있었다. 하지만 〈풍요〉가 선덕여왕 대 양지가 불상을 조성할 때 민중이 불렀다는 사실을 상기한다면 숨은 뜻을 찾는 것도 무리는 아닐 것이다.

주지하다시피 선덕여왕 대에 이르면 초전불교는 토착화되었으며 당 유학승들을 통해 대승불교가 유입되었다. 이처럼 여왕 대에는 불교사상이 혼효를 이루면서 신앙화 또한 그 궤를 같이하였다. 초전불교시대에 전륜성왕과 미륵이 신앙의 대상이었다면 대승불교 수용 이후에는 석가불이 신앙의 대상으로 추가되었던 것이다.[64] 신라가 불교사상을 수용하고 이를 신앙화한 것은 왕권 강화를 위한 것이고 강화하려는 왕권의 상은 불상을 통해서 상징화되었다. 선덕여왕 대에도 예외는 아니어서 당대 크고 작은 불사와 불상 조성 사업이 이에 해당한다고 볼 수 있다. 특히 극한에 몰린 위기 상황과 '여왕'으로의 한계를 벗어나고자 했던 군주였기에 이용 가능한 신앙 대상으로써의 불상을 조성하는 데 진력했을 것으로 보인다. 이런 측면에서 양지의 장육존상 조성을 이해할 수 있다.

장육상은 보통 사람의 두 배 크기인 16척에 해당하는 큰 규모의 불상으로 제작 비용도 만만치 않았다. 영묘사의 장육상 조성 시에 투입된 비용이 2만 3천7백 석이라 할 때, 당척唐尺을 참고하면 약 644톤에 해당하며, 현 곡물 시세를 반영하면 약 1억 2천만 원에 해당한다. 이를 지금의 경제 규모로 환산하면 수백 배 이상의 비용을 상정할 수 있다. 물론 신라 당시와 현재를 동일한 잣대로 비교할 수는 없지만 당시 그 비용에 인건비가 제외된 점을 생각한다면 지금 계산한 금액보다 훨씬 웃돌았을 것으로 보인다. 그리고 장육상 조성에 동원된 인력을 숫자로 정확히 계산할 수는 없지만, '경성사녀 운운'에서 알 수 있듯이 왕실과 귀족을 제외한 거의 모든 '백성(양민)'이 대거 참여했던 것으로 보인다. 왕토사상이 있었던 신라시대에는 양민은 국가에 현물세〔租·調〕와 노동〔徭役·賦役〕를 제공해야만 했다.[65] 여기서 경성사녀의 노동은 일종의 요역에 해당하는 것으로 이를 인건비로 환산했을 때 원자잿값 이상의 금액을 산출할 수 있다. 이처럼 장육존상 조성은 왕실의 시주와 많은 양민의 노동력이 투입된 국가적 사업이었다. 왕실이 시주한 원천이 양민들이 납부한 현물세에 기인한다는 점에서 선덕여

왕은 사업의 발의자이자 수혜자이며, 실질적인 후원자는 경성사녀들
이라 할 수 있다.

세금을 둘러싼 납세자와 국가 사이에는 예나 지금이나 늘 갈등이
존재해 왔다. 국가가 '공정한 수취와 합리적 사용'을 강조할지라도 납
세가가 이에 의문을 품을 때, 다양한 형태의 조세 저항이 일어나기도
한다. 이럴 때 국가는 조세 저항을 제거하거나 무마하기 위해 비납세
계층과 연대하여 많은 방법을 강구한다. 선덕여왕 대의 경우 '납세의
시주화'가 그 방안 중 하나라 생각한다. '신라를 불국토'로, '왕을 부처'
로 상정하여 인민에게 납세를 '자발적 시주'로 위장할 수 있기 때문이
다. 그리고 경제적 저항의 무력화는 곧 정치적 복종으로 연결되어 통
치의 효율성을 극대화할 수 있다.

이러한 불교치국 정책의 효율적 운영을 위해서는 양인층과 가까운
수범자를 활용하는 것이 효과적이다. 여왕이 진골 출신의 자장보다는
양지를 공사 현장에 두었던 것도 이러한 배경에서 비롯한 것이라 할
수 있다. 이미 양지는 석장사에 주석할 때 석장의 묘기로 인민의 자발
적 시주를 이끈 바 있으며, 예술적 기교로 많은 이들을 매료하였기에
선덕은 그를 인민 교화의 모범자로 생각했을 것이다. 게다가 양지는
평민층일지라도 납세 의무가 없는[66] 승려였기 때문에 여왕의 의도에
따라 충실히 수행했을지도 모른다.

또한 장육존상의 조성도 '여왕'의 관점에서 중요했을 것이다. 진평
왕의 이름이 석가의 아버지인 백정白淨과 같고, 그 비인 마야부인摩耶夫
人이 석가의 어머니와 이름이 같으므로 '선덕여왕'은 '석가'와 같다는

등식에서 왕위에 오를 수 있는 근거로 작용하였다.[67] 하지만 등극 이후 연이은 위기와 한계 상황에서 여왕은 '여래상如來像'의 회복이 필요해진 것이다. '거대' 불상에서 왕의 위력을, 거대 '불상'에서 '여성' 군주가 아닌 '군왕'으로 통치자의 상을 재정립할 수 있었기 때문이다.[68]

이러한 불상 제작 과정에서 불린 〈풍요〉는 여왕에게 특별하게 다가왔을 것이다. 경성사녀가 여왕 자신을 위한 부역의 자리에서 군주와 국가를 원망하기보다는[69] 서러움을 '업'으로 받아들이고 그 업을 '공덕 수행'의 노동을 통해 극복하고자 노래하였다. 여왕은 이 노래를 통해 부역민들에게 공덕 수행의 기회를 제공했다는 자부심과 불상 조성 사업을 통해 흔들린 왕권을 회복할 수 있는 자신감을 가졌다. 따라서 〈풍요〉는 선덕여왕이 대내적 위기 상황과 '여왕'으로서의 한계를 극복하기 위해 불교를 활용하는 과정에서 영묘사의 장육존상 조성과 그 사업을 수행하는 양지를 통하고, 민중의 정치적 경제적 저항을 없애기 위해 만들어진 정치적 교화의[70] 불교가요라 할 수 있다.[71]

5. 소결

〈풍요〉는 불교와 무관한 노동요라는 견해가 있지만 이 노래가 불상을 조성할 때 불린 노래이고, 불상 조성자인 양지가 깊이 관여되었다는 점에서 이 노래는 양지와 불교적 사유가 어느 정도 관계를 맺고 있다고 할 수 있다. 그리고 영묘사의 장육상 조성이 선덕여왕 대의 중요

불사佛事인 점을 생각하면 이 노래가 선덕여왕과도 연관성이 있다고 할 수 있다.

선덕여왕 대는 삼국 간 긴장이 고조되던 시기로 선덕여왕이 즉위한 이후부터 고구려와 백제로부터 끊임없는 군사적 공격을 받았다. 게다가 '여성' 군주가 갖는 한계는 이러한 위기 상황을 극한에 이르게 하였다. 당 태종의 꽃씨 선물에 담긴 희롱, 대리 통치 요구와 대내적으로 비담과 염종의 반란 등이 그것이다. 이처럼 선덕여왕은 당대 긴장된 동아시아 정세 속에서 축적된 위기 유산과 여성 군주로서의 한계를 가졌던 군주였다.

여왕은 이러한 위기와 한계를 '불교치국책'으로 극복하려 했다. 법흥왕 때부터 이어 온 왕권 강화를 위한 불교 이념을 여왕 대에도 적극 활용하였던 것이다. 분황사·영묘사·황룡사탑 준공, 백고좌회, 대당 자장 파견 등을 통해 초전불교시대의 유풍을 안착시키면서도 새로운 불교 이념의 수입으로 왕실 안정과 호국護國을 도모했던 것이다.

양지는 평민층 출신의 조불사造佛師로서 종교성과 예술성을 갖춘 인물이었다. 그의 행적과 유품에서 밀교적 성격을 찾을 수 있으나 일부 작품에서 새로운 기법이 발견되는 것으로 보아 재래의 기술과 신기술을 자유롭게 구현할 수 있던 것으로 보인다. 그의 이런 사상과 재주는 영묘사의 장육상 조성 책임자로 선정될 수 있었으며 선덕여왕과 관계를 맺을 수 있는 계기가 되었다고 할 수 있다.

〈풍요〉는 자체만 놓고 보면 민중이 윤회의 고통에서 벗어나기 위해 공덕을 쌓는 노래라 할 수 있다. 오다, 서러움, 많다 그리고 공덕 등이

서로 의미를 주고받으면서 노래를 전개하고 있는바, 현재의 '서러움'
은 과거 업業의 결과이고 '많음'은 괴로움의 깊이이자 그런 고통을 안
고 있는 무수한 중생을 가리키며 '공덕'은 업을 끊기 위한 수행을 보여
준다고 할 수 있다. '오다[來如]'는 겉으로는 고통과 번민에 있는 중생
의 윤회를 보여 주고 있으면서도 속으로는 그들의 미래 '여래如來'로 향
하고 있음을 암시한다고 할 수 있다.

　하지만 〈풍요〉를 신라 상대 선덕여왕 대의 정치불교적 관점과 막대
한 비용이 투입된 불상 제작의 의도에서 보면 단순히 업설에 기초한
불교 관념의 노래로만은 볼 수 없다. 국가에 대한 인민의 조세 저항과
정치적 비판을 잠재우기 위해 신라를 불국토로 위장하고 납세를 시주
화하면서 정치적 복종을 이루는 과정에서 〈풍요〉는 그 소임을 다하고
있기 때문이다. 따라서 〈풍요〉는 선덕여왕이 대내적 위기 상황과 '여
왕'으로서의 한계를 극복하기 위해 불교를 활용하는 과정에서 영묘사
의 장육존상 조성과 그 사업을 수행하는 양지를 통하고 인민의 정치
적·경제적 저항을 없애기 위해 만들어진 정치적 교화의 불교가요라
할 수 있다.

1 池憲英, 〈風謠에 관한 제문제〉, 《국어국문학》 41집(국어국문학회, 1968),
144면; 徐在克, 《藏庵池憲英先生還甲紀念論叢》(湖西文化社, 1971), 5면; 李
康秀, 〈勞動謠로서의 〈風謠〉〉, 白影鄭炳昱先生10週忌追慕論文集 刊行委員
會 편, 《한국고전시가작품론》1(집문당, 1992), 51~52면.

2 金鍾雨, 《鄕歌文學硏究》(三文社, 1977), 50~52면; 崔喆, 〈功德歌〉, 《鄕歌文
學論》(새문사, 1986), 215면.

3 서철원, 《향가의 역사와 문화사》(지식과교양, 2011), 100~106면.

4 《三國遺事》卷4 義解 第5 良志使錫. "唯現迹於善德王朝."

5 "此國于今不知佛法 爾後三千餘月 雞林有聖王出 大興佛教 其京都内有七處
伽藍之墟 一曰 金橋東天鏡林(今興輪寺) … 二曰 三川歧(今永興寺与昊輪開
同代) 三曰 龍宮南(今皇龍寺 真昊王癸酉始開) 四曰 龍宮北(今芬皇寺 善德甲
午始開) 五曰 沙川尾(今靈妙寺 善德王乙未始開) 六曰 神遊林(今天王寺 文武
王己卯開) 七曰 婿請田(今曇嚴寺) 皆前佛時伽藍之墟 法水長流之地."
"이 나라는 아직까지 불법(佛法)을 모르지만, 이후 3천여 월이 지나면 계림에
성왕(聖王)이 출현하여 불교를 크게 일으킬 것이다. 그 서울에는 일곱 곳의 절
터가 있다. 첫째는 금교(金橋) 동쪽의 천경림(天鏡林)〔지금의 흥륜사(興輪寺)
이다.〕 … 둘째는 삼천기(三川歧)〔지금의 영흥사(永興寺)이다. 흥륜사와 같은
시기에 창건되었다.〕 셋째는 용궁(龍宮) 남쪽〔지금의 황룡사(皇龍寺)이다. 진
흥왕 계유(癸酉)에 처음 개창되었다.〕 넷째는 용궁 북쪽〔지금의 분황사(芬皇
寺)이다. 선덕왕 갑오에 처음 개창되었다.〕 다섯째는 사천미(沙川尾) 〔지금의
영묘사(靈妙寺)이다. 선덕왕 을미에 처음 개창되었다.〕 여섯째는 신유림(神遊
林)〔지금의 천왕사(天王寺)이다. 문무왕 기묘에 개창되었다.〕 일곱째는 서청
전(婿請田) 〔지금의 담엄사(曇嚴寺)〕으로서 모두 전불(前佛)시대의 절터이며,
불법의 물결이 길이 흐를 곳이다."
《三國遺事》卷3 興法 第3 阿道基羅.

6 《三國遺事》卷1 紀異 第1 善德王知幾三事. "第二十七 德曼 諡善德女大王 姓
金氏 父真平王 以貞觀六年壬辰即位 御國十六年 凡知幾有三事 初唐太宗送
畫牧丹 三色紅紫白 以其實三升 王見畫花曰 此花定無香 仍命種於庭 待其開
落 果如其言 二 於靈廟寺玉門池 冬月衆蛙集鳴三四日 國人怪之 問於王 王急

命角干關川弼吞等 鍊精兵二千人 速去西郊 問女根谷 必有賊兵 掩取殺之 二角干既受命 各牽千人 問西郊 富山下果有女根谷 百濟兵五百人 來藏於彼 並取殺之 百濟將軍亐召者 藏於南山嶺石上 又圍而射之殪 又有後兵一千二百人 來 亦擊而殺之 一無孑遺 … 當時群臣啓於王曰 何知花蛙二事之然乎 王曰 畫花而無蝶 知其無香 斯乃唐帝欺寡人之無耦也 蛙有怒形 兵士之像 玉門者 女根也 女爲陰 其色白 白西方也 故知兵在西方 男根入於女根 則必死矣 以是知其易捉 於是群臣皆服其聖智."

7　《三國史記》卷5 新羅本紀 第5 善德王. "八月 百濟侵西邊."

8　《三國史記》卷5 新羅本紀 第5 善德王. "冬十月 高句麗侵北邊七重城 百姓驚擾入山谷 王命大將軍閼川安集之."

9　《三國史記》卷5 新羅本紀 第5 善德王. "秋七月 百濟王 義慈 大擧兵攻取國西四十餘城."

10　《三國史記》卷5 新羅本紀 第5 善德王. "八月 又與高句麗謀欲取党項城."

11　《三國史記》卷5 新羅本紀 第5 善德王. "是月 百濟將軍允忠 領兵 攻拔大耶城 都督伊湌品釋 舍知竹竹 龍石等死之."

12　《三國史記》卷5 新羅本紀 第5 善德王. "秋九月遣使大唐上言 高句麗百濟侵凌臣國 累遭攻襲數十城 兩國連兵 期之必取 將以今玆九月大擧 下國社稷 必不獲全 謹遣陪臣 歸命大國 願乞偏師 以存救援 帝而謂使人曰 我實哀爾爲二國所侵 所以頻遣使人 和爾三國 高句麗百濟 旋踵翻悔 意在吞滅 而分爾土宇 爾國設何奇謀 以免顚越 使人曰 吾王事窮計盡 唯告急大國 冀以全之 帝曰 … 百濟國恃海之嶮 不修機械 男女紛雜 互相燕聚 我以數十百船 載以甲卒 銜枚泛海 直襲其地 爾國以婦人爲主 爲鄰國輕侮 失主延寇 靡歲休寧 我遣一宗支 與爲爾國主 而自不可獨王 當遣兵營護 待爾國安 任爾自守 此爲三策 爾宜思之 將從何事."

13　《三國史記》卷5 新羅本紀 第5 善德王.

14　《三國史記》卷5 新羅本紀 第5 善德王. "論曰 臣聞之 古有女媧氏 非正是天子 佐伏羲理九州耳 至若呂雉 武曌 値幼弱之主 臨朝稱制 史書不得公然稱王 但書高皇后呂氏 則天皇后武氏者 以天言之 則陽剛而陰柔 以人言之 則男尊而女卑 豈可許姥嫗出閨房 斷國家之政事乎 新羅扶起女子 處之王位 誠亂世之事 國之不亡 幸也 言云 牝鷄之晨 易云 羸豕孚蹢躅其可不爲之戒哉."

15　高翊晉,〈韓國佛敎思想의 전개〉, 尹絲淳·高翊晉 편,《韓國의 思想》(열음사, 1984), 12~13면.

16 한국역사연구회, 《한국역사》(역사와비평사, 1992), 212~213면.

17 이기영, 《한국의 불교》(세종대왕기념사업회, 1974), 52~57면.

18 《三國遺事》卷1 紀異 第1 天賜玉帶. "即位元年 有天使降於殿庭 謂王曰 上皇 命我傳賜玉帶 王親奉跪受 然後其使上天."

19 《三國史記》卷5 新羅本紀 第5 善德王. "五年 春三月 王疾 醫禱無效 於皇龍寺 設百高座 集僧 仁王經 許度僧一百人."

20 남동신, 〈원효와 분황사 관계의 사적 추이〉, 《신라문화제학술발표회논문집》 20(1999), 79면.

21 자장법사가 (…) 중국의 태화지(太和池) 근처를 지나칠 때 갑자기 신인(神人)이 나와서 물었다. "어찌 이에 이르게 되었는가?" 자장이 답하여 말하기를 "보리 (菩提)를 구하기 때문입니다."라고 하였다. 신인이 예를 갖춰 절하고 또 묻기를 "너희 나라는 어떤 어려움에 빠져 있는가?"라고 하니 자장이 "우리나라는 북쪽 으로 말갈을 연하고 남쪽으로 왜국을 접하고 있고 고구려와 백제 두 나라가 번 갈아 변경을 침범하여 이웃 나라의 침략이 종횡하니 이것이 백성의 걱정입니 다."라고 하였다. 신인이 말하기를 "지금 너희 나라는 여자가 왕이 되어 덕은 있으나 위엄은 없다. 그러므로 이웃 나라가 꾀하는 것이다. 마땅히 속히 본국 으로 돌아가라."라고 하였다. 자장이 "본국으로 돌아가면 장차 무엇에 이익이 되겠는가."라고 물으니 신인이 "황룡사 호법룡은 나의 장자로 범왕(梵王)의 명 을 받아 그 절에 가서 호위하고 있으니 본국으로 귀국하여 절 안에 9층탑을 조 성하면 이웃 나라가 항복하고 구한(九韓)이 와서 조공하여 왕업이 영원히 평안 할 것이다. 탑을 건립한 후에 팔관회를 베풀고 죄인을 사면하면 곧 외적이 해 를 가할 수 없을 것이다."라고 하였다.
《三國遺事》卷3 第4 塔像 皇龍寺九層塔. "慈藏法師 … 經由中國太和池邊 忽 有神人出問 胡爲至此 藏答曰 求菩提故 神人禮拜 又問 汝國有何留難 藏曰我 國北連靺鞨 南接倭人 麗濟二國 迭犯封陲 隣寇縱橫 是爲民梗 神人云 今汝國 以女爲王 有德而無威 故隣國謀之 宜速歸本國 藏問歸鄕將何爲利益乎 神曰 皇龍寺護法龍 是吾長子 受梵王之命 來護是寺 歸本國 成九層塔於寺中 隣國 降伏 九韓來貢 王祚永安矣 建塔之後 設八關會 赦罪人 則外賊不能爲害."

22 《삼국유사》의 기록[신주(神呪) 밀본최사(密本摧邪) 조]에는 선덕왕이 병이 들 자 처음에는 진흥왕 때 완공된 흥륜사(興輪寺)의 승려 법척(法惕)을 불러서 치 유하려 했으나 효과가 없자 밀본법사(密本法師)를 초빙하여 《약사경(藥師經)》 을 강하여 병이 나았다고 되어 있다. 이로 보면 《삼국유사》가 선덕여왕 때의 밀

교적 측면을 강조했다고 볼 수 있다.

23 고익진(1984), 앞의 책, 13면.

24 《三國史記》卷5 新羅本紀 第5 善德王. "五年 慈藏法師 入唐求法; 十二年春三月 入唐求法高僧慈藏還."

25 한국역사연구회(1992), 앞의 책, 213면; 이기영(1974), 앞의 책, 59면. 이 외에도 자장의 호국불교에 대해서는 安啓賢, 〈慈藏〉, 《三國의 高僧8人》(新丘文化社, 1976), 44~48면 참조.

26 자장이 당나라 유학을 마치고 귀국할 때 대장경을 가지고 온 사실과 그가 문수신앙을 창도했을지라도 대승법을 주창하고 화엄관행을 닦으려 한 점과 자장이 화엄경에 조예가 깊었다는 점에서 이를 간취할 수 있다. 金福順, 《新羅華嚴宗研究》(民族社, 1990), 25~26면; 김두진, 《신라 화엄사상사연구》(서울대학교출판부, 2002), 15~16면; 佛敎史學會 편, 《古代韓國佛敎敎學研究》(民族社, 1989), 61면.

27 《三國遺事》卷1 紀異 第1 善德王知幾三事. "三 王無恙時 謂群臣曰 朕死於某年某月某日 葬我於忉利天中 群臣罔知其處 奏云何所 王曰 狼山南也 至其月日 王果崩 群臣葬於狼山之陽 後十餘年 文虎大王創四天王寺於王墳之下 佛経云 四天王天之上有忉利天 乃知大王之靈聖也."

28 《三國遺事》卷4 義解 第5 良志使錫. "釋良志 未詳祖考鄕邑 唯現迹於善德王朝 錫杖頭掛一布岱 錫自飛至檀越家 振拂而鳴 户知之納齋費 岱滿則飛還 故名其所住 曰錫杖寺 其神異莫測皆類此 旁通雜譽 神妙絕比 又善筆扎 靈廟丈六三尊 天王像 并殿塔之瓦 天王寺塔下八部神将 法林寺主佛三尊 左右金剛神等 皆所槊也 書靈廟 法林二寺額 又嘗彫磚造一小塔 并造三千佛 安其塔置於寺中 致敬焉."

29 金理那, 《韓國古代佛敎彫刻史研究》(一潮閣, 1991), 4면.

30 위의 책, 7면.

31 文明大, 〈良志와 그의 作品論〉, 《佛敎美術》1(1973), 2면; 文明大, 〈新羅 大彫刻匠 良志論에 대한 새로운 해석〉, 《미술사학연구》 232(2001), 6~13면. 2001년 논문에서는 1973년 논문에 대한 비판(장충식, 강우방)을 반박하면서 양지의 신분 평민 계층으로 구체화하고 있다.

32 張忠植, 〈錫杖寺址 出土遺物과 釋良志의 彫刻 遺風〉, 《新羅文化》3·4(1987), 93면.

33 姜友邦, 〈新良志論〉, 《美術資料》 47(1991), 23면.

34 볼코프, 박노자(티호노프) 역, 《韓國古代佛教史》(서울대학교출판부, 1998), 111면.

35 文明大(2001), 앞의 책, 13면.

36 "寶川驚異 留二十日乃還五臺山神聖窟 又修眞五十年 忉利天神三時聽法 … 所持錫杖一日三時作聲 遶房三匝 用此爲鍾磬 隨時修業."
《三國遺事》卷3 第4 塔像 臺山五萬眞身. 보천은 놀라고 이상하게 여겨〔그곳에〕20일을 머물고 나서 오대산 신성굴(神聖窟)로 돌아가 다시 50년 동안 도를 닦으니 도리천(忉利天)의 신이 세 번 법을 듣고 … 가지고 있던 석장은 하루에 세 번 소리를 내며 방을 세 바퀴 돌아다녔으므로 이것으로써 종과 경쇠를 삼아 때를 좇아 수업하였다.

37 "密夲法師 … 在宸伏外 讀藥師経 卷軸纔周 所持六環 飛入寢內 刺一老狐與 法惕 倒擲庭下 王疾乃瘳."
《三國遺事》卷6 第6 神呪 密本摧邪. 밀본법사가 신장(宸伏) 밖에서 《약사경(藥師經)》을 읽었다. 권축(卷軸)이 한번 돌자 가지고 있던 육환장(六環杖)이 침전 안으로 날아 들어가서 한 마리 늙은 여우와 법척을 찔러 뜰 아래로 거꾸로 내던졌다. 왕〔선덕여왕〕의 병이 이에 나았다.

38 문명대와 장충식도 양지를 밀교승으로 보고 있다. 文明大(1973), 앞의 글, 4면; 장충식(1987), 앞의 글, 91면.

39 文明大(1973); 장충식(1987); 강우방(1991), 앞의 글.

40 강우방은 양지가 서역인으로서 중국을 거쳐 신라에 귀화한 인물이라 했으나(강우방, 1991, 앞의 글, 23면), 이에 대한 구체적인 근거를 내놓고 있지 않다.

41 삼국 통일을 전후로 인도·당의 구법승(求法僧)에 의해 불교 조각이 발달했다는 논의는 김리나, 위의 글, 9면 참조.

42 《三國遺事》卷3 第4 塔像 靈妙寺丈六. "善德王創寺塑像因緣 具載良志法師傳 景德王即位二十三年 丈六改金 租二万三千七百碩(良志傳作像之初成之費今両存之)."

43 《三國遺事》卷4 義解 第5 良志使錫. "其塑靈庙之丈六也 自入定 以正受所對 爲揉式 故傾城士女爭運泥土 風謠云 … 像成之費 入穀二萬三千七百碩(或云改金時祖) 議曰 師可謂才全德充 而以大方隱於末技者也."

44 이들의 관계는 여왕이 죽은 뒤에도 이어지는데, 선덕여왕릉 아래 여왕과 관련

있는(39쪽의 인용문 참고) 사천왕사의 사천왕사전이 양지의 작품인 점에서도 이를 읽을 수 있다. 문명대(1973), 앞의 글, 17면;《국립경주박물관 도록》(국립 경주박물관, 2009), 108면.

45 金雲學,《新羅 佛敎文學硏究》(玄岩社, 1976), 104면. 이임수는 〈풍요〉를 양지 가 주석하던 석장사에서 지었을 것으로 보았다. 이임수,《향가와 서라벌 기행》 (박이정, 2007), 119면.

46 《三國遺事》卷4 義解 第5 良志使錫.

47 《三國遺事》(晩松文庫本), 高麗大學校 中央圖書館 圖書影印第十二號(旿晟社, 1983), 332면.

48 정렬모,《향가연구》(평양: 사회과학원출판사, 1965).

49 지헌영,《향가여요신석》(정음사, 1947); 류렬,《향가연구》조선어학전서 13(박 이정, 2003).

50 小倉進平,《鄕歌及び吏讀の硏究》(아세아문화사 영인, 1974); 梁柱東,《增訂 古歌硏究》(一潮閣, 1965); 이탁,《국어학논고》(정음사, 1958); 홍기문,《향가해 석》, 김지용 해제(여강출판사, 1990); 김준영,《향가문학》(형설출판사, 1979); 서재극,《신라 향가의 어휘 연구》(계명대학교출판부, 1975); 金完鎭,《鄕歌解 讀法硏究》(서울대학교출판부, 1980); 유창균,《향가비해》(형설출판사, 1994); 박재민, 〈風謠의 형식과 해석에 관한 재고〉,《韓國詩歌硏究》제24집(韓國詩歌 學會, 2008). 저자 또한 원전의 형태를 준용한다는 측면에서 4분절로 읽고자 한다.

51 〈풍요〉 해독의 구체적인 쟁점에 대한 검토는 정상희, 〈풍요(風謠) 해독안 검 토〉, 박지용 외 편·김성규 감수,《향가 해독 자료집》(서울대학교 대학원 국어 연구회, 2012), 96~100면 참고.

52 鄭光·北鄕照夫,《朝鮮吏讀辭典》(2006), 65~66면; 박재민(2008), 앞의 글, 220면.

53 정렬모(1965), 앞의 책.

54 정광·홍고테로우(2006), 앞의 책, 92, 143면; 박재민(2008), 앞의 글, 224면.

55 박재민, 위의 글, 226~228면.

56 김완진(1981), 앞의 책, 108~110면.

57 박노준, 〈향가와의 대비로 본 속요의 情緖〉,《향가여요의 정서와 변용》(태학사, 2001), 92면.

58 《佛光大辭典》惑業苦, 4944면. "卽惑業苦三道 用以顯示爲惑業所纏縛迷之因
果關係 卽依貪瞋癡等惑而造作善惡之業 復由此業爲因而招三界之生死苦果
稱爲惑業苦."

59 《佛光大辭典》如來, 2346면. "佛陀卽乘眞理而來 由眞如而現身 故尊稱佛陀爲
如來."

60 《華嚴經》如來名號品.

61 차원은 다르지만 박재민이 '多羅'를 범어 'tala', 즉 '물질적 세계·부정적 세계'로
읽어 보려 한 것도 같은 맥락에서 주목할 점이다. 박재민(2008), 앞의 책,
222~223면; 박재민, 《신라 향가 변증》(태학사, 2013), 353~353면.

62 《佛光大辭典》功德, 1566면. "言功德 功謂功能 善有資潤福利之功 故名爲功;
此功是其善行家德 名爲功德."

63 《대승기신론》을 따른다면 1~3행은 생멸문(生滅門)으로, 4행은 진여문(眞如門)
으로 이해할 수 있다.

64 李基白, 〈新羅 初期 佛敎와 貴族勢力〉, 《新羅時代의 國家佛敎와 儒敎》(韓國
硏究院, 1978), 86면.

65 볼코프(1998), 앞의 책, 17면.

66 볼코프는 신라 시대 평민들 가운데 요역을 피하기 위해 승려가 된 인물이 많았
다고 하였다. 볼코프(1998), 앞의 책, 111면.

67 이기백(1978), 앞의 글, 87~88면.

68 선덕여왕이 영묘사를 조성할 때 불상을 통해 남성적 이미지를 구현하면서 얼굴
무늬수막새(미소 짓는 신라 여인의 얼굴, 영묘사터 출토)를 제작한 것은 '여성'
군주로서의 또 다른 모습을 드러낸 것으로 볼 수 있을 것이다.

69 〈풍요〉를 고통스러운 현실에 시달리는 인민의 자탄과 신음 혹은 현실 풍자와
비판이 담긴 노래로 보는 견해가〔《조선문학통사(상)》(1959), 39~40면; 현종호,
《국어 고전시가사 연구》(보고사, 1996), 129~131면; 尹榮玉, 《新羅歌謠의 硏
究》(螢雪出版社, 1982), 163면; 崔鶴璇, 《鄕歌硏究》(宇宙, 1985), 57~58면〕
있으나, 노래 전체와 4행에 집중할 때 이들의 주장은 다소 무리가 따른다고 할
수 있다.

70 이동환·이민수·이재호는 〈풍요〉를 넌지시 말해서 깨우쳐 경계하는 노래〔察
廳風謠《南史》〕'로 보았다. 이동환 역주, 《삼국유사》(삼중당, 1983), 163면; 李
民樹 譯, 《三國遺事》(乙酉文化社, 1983), 309면; 이재호 옮김, 《삼국유사》(솔,

1997), 217면.

71 고려 후기 방아타령으로 변용된 〈풍요〉도 고려 민중이 현물세 납부를 위해 부른 즐거운 노동요라는 인식이 일연에게 있었는지 모른다.

제 3 장

통일신라 신문왕과
〈화왕계〉

1. 〈화왕계〉를 이해하기 위하여

우리가 설총^{薛聰}에게 관심을 갖는 이유는 그가 신라사에서 비중 있는 위치를 차지했을 것이라는 믿음 때문이다. 그가 "신라^{新羅} 십현^{十賢}의 한 사람"(《삼국유사》)이고 "우리말로 구경^{九經}을 읽고 후생^{後生}을 가르쳤다"(《삼국사기》)는 기록을 보면, 그는 분명 신라사에서 중요한 인물이었음을 알 수 있다. 하지만 그에 대한 구체적인 기록이나 업적을 지금은 알 수 없고, 심지어 그의 생몰 연대까지 불분명하기만 하다. 다만 남아 있는 기록들을 통해 볼 때, 그는 원효의 아들로 6두품 집안에서 성장했으며, 신문왕 때에 정치적 활동을 했다는 사실만 확인될 뿐이다.[1]

〈화왕계^{花王戒}〉에 대한 주요한 논의는 창작 배경과 동기, 주제 등에 관한 것이다. 창작 배경과 동기에 대해 '현명한 군주에 어진 신하의 위국일념'(구수영), '6두품의 성장과 신문왕의 울적한 마음을 고명한 담론으로 해소하기 위함'(손정인) 등이 있고 주제에 대해서는 대체로 '임금에 대한 풍자와 왕도 확립'이라는 점에서 일치된 견해를 보인다.

다만 〈화왕계〉는 사서史書《삼국사기》열전 설총조에 수록되어 있고 작품의 담당층이 역사적 인물들인 점에 주목할 때 역사적이고 정치적 해석의 가능성을 탐색할 수 있을 듯하다. 다시 말해 신문왕 대의 성격, 정치적 체계와 골품제 등을 중심으로 작품을 읽어 보기로 하겠다.

2. 득난 설총

1) 육두품

성사 원효의 속성은 설씨, 그 조부는 잉피공은 또한 적대공이라고도 한다. 지금 적대연 곁에 그의 사당이 있다. 아버지는 담날내마이다.[2]

원효는 일찍이 어느 날 거리로 돌아다니면서, '도끼에 자루를 낄 것을 누가 허락할까, 나는 하늘을 받칠 기둥을 깎을까 하네'라고 노래를 지어 불렀다. 이 노래를 들은 사람들은 모두 그 뜻을 깨닫지 못하였으나, 그때 태종무열왕이 이 소문을 듣고, '이것은 대사가 귀부인을 얻어 똑똑한 아들을 낳고자 함이로다. 나라에 대현이 있으면 그 이로움이 이만저만 큰 것이 아니다'라고 말하였다. 때마침 요석궁에 과부가 된 공주가 있었다. 무열왕은 관리를 시켜 원효를 찾아 끌어들이도록 하였다 (…) (원효는) 요석

궁에서 공주와 잠자리를 같이하게 되었다. 이렇게 하여 공주는 임신하여 설총을 낳았다.[3]

세상에 전하기를, 일본국 진인의 〈증신라사설판관시〉의 서에 '일찍이 원효거사가 지은 《금강삼매경》을 보고 그 사람을 보지 못한 것을 깊이 한하였는데, 신라국사 설이 곧 거사의 구손拘孫임을 듣고 비록 그 조祖를 보지 못했으나 그 손을 만난 것을 기뻐하여 이에 시를 지어 준다'고 하였다 한다. 그 시가 지금도 남아 있으나, 다만 그 자손의 명名과 자字는 알지 못한다.[4]

대력大曆 춘春에 대사大師의 손孫 한림翰林 자字 중업仲業이 창명滄溟에 사신使 臣하여 일본日本으로 갔다.[5]

위 자료에서 설총 가계의 흐름을 알 수 있는데, 이것을 토대로 설총의 가계를 정리하면 다음과 같다.

증조부: 잉피공仍皮公[적대공赤大公]

조부: 담날내마[6]

부: 원효元曉[진평왕 39년(617) 생生, 신문왕 6년(686) 몰沒]

모: 요석공주(무열왕의 공주)

본인: 설총

자: 중업仲業

이렇게 설총을 중심으로 5대에 걸친 가계를 알 수 있고 그의 가계가 신라시대의 6두품에 속하고 있음도 알 수 있다.[7] 설총이 비록 진골인 모계의 혈통을 이었으나, 당시의 가부장적 가족 제도나 골품제의 배타적 성격에 미루어 보면 그 역시 6두품임을 알 수 있다.[8]

그러면 6두품이 신라사에서 의미하는 것이 무엇일까?

나라에 오품五品이 있어, 성이聖而(성골)요 진골眞骨이요 득난得難이니, (득난은) 귀성貴姓의 얻기 어려움을 말한다.[9]

그 족은 제1골, 제2골이라 이름하여 스스로 구별하고, 형제의 여女나 고모·이모·종자매姑母·姨母·從姉妹를 모두 취하여 처로 삼는다. 왕족은 제1골이 되는데, 처 역시 그 족이고, 아들을 낳으면 모두 제1골이 된다. 제2골의 女를 취하지 않으며, 비록 취하더라도 항상 첩妾으로 삼는다.[10]

위 두 자료를 통해 6두품이 5두품에 비해 얻기 힘든 '득난得難'이란 점과 진골보다 일정한 '한계'가 있는 이중적 성격이 있음을 알 수 있다. 6두품의 위치를 보여 주는 중요한 현상 가운데 하나는 관등과 관직에 일정한 제약이 있다는 점이다. 즉 6두품은 신라의 17관등 중 제6위인 아찬까지만 오를 수 있다. 진골이 제1위까지 오를 수 있는 것에 비하면 심한 제약이다. 하지만 5두품이 제10위인 대나마大奈麻까지만 오를 수 있다는 것에 비하면 6두품으로서는 특권인 셈이다.[11] 이처럼 6두품은 '양면적 속성'을 가진 신분이라 볼 수 있다. 양면적 속성이 신라사를 통해 어떻게 투영되고 있을까? 경우의 수는 다음과 같다.

㉠ 신분적 한계로 인한 체제 불만 의식 (반신라적)

㉡ 진골보다 못하지만 (5두품에 비해) 우월 의식

㉢ ㉡에서 ㉠으로 전이

㉣ ㉠에서 ㉡으로 전이

이 가운데 쉽게 얻을 수 있는 답은 ㉠과 ㉢이다. 나말여초 정치·사회상의 특징으로 '골품제 모순이 드러났으며 이후 6두품의 다수가 고려 건국에 동조했다'는[12] 사학계의 일반적 견해를 받아들이면 자연스럽게 얻어지는 결론이다. 여기까지 인정할 때 6두품의 의식을 단일한 것으로 볼 수 있는가 하는 문제가 생긴다. 이에 대해 더 알아보기로 하자. ㉠과 ㉢을 다시 조합하면 다음과 같다.

ⓐ 신분의 한계를 느껴 체제에 반항적 의식을 가지고 소극적 내지 염세적으로 살아가는 경우

ⓑ 신분적 한계를 느끼나 체제를 인정하며 체제 내에서 극복하거나 적극적으로 살아가는 경우

ⓒ 신분에 만족을 느껴 체제에 순응하며 적극적으로 살아가는 경우

ⓓ 신분의 만족을 느끼나 소극적으로 살아가는 경우

《삼국사기》에 따르면 신라사는 상대, 중대, 하대로 구분되는데, 중

대는 태종무열왕부터 혜공왕까지로 본다. 설총이 살았던 시기는 중대 인데 이 시기는 통일 직후로 정치적 특징은 무열계 왕들의 '전제 왕권 의 확립'으로 요약될 수 있다. 전제 왕권의 강화는 골품제도 자체를 뒤흔드는 것이 아니라 같은 진골 안에서도 왕족인 김씨가 거의 배타 적으로 정권을 독점하였다는 것을 뜻한다.[13] 그리고 전제 왕권 강화의 측면으로 집사부執事部가 핵심적인 행정 관부로서 대두되고, 그 장관인 중시中侍(후에 시중)가 상대등보다 정치적으로 중요시된다. 6두품은 시 중이 될 수는 없었지만 시중의 정책 수립을 보좌하는 집사부執事部 시 랑侍郞이라는 중요한 자리를 차지하게 되었다.

집사부는 진덕왕 5년에 설치되어 그것이 본격적으로 운용된 것은 통일신라 이후이다. 집사부는 32개의 중앙 관청을 관장하는 최고의 중앙기구로서 수장은 진골 이아찬伊我湌(제1등급)이다. 이 시중은 국왕 의 임명으로 오르는 자리여서 이전의 상대등과 같은 실력은 행사하기 어려웠다. 시중을 보좌하는 이는 시랑이라 하는데, 이는 6두품 아찬 (제6등급)으로 집사부의 실무 대부분을 관장한 것으로 보인다. 이 아 래로 대사大舍(5두품 제12등급), 사지舍知(5두품 제13등급), 사史(4두품 제 14등급) 등이 있어 시랑을 도왔다.

여기서 주목해야 할 점은 6두품 시랑이 나머지 관원을 직접 통제하 며, 업무를 관장한 것이다. 이것은 전대에 비해 6두품 관료의 정치적 입지가 한층 확고해진 것의 방증이라 할 수 있다. 즉 통일신라 이후 집사부의 설치로 진골은 약화된 반면에 6두품 세력이 상대적으로 부 각된 것이다. 이후 6두품은 진골 세력에 대항하면서 왕권과 결합하는 양상을 보이게 된다. 그리고 왕권 역시 진골을 견제하면서 6두품을 중용하기도 한 것이다. 이러한 정치적 역학으로 인해 6두품은 왕권과 가까워지면서 점점 정치적으로 부각된 것이다. 특히 학문적 식견에 의하여 국왕의 정치적 조언자가 됨으로써 중요한 정치적 구실을 담당하기도 하였다.[14]

성골계의 왕통이 단절되고 진골인 태종무열왕이 신라의 왕통을 이었다면 이후 무열계 왕들은 진골에 심리적 부담을 느꼈을 것이다. 이들 역시 자신과 같은 골품이므로 기회가 주어진다면 반역의 주역이 될 수도 있기 때문이다. 무열계 왕들은 통일 이후 새로운 신라를 위해 체제 안정을 지표로 삼았으며, 이를 위해서는 장애물인 진골을 배척하는 데 노력했을 것은 자명한 일이다. 한편 6두품 중 일부는 새 시대를 맞아 정치권의 지각변동을 감지하면서 관직과 관등으로 인해 갈등 관계에 놓인 진골의 축출을 기대하였다. 따라서 이렇게 진골을 사이에 두고 상하 협공을 시도했던 시기가 바로 신라 중대라 할 수 있다.

그러므로 신라 중대에 6두품 중 일부는 왕권과 결탁했을 것으로 추정되며, 그들은 왕권과 결탁하여 정치적 입지를 확보하면서 진골과 견제하려는 정치적 지향점을 두었으리라 생각된다. 설총이 살았던 시기와 신분을 고려하여 본다면, 그는 ⓑ와 ⓒ 사이에 의식 지향이 놓여 있다고 볼 수 있으며, 왕권과 결합할 가능성이 높았던 인물이라고 추정할 수 있다.

2) 신문왕

8월 8일에 소판 김흠돌[왕비의 부父], 파진찬 흥원, 대아찬 진공 등이 반역을 꾀하다가 처형당했다. (…) 28일에 왕이 이찬 군관을 처형하고, 교서를 내려 말하였다. "임금을 섬기는 규범은 충성을 다하는 것이 근본이요, 관직에 있는 이의 도리는 두 마음을 먹지 않는 것이 으뜸이거늘, 병부령 이찬 군관은 반열의 순서에 따라 마침내 높은 지위에 올랐으면서도, 임금의 허물을 간하고 정성껏 보필해 순결한 절개를 조정에 바치지 않으며 명령을 받으면 제 몸을 잊은 채 티없는 정성을 사직을 위해 드러낼 줄을 모르고서, 역신 흠돌 등과 관계를 맺어 그들의 역모 사실을 알고도 일찍이 고발하지 않았으니, 이는 이미 나라를 걱정하는 마음이 없고 또한 공무에 충실한 뜻을 저버린 것이라. 어찌 그로 하여금 또다시 재상 자리에 앉아 함부로 나라의 헌장을 흐리게 할 것인가. 마땅히 무리와 함께 내쳐서 후진들을 경계토록 할 것인바, 군관과 그의 아들 한 명에게는 자진하게 하고, 온 나라에 포고해 모두 알게 하라."[15]

설총이 정치적으로 부각되었던 시기는 신문왕神文王 때였다. 신문왕(재위 681~692년)은 무열왕의 손자로 통일 이후 전제 왕권을 확립한 인물로 알려져 있다. 예문은 신문왕이 즉위하던 해 왕비의 아버지 김흠돌金欽突의 반란 사건을 계기로 많은 연루자를 샅샅이 찾아 죽이고 이 반란 사건을 사전에 알고도 고발하지 않았다는 죄목으로 전 상대등 군관軍官을 사형에 처했다는 기록이다. 반란은 681년 8월 8일에 일어났는데, 이는 문무왕 사후 1개월쯤 되는 시기이다. 그리고 그 반란의 주체가 왕비의 아버지였다는 사실은 신문왕에게 큰 충격이었을 것이다. 그래서 그는 사태 수습의 방편으로 신하의 도리를 충성, 간언, 절개라 강조하고, 이후 왕권 강화를 위해 정치, 경제, 군사 부문에서 정비를 가속한다.

2년 6월에 국학을 세우고·경 1명을 두었으며, 또 공장부감 1명과 채전감을 두었다 … 5년 봄에 다시 완산주를 설치하고 용원을 총관으로 삼았다. 거열주에서 청주를 떼어내 설치하니, 비로소 9주를 갖추었다. 대아찬 복세를 총관으로 삼았다. (…) 7년 5월에 교서를 내려 문무 관료들에게 밭을 차등 있게 내려 주었다. (…) 9년 봄 정월에 왕이 교서를 내려 중앙과 지방 관리의 녹읍을 폐지하고, 해마다 조를 차등 있게 내려 주는 것으로 불변의 고정된 법을 삼았다.[16]

신문왕 2년(682) 6월에 국학을 세우고, 5년에는 지방을 9주로 정비했으며, 7년 5월에는 수취만을 허락하는 관료전을 내렸으며, 또 같은 해에 왕의 직속 부대인 9서당을 편성하였고, 9년 1월에 녹읍제도를 폐지하기에 이르렀다. 이렇듯 신문왕은 신라 통일 이후 전제 왕권의 강화와 진골의 약화를 위해 힘쓴 인물임을 알 수 있다. 여기서 우리가 주목할 점은 왕권 안정과 진골 배제에 힘쓴 신문왕이 설총을 발탁하였다는 점이다.

3) 원효

앞서 살핀 바에 따르면 설총은 친왕적 성향을 가진 것으로 보이는데, 그 바탕은 어디에서 기인했던 것일까? 그것은 원효와의 관계 속에서 추적해야 할 것이다. 앞서 보았듯이《삼국유사》원효와 요석공주의 만남은 태종무열왕을 통해서 이루어졌다. 태종무열왕은 통일의 기틀을 마련하였으며, 진골로서 처음 왕위에 오른 인물이기도 하다.

신라 중대의 불교 신앙 중 하나는 정토사상인데, 정토사상은 부처나 보살이 다스리고 있는 청정한 나라에서 태어남으로써 구원을 받겠다는 신앙 형태이다. 이는 아미타사상과 미륵사상으로 구별되고 미륵사상은 도솔천으로 상생上生하여 구원을 받겠다는 사상과 미륵이 이 땅에 내려와 구원을 받겠다는 하생下生사상으로 다시 나뉜다. 하생사상인 미륵사상, 즉 '왕즉불王卽佛', '신라불국토新羅佛國土' 사상은 신라 중대 통치 이념으로 사용되었다. 그리고 이런 이념을 대중에게 널리 유포한 승려들이 불교 대중화 운동가이고, 그중에서 결정적 기여를 한 인물이 원효라고 전해진다. 그는 무열왕 시대 전후로 불교 대중화의 이론적 기초를 다졌을 뿐만 아니라 실제 일반 민속에 정토 신앙을 유포하였다.[17] 따라서 그의 불교 대중화 운동은 지배층의 대민 안정책의 일환으로 체제 안정의 '교화敎化'적 성격을 띠었다고 할 수 있다.

무열왕이 왕위에 오른 뒤 신라 정치의 안정을 위해서 많은 고민과 노력을 했을 것이고, 이 시기에 원효는 무열왕의 정신적 부절과도 같은 존재였음을 쉽게 짐작할 수 있다. 따라서 원효와 요석공주와의 만남은 체제 안정을 위한 통치술과 통치자의 절묘한 결합이라 할 수 있다. 이처럼 원효와 무열왕이 바라는 '기둥과 대현大賢'은 설총으로 열매 맺었으며, 설총 역시 친왕적 성향을 갖게 된 것은 자연스러운 일이라 할 수 있다. 즉 신문왕과 설총의 관계는 이미 신문왕의 조왕祖王 무열 왕과 원효 시대부터 예고되었다.

한편 원효의 불교와 설총의 유교를 대립적으로 볼 수는 없다. 신라 중대에 불교와 유교가 정치적, 사상적으로 대립할 만큼 성숙하지 못 했고 당시 불교나 유교는 모두 지배계급의 통치 이념이 되었기 때문 이다.[18]

요컨대 설총은 통일신라(신라 중대 초반)기의 6두품 지식인이라 할 수 있는데, 그는 6두품이라는 신분에 대해 신라 후대의 (최치원과 같 은) 6두품과는 다른 세계관을 가지고 있었던 것으로 보인다. 즉 신분 의 한계를 느껴 반신라적·반왕적 의식을 가지고 있기보다는 친왕적 성향을 바탕으로 정치적 입지를 확보하겠다는 의식의 일단을 엿볼 수 있었다. 이러한 지향점의 동인은 당시 신문왕 대의 정치적 분위기와 부 친인 원효와 무열왕과의 관계가 영향과 계기가 되었다고 볼 수 있다.

지금의 논의를 고려한다면 '6두품 → 신분 한계 → 체제 불만 → 반 신라적 성향'이라는 피상적 개념에서 벗어나야 하지 않을까. 사실 설 총과 〈화왕계〉에 대한 기존의 논의가 다분히 획일적인 인상을 준 것 은 바로 이러한 도식 속의 결과물이라고 해도 과언은 아닐 것이다. 적 어도 설총의 경우 위와는 다르지 않은가. 즉 시대적 분위기로 보아 신 라 중대의 6두품 중 일부는 친왕적 성향을 바탕으로 정치적 상승 욕 구를 가졌을 것이고 그 대표적인 인물로 설총을 들 수 있기 때문이다.

3. 〈화왕계〉의 진정한 의미

신문대왕이 한여름 5월에 높고 밝은 방에서 설총을 돌아보고 말하기를 "오늘 장마가 처음 개이고 향기로운 남풍이 약간 서늘하니, 비록 맛 좋은 음식과 듣기 좋은 음악이 있다 해도 고아한 이야기와 유쾌한 해학으로 울적한 마음을 푸는 것만은 못하리라. 그대는 반드시 색다른 이야기를 들었을 터이니 어디 한번 나를 위해 말해 보지 않겠는가."라고 하였다.[19]

신문왕이 '울적한 마음'을 달래기 위한 조언을 설총에게 요청한 기록이다. 그럼 신문왕이 말한 '울적한 마음'은 무엇으로부터 비롯된 것인가. 그것은 신문왕 재위 기간에 발생한 좋지 못한 일들 때문이라 여겨진다.

즉위년에 발생한 역모 사건(주) 15)을 비롯하여, 2년 5월에는 태백성이 달을 침범하기도 하였다. 4년 10월에는 유성이 어지럽게 떨어졌으며, 그해 11월에 안승의 조카인 대문大文이 모반을 일으켜 처형되기도 했다. 7년 2월 맏아들이 태어났는데, 그날 날씨가 음침하고, 우레와 번개가 심하였다. 같은 해 4월 조묘祖廟 제사의 제문에 "근자에 임금의 정사에 도의가 상실되고 하늘에 비추어 보심에 의리가 어그러지매 별자리에 괴변이 나타나고 해와 별이 빛을 잃는지라, 두려움에 몸이 벌벌 떨려 마치 깊은 계곡으로 떨어지는 것 같사옵니다."라고 기록되어 있는데, 이것은 당대의 정치 상황이 평화롭지 않았음을 보여 준다.

특히 9년 9월 26일에 왕은 달구벌(대구)로 도읍을 옮기고자 했으나 진골의 반발로 무산되기도 하였다. 또 진골 세력을 분산시키기 위해 5소경小京을 두어 이주케 하는 과정에서 여러 차례 진골의 저항을 받기도 하였다. 사정이 이와 같다면 신문왕의 울적한 마음은 재위 기간에 나타난 일련의 사건 및 그 사건들과 관련된 진골 세력의 반항 내지 불만에서 비롯했다고 볼 수 있지 않을까 생각한다.

이러한 때에 신문왕은 고민에 대한 답을 설총에게서 구하게 된다. 설총이 신문왕에게 조언할 정도로 가까운 사이였다면, 설총은 어떤 과정을 거쳐 입궁했을까. 구체적인 기록은 없지만, 신라 십현이라 불릴 정도의 학식과 요석공주의 자식으로서 그 자격을 확보하지 않았을까.

요컨대 신문왕은 심각한 정치적 고민에 빠졌으며, 이런 고민의 탈출을 위해 설총에게 '고담선학高談善謔'을 요청한 것이다.

신이 들으니 옛적에 화왕이 처음으로 오자, 이를 꽃동산에 심고 장막을 둘러 보호하였더니, 봄철을 당하여 어여쁘게 피어 백화를 능가, 홀로 뛰어났습니다. 이에 가까운 곳 먼 곳에서 곱고 어여쁜 꽃들이 분주히 와서 (화왕을) 뵈려고 애를 쓰던 차에, 홀연히 한 가인이 붉은 얼굴과 옥 같은 이에 곱게 화장하고 맵시 있는 옷을 입고 갸우뚱거리며 와서 얌전히 앞으로 나와 말하기를, "첩은 눈같이 흰 모래밭을 밟고, 거울처럼 맑은 바닷물을 대하고 봄비로 목욕하여 때를 씻고, 맑은 바람을 시원타 하고 제대로 지내는데, 이름은 장미라 합니다. 왕의 착하신 덕망을 듣고 향기로운 장막 속에서 (하룻밤을) 모시려고 하오니, 왕께서는 저를 허락하시겠습니까" 했습니다.

또한 한 장부가 있어, 베옷에 가죽띠를 띠고 흰머리에 지팡이를 짚고 뒤룩뒤룩하는 걸음으로 허리를 구부리고 나와 말하기를 "나는 경성 밖 큰 길가에 살고 있는데, 아래로는 푸르고 넓은 야경을 내려다보고, 위로는 높디 높은 산색을 의지하고 있으며, 이름은 백두옹이라 합니다. 생각건대 좌우의 봉공이 넉넉하여 고량진미로 충복하고 차와 술로 정신을 맑게 할지라도, 상자 속에는 기운을 보할 양식과 독을 제할 약석藥石이 있어야 하겠습니다. 그러므로 (옛말에) 생사와 삼베가 있더라도 왕골이나 띠풀도 버리지 않는다고 하고, 모든 군자가 결핍에 대비하지 아니함이 없다고 하오니 왕께서도 여기에 뜻을 두시겠습니까?" 했습니다.

어떤 이가 말하기를 "(이렇게) 두 사람이 왔는데, (그중) 어느 쪽을 취하고 어느 쪽을 버리시겠습니까?" 하니, 화왕이 가로되 "장부의 말에도 또한 도리가 있지만, 미인은 (한번) 얻기가 어려우니 이를 어찌하면 좋을까." 하였습니다. 장부가 나와 말하기를 "나는 왕이 총명하여 사리를 아시는 줄로 알고 왔더니, 지금 보니 그게 아닙니다. 무릇 임금이 된 사람은 간사하고 아첨하는 자를 가까이하고, 정도한 자를 멀리하지 않는 이가 드뭅니다. 이러므로 맹가는 불우하게 일생을 마쳤으며, 풍당은 낭서에 잠기어 흰머리가 되었습니다. 예로부터 그런 것이니 난들 어찌 하리요." 하니, 화왕이 이르기를 "내가 잘못하였다, 내가 잘못하였다."라고 하였습니다.[20]

〈화왕계〉 전문이다. 설총은 이 이야기를 신문왕에게 들려줌으로써 신문왕이 울적한 마음을 가지게 된 이유와 해결책을 말하고 있다.

〈화왕계〉의 내용은 비교적 단순하다. 화왕을 중심으로 '장미'와 '백두옹'의 대립이 진행되다가 1차적 승리는 장미가 차지하지만 이후 화왕의 반성(재고)에 따라 백두옹이 최종 승자가 된다. 이 이야기의 해석을 위한 전제는 정치사와의 관련성과 등장 꽃들의 상징성을 상정하는 것이다. 따라서 해석의 실마리는 ㉠ 화왕, 백두옹, 장미의 정체성 파악, ㉡ 화왕이 말한 잘못의 의미, ㉢ 장부의 승리와 정치사적 관련성 등을 해명하는 일일 것이다.

화왕, 백두옹, 장미의 정체성 문제에 대해 기존에 화왕을 왕으로, 백두옹을 설총으로 보고 있다. 그렇다면 장미를 어떻게 보아야 할 것인가. 장미는 붉은 얼굴과 옥 같은 이에 곱게 화장하고 맵시 있는 옷을 입었으며, 눈같이 흰 모래밭을 밟고, 거울처럼 맑은 바닷물을 대하고 봄비로 목욕하여 때를 씻고, 맑은 바람 속에서 유유하게 살고 있는 존재이다. 이에 대해 손정인은 진골 귀족의 가능성을 시사함으로써 해석의 전환점을 제시했다.[21] 《삼국사기》 권33 〈잡지〉 제2 색복色服 조를 보면 장미의 모습과 삶이 대체로 진골의 화려한 삶과 거의 일치됨을 알 수 있었다. 그리고 백두옹 또한 〈잡지〉의 기록을 보면 6두품의 색복과 삶이 유사점을 보인다. 따라서 백두옹은 6두품을 상징한다고 할 수 있다.

삶의 방식과 처지가 다른 두 계층인 진골과 설총(6두품)의 갈등은 왕을 알현할 때부터 시작되었다. 자신의 역할에 있어 장미는 '밤에 왕을 모시는 일'로, 백두옹은 '독을 없애는 침'으로 인식하고 있다. 즉 달콤한 유혹美女과 쓴 약丈夫의 대립으로 볼 수 있다. 이들의 대립에서 1차 승자는 미인이었다. 하지만 장부의 반격이 뒤따랐다. 장부는 "나는 왕이 총명하여 사리를 아시는 줄로 알고 왔더니, 지금 보니 그게 아닙니다. 무릇 임금이 된 사람은 간사하고 아첨하는 자를 가까이하고, 정도한 자를 멀리하지 않는 이가 드뭅니다. 이러므로 맹가는 불우하게 일생을 마쳤으며, 풍당은 낭서에 잠기어 흰머리가 되었습니다. 예로부터 그런 것이니 난들 어찌 하리요."라고 말하면서 왕의 각성을 촉구하고, 장미의 간사함을 밝혔으며, 맹자와 풍당과 같은 처지에 놓일 자신의 불우함을 강조하였다. 이에 왕은 자신의 선택이 잘못되었음을 인정하면서 최종 승리를 장부에게 돌렸다.

그렇다면 화왕이 말한 잘못의 의미는 무엇인가. 이것은 신문왕이 울적한 마음을 가졌던 원인으로도 볼 수 있는 것이다. 신문왕 대의 울적했던 요소들은 대부분 진골의 반왕적 행동들이며, 그 같은 행동을 불렀던 요인 역시 신문왕의 태도 때문이란 것이다. 즉 신문왕이 왕권 강화 정책을 수립하면서 진골을 철저히 배제하지 못한 데도 그 원인이 있다는 것이다. 그래서 설총은 백두옹의 입을 통해 고민을 덜기 위해서는 진골 세력의 약화를 목표로 삼고 이를 위해 6두품과 제휴해야 함을 역설한다. 이것이 '잘못'을 '옳은 것'으로 옮기는 지름길이라고 말한다.

이런 측면에서 장부의 승리는 왕권 안정의 측면이 있음과 동시에 더불어 6두품의 정치적 부상의 계기라 할 수 있다. 최종 승자인 백두옹의 정치적 수련터는 큰길가였으며, 경성 밖이었다. 하지만 이제부터 장부는 경성 안에서의 삶을 꿈꿀 수 있게 되었다. 그동안 성 밖에서 독(장미)을 보면서도 이들을 제거할 구실을 찾지 못했던 백두옹은 마침내 시대의 변화를 감지하고 약침의 임무를 자처하였다.

이처럼 6두품인 설총이 진골과 대결하고 정치적 부상 의지를 보인 것은 신라 중대의 정치사와 관련성을 두어야 할 것이다. 통일국가 건설 후 무열계 왕들의 급선무 중에 하나는 체제 안정이었다. 이를 위해 자신들과 정치적 대결선상에 있는 진골들의 세력을 약화하는 것은 당연했을 것이다. 이에 무열계 왕들은 기존 귀족이 아닌 새로운 이념과 학식으로 무장한 관료가 필요했다. 그리고 그 적임자로 6두품을 지명했을 것이며, 이에 설총과 같은 6두품은 역사적 흐름에 편승했다는 추정을 할 수 있다. 설총과 같은 6두품 또한 새 시대의 변화를 예감하고 정치적 실력자로서 위치를 확보하기 위해 각고의 노력을 보였을 것이다. 그렇다면 자연히 정치 투쟁의 대상으로 진골을 상정할 수 있다. 따라서 신라 중대의 정치사는 이전에 보기 힘들었던 진골과 6두품의 갈등 양상이 두드러졌을 것이다. 이러한 정황으로 미루어 보면 신라 중대의 진골은 상하의 공격 대상이었다.

설총은 이러한 시대적 분위기에 적극 가담하면서 진골 귀족을 독(반왕세력)으로 규정하고, 자신의 임무는 독을 제거하는 것이라 하였다. 신문왕 즉위년에 일어난 진골 귀족의 반란을 목격한 설총으로서는 이와 같은 생각을 하기에 충분했을 것이다. 또한 아버지로부터(원효) 물려받은 체제 안정적 성향이 신문왕의 사업—조왕祖王 무열왕이 그랬던 것처럼―과 같은 궤를 이룰 수 있다는 믿음도 힘을 실었을 것이다. 이것을 통해 진골에게 구속을, 6두품에게 활로를 열어 준 신라 중대의 정치적 분위기를 엿볼 수 있다.

요컨대 설총은 신문왕이 울적한 마음을 갖게 된 원인을 진골 귀족의 반왕적 행동에 대해 이를 물리치지 못한 것으로 진단하였다. 이에 반성적 성찰의 해결책으로 새로운 인물의 (6두품―설총과 같은) 등용을 제시하였다.

이에 왕은 수연히 얼굴빛을 하며, "그대의 우화에 실로 깊은 뜻이 있도다. 글로 써서 왕 된 이들의 경계로 삼아야겠다." 하고는 마침내 설총을 높은 관직에 발탁하였다.[22]

이 기록에서 우리가 주목해야 할 점은 신문왕이 말한 '심지深志'와 '왕자지계王者之戒' 그리고 '탁총이고질擢聰以高秩' 등이다. 깊은 뜻〔深志〕이란 신문왕의 고민을 해소할 방법을 말한 것 같다. 신문왕 자신이 왕권 강화를 위해 진골과의 제휴를 염두에 두었을 수도 있으나 이것이 곧 독일 수 있다는 설총의 말을 깊은 뜻으로 받아들인 것이다.

다음으로 '왕자지계'이다. 여기서 왕王이란 자신은 물론이거니와 후대 왕들까지 포함한 것이다. 하지만 비중은 후대 왕들에게 있음을 어렵지 않게 알 수 있다. 그렇다면 '계戒'의 구체적인 의미는 '진골을 조심하라' 내지 '6두품과 제휴하라'는 것이 아닐까. 이렇게 하는 것이 왕권 안정은 물론 통일국가의 유지 번영 또한 보장받는 바탕이기 때문이다. 여기서 짚고 가야 할 것은 〈화왕계〉의 제명 해석이다. 지금까지 연구사는 '화왕(신문왕)에 대한 풍계'로 보는 것이 주류를 이루었다. 하지만 지금의 논의를 긍정적으로 수용한다면 다른 차원으로 해석할 틈이 있지 않나 생각한다. 즉 '신문왕(현재의 왕)은 물론이고 앞으로 통일국가의 왕이 된 자들이 지켜야 할 헌장'으로 보면 어떨까?

이렇듯 신문왕은 '깊은 뜻'을 적극적으로 수용하면서 설총을 높은 관직으로 발탁한다〔擢聰以高秩〕. 이후 설총은 '하늘 받칠 기둥'과 '나라의 대현'으로서 역할을 충실히 해낸 것으로 보인다. 국학에서의[23] 활발한 활동과 왕의 자문관으로서의 임무[24] 등이 그 사정을 말해 준다.

4. 정치 풍속화로서의 〈화왕계〉

설총에 대한 논의의 전제는 신라시대 6두품은 전 시기를 거쳐 세계관이 같았을까 하는 점이다. 이에 신라 중대의 6두품 중 일부는 하대의 6두품과는 달리 친왕적이었을 것이라 논하고 그 대표적인 인물로 설총을 들었다. 그리고 설총의 이와 같은 성향은 원효로부터 이어 온 것으로 추정하였다. 따라서 설총은 6두품으로서 신분적 한계에 대한 불만보다는 전제 왕권 확립에 동조하며 진골에 맞서면서 정치적 입지를 확보하려 했던 인물로 볼 수 있었다.

〈화왕계〉의 창작 배경은 신라 중대가 6두품의 정치적 활로를 개방한 분위기를 들 수 있으며, 창작 동기는 정치적 상승 욕구(설총의 입장)와 난국 수습의 해법을 구하는 것(신문왕의 입장)으로 볼 수 있다. 〈화왕계〉는 신라 중대 정치사의 궤도를 따라 움직이는 반사경으로, 통일 이후 무열왕계 치자治者의 고민―반왕적 진골, 넓어진 국토와 백성의 효율적 지배, 통일 조국의 무궁과 영광된 미래 등―, 새 시대를 맞이하는 의욕적인 6두품 그리고 궁지에 몰린 진골, 이들을 그린 정치 풍속화로서 〈화왕계〉, 이 그림을 김부식은 《삼국사기》 열전 설총조에 담아 놓았다. 따라서 주제는 '통일 이후 정계 개편의 상황 속에서 무열계왕과 6두품이 각자의 목적, 즉 신문왕의 전제 왕권 강화와 설총의 정치적 입지를 강화하기 위해 진골을 상하로 협공하자는 이야기'라고 할 수 있다.

1 645(선덕여왕 14년): 태어남; 681(신문왕 1년): 한림(翰林); 681~691(신문왕
   1~10년): 〈화왕계〉 지음; 746(경덕왕 5년): 박사(博士); 1022(고려 현종 13년):
   홍유후(弘儒侯) 시호 추증.

2 《三國遺事》卷4 元曉不羈. "聖師元曉 俗性薛氏 祖仍皮公 亦云赤大公 今赤大
   淵側 有仍皮公廟 父談捺乃麻."

3 《三國遺事》卷4 元曉不羈. "師嘗一日 風顚唱街云《誰許沒柯斧 我斫支天柱》
   人皆未喻時 太宗聞之曰《此師殆欲得貴婦 産賢子之謂爾 國有大賢 利莫大焉》
   時 瑤石宮 有寡公主 勅宮吏覓曉引入 … 因留宿焉 公主果有娠 生薛聰."

4 《三國史記》卷46 列傳. 世傳 日本國眞人贈新羅使薛判官詩序云 嘗覽元曉居
   士所著金剛三昧論 深恨不見其人 聞新羅國使薛 卽是居士之抱孫 雖不見其祖
   而喜遇其孫 乃作詩贈之 其詩至今存焉 但不知其子孫名字.

5 〈高仙寺 誓幢和尙碑〉《朝鮮金石總覽 上》, 42면.

6 내마는 신라 17관등 중 11위.

7 설씨와 설총 집안이 신라 시대 6두품 계급이었다는 논의는 이기백, 〈신라 6두
   품 연구〉《신라정치사회사연구》, 일조각, 1974)를 참고.

8 위의 책.

9 〈聖住寺 郞慧和尙碑〉《朝鮮金石總覽 上》, 74면.

10 《신당서》.

11 이기백(1974), 앞의 책, 37면.

12 이기백(《한국사신론》), 한우근(《한국통사》), 변태섭(《한국사》) 등 다수.

13 이기백, 《한국사신론》(일조각, 1976), 108면.

14 위의 책, 같은 곳.

15 《三國史記》卷8. "元年 八月 八日 蘇判金欽突波珍湌興元大阿湌眞功等 謀叛
   伏誅 … 二十八日 誅伊湌軍官 敎書曰 事上之規 盡忠爲本 居官之義 不二爲宗
   兵部令伊湌軍官 因緣班序 逐升上位 不能拾遺補闕 效素節於朝廷 授命忘軀
   表丹誠於社稷 乃與賊臣欽突等交涉 知其逆事 曾不告言 旣無憂國之心 更絶
   徇公之志 何以重居宰輔 濫濁憲章 宜與衆棄 以懲後進 軍官及嫡子一人 可令
   自盡 布告遠近 使共知之."

16 《三國史記》卷8. "二年 六月 立國學 置卿一人 又置工匠 府監一人 彩典監一人 … 五年 春 復置完山州 以龍元爲摠管 挺居列州以置菁州 始備九州以大阿飡福世爲摠管 … 七年 五月 敎賜文武官僚田有差 … 九年 春正月 下敎 罷內外官祿邑 逐年賜租有差 以爲恒式."

17 한국역사연구회, 〈중세의 사상〉(《한국역사》, 역사와비평사, 1992), 216~217면.

18 守本順一郎, 김수길 역, 《동양정치사상사연구》(동녘, 1985), 199~232면.

19 《三國史記》卷46. "神文大王 以仲夏之月 處高明之室 顧謂聰日 今日宿雨初歇 薰風微涼 雖有珍饌哀音 不如高談善謔以舒伊鬱 吾子必有異聞 蓋爲我陳之."

20 《三國史記》卷46. "臣聞昔花王之始來也 植之以香園 護之以翠幕 當三春而發艷 凌百花而獨出 於是自邇及遐 艷艷之靈 夭夭之英 無不奔走上謁 唯恐不及 忽有一佳人 朱顔玉齒 鮮粧靚服 伶俜而來 綽約而前 日妾履雪白之沙汀 對鏡淸之海 而沐春雨以去垢 快淸風而自適 其名曰薔薇 聞王之令德 期薦枕於香帷 王其容我乎 又有一丈夫 布衣韋帶 戴白持杖 龍鍾而步 傴僂而來 日 僕在京城之外 居大道之旁 下臨蒼茫之野景 上倚嵯峨之山色 其名曰白頭翁 竊謂左右供給雖足膏粱以充腸-茶酒以淸神 巾衍儲藏 須有良藥以補氣 惡右以蠲毒 故日 雖有絲麻 無棄菅蒯 凡百君子 無不代匱 不識王亦有意乎 或日 二者之來 何取何捨 花王日 丈夫之言 亦有道理 而佳人難得 將如之何 丈夫進而言日 吾謂王聰明識理義 故來焉耳 今則非也 凡爲君者 鮮不親近邪佞 疏遠正直 是以孟軻不遇以終身 馮唐郎潛而皓首 自古如此 吾其奈何 花王日吾過矣吾過矣."

21 손정인도 "유유자적한 가운데 물질적 풍요를 누리며 현실적 가치만을 추구하는 장미는 바로 진골 귀족들을 말하는 것일 것이다"라고 추정하였다. 손정인, 〈설총과 〈화왕계〉〉(《영남어문학》 제20집, 1991), 15면.

22 《三國史記》卷46. "於是王愁然作色日 子之寓言誠有深志 請書之以謂王者之戒 遂擢聰以高秩."

23 국학에서 敎授한 과목은 《논어》, 《효경》, 《예기》, 《좌전》, 《상서》 등이다.

24 경덕왕 5년에 박사가 되었다.

제 4 장

고려 전기 예종과
〈구실등가〉

1. 〈구실등가〉에 대한 관심

1116년 고려 예종(1079~1122, 재위 1105~1122)은 송宋의 대성아악大晟雅樂을 받아들인다. 이후 이를 태묘제례악으로 사용하면서 새로운 태묘악장인 〈구실등가九室登歌〉를[1] 제작하게 되었다. 이 작품에 대한 연구는 박기호의 논의가 유일한데, 그는 "예종 때의 〈구실등가〉는 고려 왕실이 안정되고 문화가 정착된 것을 찬양하기 위해 제작된 서사시"[2]라고 하였다. 이러한 그의 견해는 악장이 갖는 기본적인 속성에 기댄 것이라 할 수 있다. 물론 제례 악장이 갖는 갈래 관습을 염두에 둔다면 그의 주장은 일견 타당하다. 하지만 악장의 속성이 '왕실 찬양'에 있다고 할지라도 각 시대와 왕조에 따라 그 의미 실질이 다를 수 있고 고려 예종 대를 '왕실 안정기'로 바라보기에는 고려사를 통해서 볼 때 석연찮은 점이 적지 않다. 따라서 〈구실등가〉는 악장에 담긴 공통성의 차원이 아니라 복잡한 상황이 전개되던 예종 대의 관점에서 살펴야 할 것이다. 그리고 〈구실등가〉의 창제가 송과의 관계 속에서 비롯된 것이기 때문에 이 또한 고려의 대상이 될 것이다. 이에 고려 중기 예종 대의 대내외적 상황을 검토하여 〈구실등가〉의 성립 배경을 살피고자 한다.

2. 대내적 상황

짐이 양부兩府·대간臺諫·양제兩制 및 장령전長齡殿의 수교원讎校員 등이 올린 봉사를 두루 읽어 보았다. 그 건의 가운데 '선행을 실천하고 스스로 반성할 것과 선왕의 유훈을 충실히 지킬 것'이라는 조항은 가슴에 새겨 둔 바로서 짐이 늘 실천하고자 하는 것이다. 또한 '계절의 변화에 맞추어 하늘의 이치에 따라 명령을 내릴 것, 퇴락된 교사郊社와 원묘原廟를 수리하고 헐어빠진 제기와 제복을 교체할 것'이라는 조항은 해당 관청으로부터 상세한 현황을 들은 다음 그대로 시행토록 할 것이다.

천수사天壽寺 공사에 관한 왈가왈부는 짐도 잘 알고 있는 사항이다. 그러나 선왕께서 처음 건축 공사를 시작했을 때는 아무도 말리는 자가 없었는데, 승하하신 이후에는 공사를 중지하라는 여론이 벌 떼처럼 일어나고 있다. 짐이 공정한 처지에서 생각건대, 지세의 길흉 따위에 구애받는 것은 하찮은 일이니, 선왕께서 천수사를 세우면서 지니셨던 원래의 뜻을 따라야 할 것이다. 다만 올봄에 공사를 강행한 것은 분명 짐의 잘못이니 사

면하는 글의 조항에 의거해 3년 후에 시행할 것이다.[3]

숙종의 뒤를 이어 왕위에 오른 예종은 집권 초기부터 행정 조직을 일원화하고 민생의 안정을 도모하는 등 의욕적으로 국정을 운영하였다.[4] 또한 예종은 앞으로의 국정 운영을 위해 여러 경로를 통해 의견을 모았다. 앞의 글은 그러한 건의에 대한 예종의 답[조서]이다. 예종은 올라 온 건의의 대부분을 긍정적으로 수용하고 있으나, 천수사 공사 중지 요구 건에 대해서는 반대 의사를 분명히 밝히고 있다. 천수사는 선왕(숙종)의 진전사찰眞殿寺刹로 부왕의 권위를 상징한다고 할 수 있다. 숙종은 비록 헌종으로부터 선위 형식을 빌려 왕위에 올랐지만[5] 실상은 쿠데타였기 때문에 정통성 문제는 늘 있었다. 예종의 처지에서 부왕의 왕위 계승이 부정된다면 본인 역시 왕좌를 유지할 명분이 사라지기 때문에 천수사 공사를 강행할 수밖에 없었다. 이에 예종은 '선왕의 유훈을 충실히 지키겠다'는 의지를 밝히고, 원년 9월 윤관尹瓘에게 천수사 공사의 책임을 맡겼다.[6]

윤관·오연총吳延寵이 숭인문崇仁門 밖에서 신기군神騎軍·신보군神步軍을 열병하였다.[7]

임인일. 여진을 정벌하기 위해 순천관順天館의 남문에서 군대를 열병한 후, 은과 베 그리고 술과 음식을 두루 내려 주었다. 윤관을 원수로, 오연총을 부원수로 임명하였다.[8]

왕이 즉위함에 이르러 상중喪中이므로 미처 겨를을 내지 못하였더니, 이에 이르러 변장邊將이 아뢰기를, "여진이 멋대로 날뛰어 변성에 침돌하고 그 추장이 조롱박 하나를 긴 나무에 걸었습니다." 하였다. 왕(예종)이 듣고 중광전 불감佛龕에 간직하여 두었던 숙종의 서소誓疏를 꺼내어 양부 대신에게 보이니, 대신 등이 받들어 읽고 눈물을 흘리며 아뢰기를, "성고聖考의 유지遺旨가 깊고 간절함이 이와 같은데 잊을 수 있겠습니까?" 하고 이에 글을 올려 선고의 뜻을 이어 적을 치기를 청하였다. 왕이 망설이며 결정을 짓지 못하고 최홍사에게 명하여 태묘에서 점치게 하였더니 감坎 기제괘旣濟卦를 얻어 드디어 출병하기로 의논을 결정하였다.⁹

숙종이 예종에게 남긴 큰 숙제는 여진 정벌과 이를 위한 특수부대 창설이었다. 여진의 침범은 숙종 이전부터 있었지만, 숙종 대에 오면 그 도가 지나쳤다. 특히 숙종 8년 정주 선덕관성宣德關城에서 여진에게 당한 패배와 그들과의 굴욕적인 강화는 씻을 수 없는 상처가 되었다. 숙종은 이를 만회하기 위해 여진 정벌 계획을 세웠지만 갑작스러운 죽음으로 실천에 옮기지 못하였다. 이런 상황에서 예종은 선왕의 유지에 따라 원년 11월 별무반을 창설하고, 2년 10월에 여진 정벌을 결행한다. 앞의 마지막 사료에서 보듯 원래 예종은 여진 정벌에 적극적이지 않았던 것으로 보인다. 하지만 변장의 건의와 대신들의 거듭된 요구에 밀려 정벌을 결심하게 된다. 여진 정벌의 시작은 성공적이었다. 2년 12월 정주 전투, 3년 영주성 웅주 전투 등 아군의 연이은 승리로 인해 윤관은 여진 지역에 동북 9성을 구축하였다.

그러나 동북 9성은 1년 뒤에 여진에게 돌려준다. 환부運付 배경에는
여진이 끊임없는 간청이 있었으나[10] 이보다는 현실적인 문제가 더 컸
던 것으로 보인다. 정벌 이전부터 김연金緣은 국내 상황을 들어 출병의
불가함을 말한 바 있고,[11] 9성 구축 이후에는 여진을 사이에 두고 거
란(요)과의 충돌 가능성이 있는 데다가 점령지에서의 주둔 비용도 부
담으로 작용하였기 때문이다. 결국 예종은 철군을 결정하였다. 막대
한 전쟁 비용을 들여 점령한 지역을 반환하고 철수했다는 것은 예종
의 국정 운영의 미숙함과 여진 정벌이 성공적이지 않았음을 보여 준
다고도 할 수 있다. 사관의 평에서도 "영토를 넓히는 데 뜻을 두고 변
방에서 요행수로 기대하여 외적과의 혼극이 계속되었다."라는[12] 언급
에서도 이를 짐작하게 한다.

갑오일. 태사太史는 선조先朝가 창건한 천수사는 지세가 좋지 않으니 약사
원藥師院을 헐고 거기로 옮기라고 건의하였다.[13]

11월에 유사가 천수사의 창건을 중지할 것을 청하였다. 약사원에 거둥
하여 또 절터를 보았다.[14]

경신일. 해당 관청에서 천수사 신축 공사를 중지할 것을 건의하자 그
의견을 좇았다.[15]

경술일. 간관이 천수사 신축 공사를 중지하라고 간언하자 왕이 그 말을
따랐다.[16]

동북 9성 반환 이후 예종의 국정 장악력은 현저히 떨어진다. 이러

한 결과는 천수사 공사의 중단으로 이어졌다. 6년 8월에 태사에서 천수사의 지세 문제를 들어 옮기기를 건의하자 왕이 친히 거둥하여 길흉을 보기도 하였다.[17] 이에 얼마 동안 관망하던 예종은 11월 유사의 거듭된 창건 중지 건의에 따라 약사원을 방문한다. 하지만 이번에는 약사원의 반대로 천수사 공사를 멈추게 되며, 결국 이듬해 2월 예종은 천수사 공사를 포기하기에 이른다. 이 사건으로 예종은 큰 충격을 받았을 것으로 보인다. 부왕의 권위를 상징하는 천수사가 신하들의 반대로 완공되지 못했다는 것은 왕위 계승의 정당성과 자신의 왕권이 훼상되었음을 말해 주기 때문이다.

예종은 집권 초기 부왕의 유업을 계승함으로써 숙종이 다져 놓은 왕권 강화의 기조를 유지하고자 하였다. 대표적인 유업은 여진 정벌과 천수사 창건인데, 여진 정벌은 현실을 고려하지 않고 감행한 까닭에 동북 9성을 구축하고도 다시 돌려주게 되고 천수사 공사는 신료들의 반대로 중단되었다. 여진 정벌의 실패가 예종의 왕권을 약화하는 계기가 되었으며, 그로 인해 부왕의 권위를 상징하는 천수사의 공사마저 중단되었다. 이는 쿠데타로 왕위로 오른 부왕 숙종의 권위의 추락은 물론 예종의 왕권까지 위축되었다고 할 수 있다.

3. 대외 관계와 여진의 흥기

예종 대 고려의 대외관계는 매우 복잡한 양상을 보인다. 예종 11년 까지 고려는 요의 세력 안에 놓여 있었고, 여진은 고려의 영향권 안에 있었다. 고려와 요의 관계는 비교적 오래되었으며 3차 전쟁 이후부터 는 고려가 낮은 자세에[18] 있었던 것 같다.[19] 이와 달리 여진에 대해서 는 우위에 있었다. 동·서·북여진의 추장들이 내조, 귀부歸附, 항복하 는 경우가 빈번하였고,[20] 여진 정벌과 동북 9성 반환 이후에도 여진은 고려의 영향권 아래 있었다.

한편 예종 5년 이전까지 고려는 송과 단 한 차례 교류하였다.[21] 그 러다가 5년 6월 송은 사신 왕양과 장방창을 파견하였다. 그들 편에 황 제는 친필 조서를 보내는데, 골자는 요에서 예종을 권왕權王[임시 군 왕]으로 책봉하였으나 송은 진왕眞王으로 삼겠다고 한 것이다.[22] 이는 이전의 외교 관계를 회복하는 것이자 앞으로 외교 관계의 변화를 예 고하는 것이라 할 수 있다.

예종 6년 이후 고려의 대외 관계에 변화가 있었다. 요·여진과는 기 존의 관계를 유지하면서 일정한 거리를 유지하고자 했으며, 송과는 친선 우호의 외교 노선을 견지한 것이다. 이러한 외교 정책 속에서 요 에 대해서는 저자세를 취하며 정기·비정기적인 교류를 하였고, 여진 과는 우위에 서서 여진 추장의 방문과 공물 헌납을 허용하였다. 하지 만 생여진이 강성해지면서 상황은 달라졌다. 9년 10월 성장한 생여진은 급기야 요를 공격하였고, 요는 고려에 파병 및 협공을 요청하였다. 하지만 고려는 반복되는 요구에도 불구하고 응하지 않았다.[23] 고려가 응하지 않은 것은 원래부터 요에 대한 감정이 좋지 않았던 데다가 요와 여진 사이의 분쟁에 말리지 않기 위해서라고 할 수 있다.[24]

한편 고려가 요-여진과의 거리 두기는 10년 1월 생여진의 아골타가 금金을 건국하고 황제로 칭하면서 사정이 달라졌다. 10년 9월 금이 요와의 전투에서 연승하자 고려 예종은 금에 사신을 보내어 승리를 축하하였다.[25]

계축일. 금나라 임금 아골타가 아지阿只 등 다섯 명 편에 다음과 같은 편지를 보냈다.

"형인 대여진大女眞 금나라 황제는 아우인 고려 국왕에게 편지를 보내오. 우리는 선조 때부터 큰 나라들 틈바구니에서 거란을 대국으로, 고려를 부모의 나라로 삼아 공손히 근신하며 섬겨 왔소. 그런데도 거란이 무도하게 우리의 영토를 유린하고 우리의 백성을 노예로 삼았으며, 아무 명분도 없이 자주 전쟁을 도발해 왔소. 우리는 부득이 그들에 대항했고 하늘의 도움을 받아 그들을 섬멸시킬 수 있었소. 왕은 우리와의 화친을 허락하고 형제의 관계를 맺어 대대로 끝없는 우호 관계를 이루기를 원하는 바요."[26]

예종 12년 3월에 금 태조는 고려에 화친의 조서를 보냈다. 윗글에서 보듯 금은 이전에 고려를 부모의 나라로 인정하고 있음에도 불구하고, 이제부터는 고려를 아우의 나라로 삼겠다고 하였다. 그리고 요에 대해서는 그들이 적으로 보는 만큼 고려도 관계를 청산하라고 요구하였다. 이 요구에 대해 고려 조정은 얼마간 묵살했으나 오래가지는 못하였다. 국제 정세의 변화 따라 외교 정책이 달라지는 것은 당연지사이다. 결국 고려는 사요事遼에서 사금事金으로 외교 정책을 수정할 수밖에 없었다.

오래전부터 변방의 오랑캐로 여기던 거란과 여진이 중원을 장악하고 군사적 위력이 막강해진 것을 실제로 경험한 예종은 또 다른 번민에 빠졌을 것으로 보인다. 대내적 군신 간의 알력은 극단적이지 않은 경우 국가 존망으로까지 연결되지 않지만, 대외적 위협은 사직의 존립마저 위태롭게 할 수 있기 때문이다. 지금까지 이어 온 고려가 당대에 외부적 힘에 의해 '보전성'이 흔들린다면 군주로서 최대치의 고민거리라 할 수 있다.

예종 대에는 그간 오랑캐로 여겼던 거란(요)과 여진(금)이 고려의 존립을 위협하는 요소로 번갈아 작용하였다. 거란과 세 차례의 전투에서 패한 이후 거란이 예종 전반기까지의 위협이었다면 12년 이후 요를 격퇴한 금은 후반기의 위협이었다. 이로써 예종은 대내적으로는 약화된 왕권을 고민해야 했고, 대외적으로는 체제 존립에 대한 고민을 더하게 된 것이다.

4. 대성아악의 수용

예종은 당대에 봉착한 대내외적 위기를 극복하기 위해 각고의 노력을 경주했던 듯하다. 그 가운데 가장 무게를 둔 것은 송과의 교류라 할 수 있다. 송과의 교류는 예종 이전에도 꾸준하였으나 거란과의 전쟁 이후에는 양국 간 국교는 단절되기에 이르렀다. 하지만 거란의 세력이 약해지던 예종 5년 이후부터 고려와 송은 통교通交의 활기를 되찾았다. 고려와 송의 국교 정상화는 여러 요인이 있겠지만 무엇보다 양국 간 이해가 들어맞았기 때문이라 할 수 있다. 송은 고려를 통해 자신들의 위협이 되는 거란과 여진을 배후에서 견제하려 했고, 고려는 송을 통해 체제 유지를 위한 군사적 배후지로 삼으면서 동시에 선진 문물 수용 창구로 활용하려 했기 때문이다.[27]

예종은 이외에도 또 다른 이유에서 송과의 교류를 적극적으로 도모했던 것으로 보인다. 예종 8년 9월 안직숭은 송의 사신으로 파견되었다가 이듬해 6월에 귀국하였다. 그가 귀국하면서 가져온 것은 송 휘종이 내린 음악(악기, 악보)이었다. 새로운 음악을 접한 예종은 그해 10월 종묘 합사合祀와 11월 함원전 잔치에서 송 음악을 연주하기에 이른다. 외래 음악을 제례와 연향에 사용하는 파격적인 행보를 보인 예종은 10년 7월 송 휘종이 내린 선물에 대한 답례로 왕자지王字之(1066~1122), 문공미文公美 등을 사은사로 파견하기에 이른다.

표문에 이르기를, "백성을 교화하여 풍속을 이루는 것은 태학의 학풍에 말미암는 것이요, 중화中華의 문물로 외국을 변화시키는 것은 선왕의 가르침에 의한 것입니다. (…) 우리나라가 일찍부터 중국의 풍속을 사모한 것은 개보開寶 연간에 있었으며, 신종神宗 때에 이르러서는 사신을 보낼 때마다 생도도 보내어 주나라를 구경하여[관주觀周] 노魯나라를 변하게 하려 하였습니다. (…) (학생들이) 좋은 소리를 배워서 올빼미의 나쁜 소리를 고치며, 꾀꼬리처럼 그윽한 골짜기에서 나와 높은 나무에 옮아서 새 지저귀는 말소리의 완頑함을 면하고, 성인의 도를 동쪽 나라로 오게 하여, 길이 태양처럼 비춰주신 은혜를 입게 되겠습니다." 하였다.[28]

예종은 사은사를 보내면서 진사 5인을 송의 태학太學에서 공부할 수 있게 요청하였다. 표문에서 보듯 예종은 문명국 송의 교화가 고려에도 실현되기를 희망했던 것으로 보인다. 이를 위해 유학생을 보내어 그곳의 문화를 익히게 한 다음 고려에 옮기고자 한 것이다. 그래서 예종은 〈반수장泮水章〉을[29] 들어 고려를 노魯에, 송을 주周에 비의하면서 그 의지를 강하게 드러냈다. 이는 고려가 거란(요)과 여진(금)의 물리력에 압도당하고 있지만, 문화적 측면에서는 결코 뒤지지 않는다는 자긍심의 발로라 할 수 있다. 금이 고려에 막강한 영향력을 행사하던 예종 후반기에도(13년 2월; 15년 11월)《시경》〈노송魯頌〉의 경연이 있다는 것에도 이를 확인할 수 있다.

송 휘종 또한 예종의 뜻에 부응하여 예종 11년 6월 귀국하는 고려의 사신들에게 대성아악을 전했다. 선물의 내용은 아악의 등가용 악기 17종, 헌가용 악기 20종을 포함하여 각종 의물까지 대단한 규모였다. 대성아악을 내리면서 휘종은 "예로부터 외국의 왕이 교화를 존숭하고 덕행이 클 때에는 음악으로써 포상하는 법이기에"[30] 선사한다고 하였으나, 그 이면에는 고려로 하여금 요·금과의 거리를 두고 송과의 관계를 돈독히 하고자 의도가 있었던 것 같다.[31] 이렇듯 고려와 송의 문화 교류는 예종과 휘종의 이해 속에서 활발히 진행되었다.

예종은 당대의 대내외적 위기 상황을 벗어나기 위해 송과의 적극적인 통교를 추진하였다. 송의 선진 문화를 받아들임으로써 대외적 위협을 문존文尊 의식으로 극복하려 했기 때문이다. 그리고 송 휘종은 거란·여진의 위협을 고려와 공동으로 대처하기 위해 문물을 공유함으로써 동맹을 강화하려 하였다. 결국 대성아악의 전파와 수용을 통해 양국은 음악적 자산을 공유하게 됨으로써 대외적으로는 위협 세력에 대한 공동 대응의 계기가 된 셈이다. 그리고 예종에게 이 '선진 예악'은 대내적 문제를 해결할 수 있는 신선한 도구가 되었다.

5. 대성악의 성립과 송의 태묘악장

1) 대성악의 성립과 해석의 개방성

송 휘종 4년(1103)에 완성된 대성악은 송 태조 때부터 여러 차례 수정 보완한 아악이라 할 수 있다. 송은 건국 초기부터 아악 정비에 각고의 노력을 기울였다. 이는 국가 제례의 위엄을 갖추기 위한 조치로 보인다. 송은 국가 제례 가운데 교사郊祀와 종묘宗廟를 가장 중요하게 여겼다. 이들을 통해 최고 통치자의 신성성과 정당성을 높이고자 했기 때문이다. 따라서 이들 제례에 권위를 부여하기 위해서는 종래의 음악과는 다른, 새로운 음악으로 의례를 포장할 필요가 있었다. 게다가 송은 거란보다 우위에 설 명분으로 대성악을 정비했던 것으로 보인다. 송은 건국 이후 거란(요)과의 대결에서 늘 약자의 처지에 놓여 있었다. 오랑캐라 여겼던 거란이 성장하여 송에게 위협이 되었기 때문이다. 이렇게 물리적·군사적으로 위기 상황에 놓인 송은 중화민족으로서의 자부심을 앙양하고 내부의 결속을 위해 정신적·문화적 방안을 모색했으니 그 결과물이 대성악이다.

대성악을 정비하는 과정에서 음고 표준, 음계 형식, 음역 그리고 정성正聲과 중성中聲 제도 등이 논란의 대상이 되었다.[32]

음고 표준 문제는 송 건국 초기부터 있었던 것으로 논란의 핵심은 '황종음黃鐘音을 어떻게 정하는가' 하는 점이다. 이에 대해 기장〔黍〕을 이용하는 방법,[33] 고제古制에 근거하여[34] 황종율관을 고증하는 방법, 사람의 소리에 기초하여 정하는 방법 그리고 위한진魏漢津이 제기한 몸으로 척도를〔이신위도以身爲度〕삼는 방법 등이 있었다. 이 가운데 위한진의 안이 최종적으로 채택되었다. 그는 황제黃帝가 황종율을 만들었고, 하우夏禹는 황제를 따라 자신의 오른손 세 번째·네 번째·다섯 번째 손가락 각 세 마디의 길이를 이어 9촌으로 하여 황종율관을 만들었기 때문에 송 휘종의 손가락 길이로 황종율관을 삼자고 건의하자 휘종이

이를 받아들인 것이다.[35]

음계의 형식에 대해서는 5음계인 궁상각치우^{宮商角緻羽}만 쓸 것인지 5음에 변궁^{變宮}과 변치^{變緻}를 더한 7음계를 쓸 것인지 논란이 있었다. 5음 논자들은 5음은 올바른 음이고 변궁·변치는 해로운 음이며, 궁은 황제이므로 궁음이 둘일 수 없다고 했다.[36] 이에 반해 7음 논자들은 임금은 온갖 사물을 총괄하므로 하나에 집착할 수 없고, 일은 다종다양하므로 한구석에 고정될 수 없기 때문에 변궁과 변치가 있어야 한다고 하였다.[37]

음역에서는 한 옥타브 안에 12음만을 쓰자는 주장과 12음에 높은 옥타브 4음을 더하자는 주장이 있었다. 이 문제는 앞서 음계와도 연관되는 것으로 12음역론자는 12율을 넘는 4청성^{淸聲}을 쓰게 되면 황제음(황종)에 또 다른 황제 음(청 황종)이 생기기 때문에 불가하다고 하였다. 그러나 16음역론자는 고대 성인이 만든 악기인 황^篁의 우^竽, 25현 비파 등을 따를 때 12음만으로는 이를 구현할 수 없고 16음을 둔다고 해도 각 음의 고유한 질서는 깨질 수 없다고 하였다.[38]

정성과 중성 제도는 정성·중성 제도는 대성악을 제정할 당시 위한 진이 제안한 것으로, 연주하는 시기가 정기^{正氣}인지 중기^{中氣}인지에 따라 그에 맞는 정성과 중성을 사용해야 한다는 것이다.[39] 그러나 채유^蔡^攸는 고래부터 정성과 중성의 음악은 없었으며, 이를 쓰게 되면 황제의 율을 어지럽히기 때문에[40] 비판하고 나선 것이다.

이러한 논란 끝에 음고 표준은 송 휘종의 손가락으로 정하였으며, 음계와 음역은 양쪽의 의견을 절충하는 방향으로 매듭지었다.[41] 그리고 정성·중성 제도는 1118년 이후에는 폐지되었다. 여기서 우리가 주목할 점은 대성악의 탄생부터 해석의 유연성이 존재했다는 것이다. 논쟁은 다기했지만, 모두 복고주의와 신비주의적 관점에서 악론樂論을 전개했기 때문에 분명한 표준을 수립하지 못한 채 상황에 따라 음악을 제작할 수밖에 없었다. 실제 당시 음고 표준이 교방률의 황종 협종夾鍾이었던 것으로 보아[42] 그들의 대성악은 이상적인 음악이 아닌 실제 교방악의 변용이라 할 수 있다.

휘종 4년에 완성된 대성악은 송 건국부터 수정·보완한 아악으로 교사와 종묘제례에 사용하고자 했다. 이는 대내적으로는 황실의 존엄성과 통치의 정당성을 확보하고, 대외적으로 거란과의 관계에서 위축된 상황에서 중화민족으로서 자부심 고취와 내부적 결속을 위해 마련한 문화적 방책이라 할 수 있다. 대성악은 정비과정에서 음고 표준, 음계, 음역, 정성·중성 제도 등에 대해 논쟁이 있었지만, 존재의 가능성이 불분명한 고대 성인을 법 삼은 복고주의와 신비주의의 관점을 벗어나지 못했다. 이런 까닭에 대성악의 탄생 당시부터 구체적이고 분명한 틀을 보여 주지 못했으며, 결국 아악의 수용자가 유연하게 해석할 수 있는 여지를 만들어 놓았다고 할 수 있다.

2) 송의 태묘악장

송 휘종은 대성악을 완성한 다음 가장 먼저 태묘악장을 제작하였다. 악장의 제작은 대성악을 전제하였기 때문에 비교적 정해진 틀 안에서 이루어질 수밖에 없었다. 그렇다 하더라도 대성악은 창제 당시부터 해석의 개방성을 내포하고 있어서, 제례 절차를 정하고 악장을 제작하는 데 유연성을 발휘할 수 있었다.

악장은 모두 16수로 제례 절차에 맞게 제작되었다. 악장의 형식은 음악적 고려를 우선하고, 《시경》의 아송雅頌에 따라 1행을 4언으로 고정하고, 구句는 4 또는 8로 두어 대對가 되게 하였다. 16수 가운데 4언 4구는 아헌과 종헌에만 해당하는데 악곡은 모두 〈정안〉을 연주하므로, 실제 한 악곡당 텍스트는 4언 8구로 고정되었다고 할 수 있다.

아악으로 연주되는 제례에서 악장이 절차마다 있는 것을 정식正式 7성成이라 한다. 제례 절차는 상황에 따라 약간의 변화는 있었지만 후대에 오면 '영신, 전폐, 초헌, 아헌, 종헌, 철변두, 송신' 등 일곱 차례로 굳어졌다. 송 휘종 때의 태묘제례에 절차가 아홉 차례인 것은 아마도 제례를 처음 시행하는 단계였기 때문으로 보인다. 아무튼 송의 태묘제에서는 제례 절차마다 악장을 사용하는 정식의 예를 행하였다.

이러한 정식 7성의 예는 아악 제례를 봉행하는 모든 국가나 제관이 가능했던 것은 아니고 천자국의 황제만이 거행할 수 있었다. 그 밖의 국가들은 '전폐, 초헌, 철변두'에만 악장을 쓰는 약식略式 3성成의 예를 따라야 했다. 이는 화이관華夷觀에 따라 그 나름의 중화 질서를 유지하려 했던 의도에서 비롯된 것이라 할 수 있다.

작헌〔주로 초헌〕에서는 묘제廟制에 따라 악장의 수가 결정된다. 묘제는 주대周代에 이르러 정비되었는데 천자는 칠묘七廟를, 제후는 오묘五廟를 쓰게 되었으나[43] 상황에 따라 약간씩 변화를 두었다. 송은 원래

7실을 두어야 하는데 6실을 둔 것도 이런 경우라 할 수 있다.

묘실의 주인은 송 태조와 태종 그리고 추숭追崇된 4대조[희조, 순조, 익조, 선조]들이다. 희조는 송 태조 조광윤趙匡胤의 고조高祖[헌무예화지 효황제憲武睿和至孝皇帝 조조趙朓], 순조는 증조부[혜원예명황제惠元睿明皇帝 조정趙珽], 익조는 조부[간공예덕황제簡恭睿德皇帝 조경趙敬] 그리고 선조는 아버지[무소예성황제武昭睿聖皇帝 조홍은趙弘殷]이다. 선조는 아들을 5명 두었는데 둘째인 조광윤이 송을 건국했으며 태조가 죽자 넷째인 태종[조광의趙匡義]이 그 뒤를 이었다. 이렇게 송 태묘실은 5세에 걸친 인물들이 안치되었다.[44]

한편 태묘제례는 선대왕들에 대한 제사이기 때문에 제사 대상의 후보군에는 현왕 이전의 모든 군주가 포함될 수 있다. 다시 말해 비록 칠묘제의 한계가 있다고 할지라도 제례를 정비하는 시점을 기준으로 이전의 군왕들이 포함될 수 있다는 것이다. 그런데도 휘종은 3대부터 5대까지 군주[진종眞宗, 인종仁宗, 영종英宗, 신종神宗, 철종哲宗]를 제외하고 건국 군주 2인과 추존 4대만을 묘실에 올린 것이다. 이처럼 악장의 대상을 건국 군주를 중심으로 선정하였다. 이는 역대 중국 왕조의 태묘제 전통에 따른 것으로 볼 수 있다.

【작헌】 희조
넓고 큰 물줄기는, 길이 그 근원을 열었도다.
울창한 아름다운 나무는, 근본적으로 빼어났도다.
크도다! 존숭할 기틀이여, 경사스러운 집안에서 내었도다.

상서로움을 베풀어 넉넉히 드리우니, 영원히 자손만대에 이어지리라.

湯湯洪河, 經啟長源, 鬱鬱嘉木, 挺生本根.

大哉崇基, 出乎慶門. 發祥垂裕, 永世貽孫.

악장에서 대상을 예찬하는 방식은 《시경》의 아송雅頌처럼 자연물을
신성시하여 대상을 연결하는 것이다. 이러한 방식은 예찬 대상이 구
체적인 사적이나 업적이 없을 때 주로 사용된다. 마땅한 업적이 없는
희조를 찬미하기 위해서는 '근원〔長源, 本根〕의 장구함과 튼실함'을
물과 나무에 비의하는 것이 최적이었던 셈이다. 이렇게 창업은 우연
이 아닌 필연이라는 의미를 관습적 수사를 통해 표현하였다.

【작헌】태조

아 우리 태조께서는, 하늘의 명을 받으셨도다.

교화를 행하고 천하를 다스리매, 공이 넘쳐 쌓아 두도다.

무공의 위엄은 천지에 진동하였으며, 문덕은 밝고 크도다.

조종께서 국가의 기틀을 마련하시고, 자손은 전통을 계승하여 억만년 동
안 영원하리라.

猗歟太祖, 受命於天. 化行區宇, 功溢簡編.

武威震耀, 文德昭宣. 開基垂統, 億萬斯年.

창업 군주에 대한 예찬은 조금 더 복잡하게 진행된다. 과거 하늘의
명을 받았음을 전제하여 무武로써 민중의 고통을 제거하여 창업의 정

당성을 확보한 다음, 등극 이후에는 문文으로써 교화를 펼치는 현재적 상황을 드러내었다. 그리고 이러한 세계를 영원히 이어질 수 있도록 하는 바탕 역시 창업 군주임을 다시 한번 강조하는 것으로 끝을 맺는다. 이렇듯 창업 군주의 무공과 문덕을 과거-현재-미래의 시간 속에서 기림으로써 예찬 대상을 돋보이고자 하였다.

하지만 송 태묘악장 예찬 방식은 그 나름의 한계를 안고 있다. 오랜 조종들을 예찬 대상으로 삼아 신비적 배경 안에 증명할 수 없는 근거들로 수사하고 있기 때문에 노래의 긴장감과 정치·문학적 효용성은 떨어진다고 할 수 있다.

대성악은 창제 당시부터 이론異論이 다기했고 사안에 따라 다양한 해석이 가능했기 때문에 제례와 악장이 안착될 때는 유연성을 가질 수 있었다. 송의 태묘악장은 16수로 1자 1음-정비례 확장이라는 아악 원리에 따라 1행 4언, 4언 4구 혹은 8구로 되어 있다. 이 악장은 제례 절차마다 불리는 정식正式 7성成을 이루고 있다. 묘실은 6실로 그곳에 추숭 4대와 개국 군주 태조와 태종을 두어 악장을 제작하였다. 묘실 선정은 송 휘종 대를 기준으로 하지 않고 건국 군주를 중심으로 삼은 것은 전통에 따른 것이라 할 수 있다. 악장의 전개와 예찬 방식 또한 《시경》의 아송雅頌을 본받은 것으로 예찬 대상의 사적이 불비했을 때, 자연물을 신격화하여 이를 대상과의 연결하는 방식을 취하였다. 그리고 건국 군주에 대해서는 대상에 대한 무공과 문덕을 과거, 현재, 미래의 시간 속에서 반복적으로 강조하고 있다. 그러나 이러한 방식은 비현실적 수사의 과잉으로 작품의 긴장감은 떨어지고 악장의 정치적 효용성은 기대에 미치게 못하는 한계를 노정할 수밖에 없었다.

6. 〈구실등가〉의 성립과 독자성

1) 〈구실등가〉의 성립

송 태묘악장[45]

절차	각 실의 왕명	곡명
영신(迎神)		예안(禮安)
황제행(皇帝行)		융안(隆安)
전찬용(奠瓚用)		서목(瑞木)
		순상(馴象)
		옥오(玉烏)
봉조(奉俎)		풍안(豐安)
작헌(酌獻)	희조(僖祖)	대선(大善)
	순조(順祖)	대녕(大寧)
	익조(翼祖)	대순(大順)
	선조(宣祖)	대경(大慶)
	태조(太祖)	대정(大定)
	태종(太宗)	대성(大盛)
음복(飲福)		희안(禧安)
아헌(亞獻)		정안(正安)
종헌(終獻)		정안(正安)
철두(徹豆)		풍안(豐安)

절차	각 실의 왕명	곡명
초헌	제1실 태조(太祖)	태정지곡(太定之曲)
	제2실 혜종(惠宗)	소성지곡(紹聖之曲)
	제3실 현종(顯宗)	흥경지곡(興慶之曲)
	제4실 덕종(德宗)	엄안지곡(嚴安之曲)
	제5실 정종(靖宗)	원화지곡(元和之曲)
	제6실 문종(文宗)	대명지곡(大明之曲)
	제7실 순종(順宗)	익선지곡(翼善之曲)
	제8실 선종(宣宗)	청녕지곡(清寧之曲)
	제9실 숙종(肅宗)	중광지곡(重光之曲)

예종은 대성아악을 통해 태묘제례를 정비하고 〈구실등가〉 악장을 제작하였다. 아악 악장의 선구가 송의 태묘악장이었기 때문에 고려의 악장 제작자는 이를 참고하였을 것으로 보인다. 대개 후행이 선행을 따를 때, 둘은 비슷한 점이 두드러지나 이 경우는 그렇지 않았다.

아악 제향에서 악장은 제례 절차마다 불리거나 절차 중 전폐, 초헌, 철변두에만 불리는 경우가 있다. 앞의 것은 정식正式 7성成이라 하여 황제가 주관하는 의식에, 후자는 약식略式 3성으로 제후국에 해당된다. 이 때문에 고려의 태묘제례에는 등가로 주악奏樂되는 초헌에만 악장이 있는 것이다. 이렇게 고려가 제후국의 예에 따라 악장을 제작한 것은 송을 의식한 결과로 우호국과의 불필요한 마찰을 피하고 향후 지속적으로 문물을 수입하기 위한 것으로 볼 수 있다.

다음 초헌[작헌] 각 실의 악장은 살펴보면 그 차이가 선명하게 드러난다. 초헌에서 불리는 악장은 각 묘실의 주인에게 올리는 노래이기 때문에 묘실의 수와 묘실의 주인에 따라 중요한 의미를 지닌다. 예로부터 중국은 천자국으로서 7묘제를 행하였기 때문에, 송의 태묘실에는 건국 군주를 중심으로 추숭追崇 4대와 태조·태종의 위패와 악장 6편이 있는 것이다. 예가 이와 같다면 고려는 5묘제를 적용하여 추존 3대와 태조·혜종의 묘실과 악장이 있어야 할 것이나 실상은 그렇지 않다. 추존된 인물은 없고 태조부터 숙종까지 9명의 왕이 묘실에 각기 안치되었다. 이는 비록 제례 절차에서 제후국의 예를 따를지라도 종묘제만은 천자국을 넘고자 했던 의도가 아닌가 싶다.

이 외에도 9실의 왕들을 살펴보면 흥미로운 점을 발견할 수 있다. 송의 태묘악장에서 알 수 있듯, 대체로 중국의 태묘악장은 건국 조종祖宗을 중심으로 제작되었다. 이는 《시경》〈송頌〉의 전통에 따라 건국 주체의 덕을 숭앙하여 그 덕이 길이 보전하기를 바라는 태도에서 비롯된 것이라 할 수 있다. 하지만 예종의 〈구실등가〉의 주인들은 사뭇 다르다. 태조와 혜종을 제외하면 모두 예종의 직계 3대조이기 때문이다.

고려의 왕위는 '부자'와 '형제' 간에 계승되었다. 7대 목종까지는 '상 → 하'의 흐름을 보이다가 현종·숙종 대에 오면 역행 현상이 발생한다. 이와 같은 현상은 당시 여러 가지 정치적 판단에 따른 것이겠지만 비정상적인 요인이 강하게 작용했기 때문이라고 할 수 있다. 예종에게 현종은 증조부이며, 숙종은 아버지이다. 이 둘 중 한 명이라도 왕위에 오르지 못했다면 예종의 왕위 계승은 힘들었을 것이다. 다시

고려 왕실 계보

1세	2세	3세	4세	5세	6세
〈1실〉 태조 (1대)	〈2실〉 혜종 (2대)				
	정종 (3대)				
	광종 (4대)	경종 (5대)	목종 (7대)		
	대종	성종 (6대)	〈4실〉 덕종 (9대)		
	안종	〈3실〉 현종 (8대)	〈5실〉 정종 (10대)	〈7실〉 순종 (12대)	
			〈6실〉 문종 (11대)	〈8실〉 선종 (13대)	헌종 (14대)
				〈9실〉 숙종 (15대)	예종 (16대)

말해 현종과 숙종의 비정상적인 왕위 등극이 없었다면 예종이 즉위하기는 어려웠다는 뜻이다. 이러한 '비정상성'이 지금의 예종을 있게 했지만, 예종에게 그것은 극복해야 할 과제이기도 하였다. 따라서 예종은 3실에 현종을, 9실에 숙종을 모심으로써 '비정상성'을 극복함과 동시에 묘실의 번호를 '부 → 자'·'형 → 제'에 따라 순서대로 붙여 '마땅한 계승'을 강조하였다. 이런 점에서 목종과 헌종이 제외된 것은 당연지사였다.

예종이 태묘제를 행하기 전 천수사를 방문한 것과[46] 제례에 서경의 서옥瑞玉 제기祭器를 사용한 것도[47] 같은 맥락에서 이해할 수 있다. 우여곡절 끝에 천수사는 완공되었고[48] 예종은 〈구실등가〉를 부르기 전에 그곳을 찾았다. 이는 천수사의 상징성, 곧 부왕의 권위를 회복하여 그것을 자신에게까지 잇고자 하는 의도로 읽힐 수 있다. 또 예종은 두 차례 서경을 방문하여 자신의 왕권 강화 의지를 드러내기도 했다.[49] 따라서 서경은 왕권 강화의 상징처로서 그곳의 옥을 제기화함으로써, 예종은 서경의 정신을 개경으로 옮기고 선대의 영광을 당대에 담으려 하였다.

【송 태묘악장】 태조

아 우리 태조께서는, 하늘의 명을 받으셨도다.

교화를 행하고 천하를 다스리매, 공이 넘쳐 쌓아 두도다.

무공의 위엄은 천지에 진동하였으며, 문덕은 길이 빛나도다.

국가의 기틀을 마련하고 왕통을 드리웠으니, 억만년 동안 이어지기를.

猗歟太祖, 受命於天. 化行區宇, 功溢簡編.

武威震耀, 文德昭宣. 開基垂統, 億萬斯年.

【고려 태묘악장】 태조

정성正聲

하늘의 영부靈符를 받으셔서, 사랑으로 모든 지방을 편안하게 하셨도다.

덕은 삼무三無에 부합하고, 공은 백왕百王을 뛰어넘으셨네.

복조福祚가 후손에게 미치니, 이에 쌓인 공덕을 이으시네.

만년에 이르도록, 삼가 제사를 모시리.

受天靈符, 寵綏多方. 德合三無, 功超百王.

燕及後昆, 承玆積累. 於萬斯年, 恪修祀事.

중성中聲

천명天命에 응하여 개국하시니, 위대한 계획이 크게 창성하였도다.

성스러운 덕과 신묘한 공이, 높디높고 크디크도다.

두텁게 쌓아 빛을 남기시니, 자손이 천억千億이나 되리.

사당의 제사가, 영원히 끝이 없으리.

應天開基, 鴻圖克昌. 聖德神功, 巍巍堂堂.

積厚流光, 子孫千億. 廟兒蒸嘗, 永永無極.

끝으로 고려 악장이 송과 다른 점은 중성 악장의 추가이다. 정성·
중성 제도는 대성악을 제정할 당시 위한진魏漢津이 제안한 것으로, 연
주하는 시기가 정기正氣인지 중기中氣인지에 따라 그에 맞는 정성과 중
성을 사용해야 한다는 것이다.[50] 이로 인해 고려의 태묘악장은 묘실마
다 정성 악장과 중성 악장을 갖게 된 것이다. 송에서는 이 제도를
1118년경 폐지했으나 고려는 의종 때까지 유지하였다.

위 노래들은 개국 시조를 칭송하는 만큼 내용도 유사하다. 송과 고
려의 태조의 천명天命을 받은 주인공이 무공과 문덕으로 나라의 기틀
을 마련하고 백성을 교화하였으니 그 빛나는 공덕이 자손만대까지 영

원하기를 바란다는 것이다. 아송雅頌의 원리에 따라 1행 8자(4+4)로 글자 수를 맞추고, 찬모 대상을 중심으로 천-지-인의 공간적 질서와 과거-현재-미래의 시간상을 배열하고 있다. 이렇듯 이 두 노래는 같은 형식과 비슷한 내용을 가진다고 할 수 있다.

모름지기 대상을 칭송할 때 한 번보다 두 번이 강렬하며, 같은 내용의 반복보다 변주의 반복이 더욱 효과적인 법이다. 이렇게 볼 때 정성·중성 제도를 활용한 고려의 악장은 송과는 다른 효과를 얻었다고 할 수 있다. 다시 말해 고려가 송의 정성·중성 제도를 음악적 차원에서 받아들였지만 이를 악장 제작에 적용함으로써 대상 예찬의 극대화를 이룬 셈이다. 이러한 변주적 확장을 통해 궁극적으로는 선대의 업적을 강조하면서 현재 자신의 토대를 공고히 구축하려 했다고 할 수 있다.

이처럼 고려-송의 악장 비교를 통해 볼 때 〈구실등가〉 악장의 성립 배경에는 예종의 강력한 왕권 회복 의지가 반영되었다고 할 수 있다. 송의 아악과 태묘악장을 일정 정도 수용하면서도 9실을 마련하여 직계 3대를 7실에 모시고, 그들을 거듭 예찬하는 악장을 제작한 것에서 이를 짐작할 수 있다. 따라서 〈구실등가〉의 성립에는 대외적으로 송과 아악을 공유하여 요·금을 배척하고자 하는 의식과 대내적으로 당대 손상된 (부왕의 권위를 포함한) 왕권을 회복하기 위한 의식이 작용했다고 할 수 있다.

2) 태묘악장의 독자성

고려 예종은 태묘제례에서 악장에 비중을 줌으로써 고려만의 태묘
악장을 만들어 갔다. 이러한 독자적 특징을 살펴보면 다음과 같다.[51]

첫째, 구체적인 사례를 통해 악장이 설득력을 높인 점이다. 악장이
설득력을 얻으려면 구체적인 사공事功을 요한다. (《시경》을 포함한) 중
국의 악장 가운데에도 대상 인물에 관한 일화를 소재로 하는 것이 있
지만 대개 창업 군주 혹은 그의 조종에 국한되었다. 이에 비해 고려
예종 대의 태묘악장은 태조는 물론이고 그 후대 군왕들의 행적과 공업
功業을 꽤 구체적으로 그리고 있다.

혜종(912~945)은 태조가 삼한 재통일하는 과정에서 큰 공을 세운
바 있다. 그것은 이른바 일선군一善郡 전투로 태조와 함께 후백제 신검神
劍을 물리친 일이다.[52] 이로 인해 후백제는 몰락하였다. 이를 악장은
'삼한 평정'의 위엄으로 표상하는 것이다.

덕종(1016~1034)의 재위 기간은 3년이었지만 주목할 만한 업적은
서북면 13성과 동북면 3성을 잇는 관성關城의 구축이다.[53] 이를 통해
거란의 침입을 대비하는 것은 물론이고 당시 흩어져 있던 여러 여진
(동여진, 서여진, 생여진 등) 등을 제압하는 효과를 노린 것이다. 실제
로 덕종 연간에 여진의 조공은 빈번하였다. 이를 두고 악장은 '변경을
넓혔고, 이민족이 예물을 바쳤다'고 한 것이다.

정종(1018~1046)은 덕종의 동복同腹 아우로 그의 유업을 계승한 군
주였다. 즉위년(1034) 명주성溟州城을 시작으로 1044년에 천리장성을
완공함으로써 거란의 침입을 대비하였다. 그리고 10년 11월에 장주,

정주, 홍진성을 쌓는 등[54] 국토방위에 힘을 쏟기도 했다. 악장에서 '다섯 개의 성을 쌓아 변방의 안정'을 도모했다는 것은 이러한 일을 견준 것이라 하겠다.

군대를 순무하고 나라를 감독하심이, 서른 해가량이나 되었네.
빛을 이어 한창 홍성할 때에, 구름을 타고 먼 곳으로 가셨네.
撫軍監國, 三十餘年. 繼炤方興, 乘雲旣遠. 〈순종 제7실〉

요 임금은 인자하고 순 임금은 효성스러웠는데, 그 도를 좇으셨도다.
재위하신 것이 열두 해인데, 돌아가신 지 몇 해인가?
堯仁舜孝, 其道趨然. 臨朝一紀, 賓天幾年. 〈선종 제8실〉

한편 악장의 대상으로 선정된 인물이 내세울 만한 업적이 없거나 부족할 경우 송의 태묘악장은 '선善·덕德'과 같은 추상적 관념어로 대상을 묘사하곤 했다. 고려의 경우도 이와 크게 다르지 않지만 시간과 행위의 상을 구체적으로 제시함으로써 그 차이를 두고 있다.

순종(1047~1083)은 부왕인 문종(1019~1083)이 33년을 재위한 까닭에 태자로 30년을 지냈으며, 등극 이후에는 3개월 만에 병사病死하고 말았다. 그럼에도 불구하고 악장은 등극 이전 태자 시절 30년을 재위 기간과 같은 무게로 달아 '군사 및 국가 운영 보좌(군대를 순무하고 나라를 감독하심)'를 업적으로 갈음하였다. 그리고 뜻을 펼치지 못한 아쉬움을[방흥方興] 천상으로 연결하여[승운乘雲] 그 여운을 길이 남기고〔기원^{既遠}〕 있다.

선종(1049~1094)은 문종의 둘째 아들이자 순종의 아우로, 재위 12년 동안 불교와 관련된 일 이외에는 큰 사건 없이 비교적 평온하게 보낸 인물이다. 악장에서도 그에 대해 '재위하신 것이 열두 해인데, 돌아가신 지 몇 해인가?' 하고 덤덤하게 수식하고 있다. 그러면서도 '요의 인과 순의 효〔堯仁舜孝〕'를 가졌다고 하였다. 요 임금은 '인'으로써, 순 임금은 '효'로써 왕이 된 자들이다. 그런 그들과 선종을 견주었으니, 선종은 곧 요순인 셈이다. 요순 시절의 치세를 보여 주는 '고복격양^{鼓腹擊壤}'을[55] 상기한다면, '의식되지 않는 군주'야 말로 성군이라 할 수 있다. 이러한 의도가 이 악장에 숨어 있었다.

후손이 효도하고 공경하니, 복록^{福祿}이 반드시 찾아오리.
曾孫孝敬, 福祿來定. 〈현종 제3실〉

영원토록 이르시어, 저의 효성을 흠향하소서.
永惟格思, 歆我來孝. 〈선종 제8실〉

둘째, 후왕의 '효'를 강조한 점이다. 유학적 정치 이념에서는 상하의 분을 분명히 지켜 '가족 → 사회 → 국가'로 확대될 때, 이상적 질서가 유지된다고 한다. 이에 따라 가족 내 부자의 상하 관계는 사회의 장유의 관계로, 국가적 차원의 군신 관계로 비의된다. 따라서 가족 내의 '효'는 곧 국가적 차원의 '충'으로 치환되는 것이기에 후왕의 선왕에 대한 효는 왕실의 당연한 질서이자 체제 유지를 위한 충성의 서약인 것이다. 일반적으로 불효는 가족적 수직 질서를 파괴하는 용납할 수 없는 행위로, 그것이 궁중에서 발생한다면 이는 곧 '반역'으로 이이질 수 있기 때문이다. 또한 중세 궁중은 통치 행위의 시작이자 모범지이다. 통치의 효율성을 위해서는 실천적 시범이 가장 효과적이다. 이런 측면에서 왕들의 '효성'은 피치자에게는 자발적 '효'의 실천과 무비판적 '충'의 실행을 이끌고 있는 것이다.

현종(992~1031)과 선종 악장 말미에 후왕의 '효성'과 선왕의 '복록'을 강조하고 있다. 후왕의 입장에 보면 효성과 공경은 선왕의 창업을 수성守成하는 것이기에 끊임없는 노력이 뒤따라야 한다. 일종의 권계적 성격을 지녔다고 할 수 있다. 그리고 복록은 이에 대한 보답으로 영원한 국가 존립과 보전을 의미한다고 할 수 있다. 이 가운데 현왕이 놓인 것이다. 선대의 업적을 유지하여 영원한 미래까지 보전해야 할 책무가 있는 것이다.

엄숙하신 아버님께서는, 의롭고 어지셨네.

노래함이 저에게 맡겨졌는데, 위령威靈은 신과 같으시네.

경사스러운 기업基業을 다시 일으키시고, 영명英明한 자손을 두셨네.

음악으로 제향을 드려, 때마다 큰 도움을 맞고자 합니다.

惟皇肅考, 之義之仁. 謳歌歸我, 威靈如神.

重興慶基, 保有英胄. 鍾鼓享兮, 時延純祐.〈숙종 제9실〉

셋째, '효'와 관련하여 현재 군주의 책무를 밝힌 점이다. 예종은 제9실 악장 제작에 비중을 크게 두었던 것 같다. 부왕 숙종이 쿠데타로 왕위에 올랐기 때문에 그의 왕위 계승에 대한 정당성을 분명히 밝혀야 하였다. 이는 본인과도 관련되는 문제이기도 하다. 우선 숙종을 '인의의 군주'로 상정하여 고려의 '중흥重興'을 이끌었다고 하였다. 그런 다음 '영명英明한 자손'을 두었다고 노래하였다. '인의'가 왕자의 재목으로 미리 예견된 것이라면, 재위 기간 중 '중흥'은 그러함의 입증이며, '영명한 후손을 남긴 것'은 영원한 국가 건설의 보장이라 할 수 있다. 이처럼 예종은 숙종의 과거-현재-미래를 관념적 믿음과 역사적 사실로 포장하여 송축했던 것이다.

이런 숙종 예찬의 이면에는 예종 자신의 상황이 고려되었을 것이다. 대내외적 위기와 국가 존속의 책무까지 더한 상황을 극복하기 위해서는 영명함이 필요했기 때문이다. 아니면 남들에게 자신이 영명하다고 믿게 하고 싶었는지도 모른다. 악장 말미에 "제가 그것을 거두어, 그 복을 받고자 합니다.〔我其收之, 以介斯祜〕"라는 언급도 이런 맥락에서 나온 것이라 할 수 있다. 예종의 존재 가치를 확인시켜 지금까지 이어 온 고려 왕조를 온전히 지켜 후대에 영원히 남겨야 하는 현왕으로서 부담이 작용했다고 할 수 있다. 이처럼 고려 예종 대의 악장은 체제 유지 보전의 목표 아래 선왕-현왕-후왕 간 상호 긴장 속에서 전개되고 있다고 할 수 있다. 이 또한 고려 태묘악장만이 갖는 독자성이라 할 수 있다.

예종 대 태묘악장은 대상에 대한 구체적 제시와 묘사, '효'의 강조 그리고 현재 군왕의 책무 강조 등에서 송과의 차별성을 갖는다. 제례 대상을 조종祖宗에 국한하지 않고 최근의 왕들을 악장의 후보군에 놓음에 따라 악장은 현재적 정치성을 얻게 되었으며, 동일 대상에 두 편의 악장을 둠으로써 대상 예찬의 극대화를 꾀할 수 있었다. 그리고 대상의 구체적인 행적과 공업을 제시하고 묘사함으로써 설득력과 공감대를 획득할 수 있다. 또한 후왕에게 '효'를 강조함으로써 통치의 효율성을 극대화하고 그들에게 체제 보전의 책무를 환기하는 효과를 기대할 수 있었다. 이처럼 고려 예종 대의 악장은 체제 유지 보전의 목표 아래 선왕-현왕-후왕 간 상호 긴장 속에서 전개되고 있다고 할 수 있다. 이러한 긴장감이 다른 국가의 악장에서 볼 수 없는 한국 악장만이 갖는 독자적 영역의 시작이라 할 수 있다.

7. 〈구실등가〉의 사적 의의

한국 악장사에서 고대부터 악장의 존재 가능성이 있어 왔지만 성립 과정이 비교적 뚜렷하고 작품이 온전히 전하는 것은 〈구실등가〉가 처음이라 할 수 있다. 이런 점에서 이 작품은 후대 악장 제작에 적지 않은 영향을 끼쳤을 것으로 보인다. 이 점에 주목하여 〈구실등가〉가 갖는 악장사적 의미를 살피고자 한다.

첫째, 9실 악장 정립을 들 수 있다. 예종 이후 태묘악장은 의종과 공민왕 대에 개작이 있었다. 의종 때에는 예종의 9실 가운데 덕종과 정종을 빼고 예종과 인종을 넣었으며, 공민왕 때에는 태조, 혜종, 현종은 그대로 두고 나머지는 원종, 충렬왕, 충선왕, 충숙왕, 충혜왕, 충목왕 등으로 교체하였다. 의종 때의 악장이 남아 있지 않아 그 실체를 알 수 없지만 공민왕 때의 악장을 보면 정성·중성 제도가 폐지됨에 따라 묘실마다 1편의 악장만을 갖게 되었다. 하지만 이렇게 악장의 변화가 있었다 하더라도 '9실 악장' 체재는 그대로 유지되었다. 앞서 언급한 바 있듯이, 9묘 9실은 대외적으로 제후국을 자처했을지라도 내적으로는 이를 부정하고 자존감을 회복하려는 의식의 소산이라 할 수 있다.

이러한 전통은 조선의 종묘제례와 그 악장에도 계승되었다. 조선의 종묘제와 악장은 세조 10년(1464)에 크게 정비되었다. 조선은 건국부터 세조 9년까지는 아악 종묘제와 악장이 사용되었으나, 세조 10년 1월 14일 이후부터는 종묘제례에서 속악俗樂 악장을 부르게 되었다. 원래 종묘제례악은 세종 때 연향에 사용할 춤곡으로 제작한 것이었다. 세종 29년(1447) 6월 4일에 《용비어천가龍飛御天歌》를 관현에 올리기 위해 〈여민락與民樂〉, 〈치화평致和平〉, 〈취풍형醉豊亨〉 등의 곡을 제정하면서 두 춤곡을 제작하게 되는데 그것은 문무곡文舞曲 〈보태평保太平〉과 무무곡武舞曲 〈정대업定大業〉이었다. 창제 당시에는 〈보태평〉이 11장, 〈정대업〉이 15편이었으나, 세조가 이를 종묘제례악으로 용도를 변경하면서 모두 11장으로 재편하게 된 것이다.[56] 이 가운데 〈보태평〉의

〈희문〉과 〈역성〉, 정대업의 〈소무〉와 〈영관〉은 종묘 전체의 노래로, 나머지는 각 묘실 주인의 노래로 함으로써 9성成〔9변變〕을 지켰다. 선조, 현종, 숙종 때에 종묘악장에 대한 논란은 있었지만 9성의 전통은 변화가 없었다.

둘째, 복수複數의 악장을 통한 대상 예찬의 극대화를 들 수 있다.

【현종顯宗 제3실】

정성

영명英明하게 빛나는 조종祖宗께서, 숨겨진 덕행으로 하늘로 날아올랐네.

험난함을 여러 번 겪으시더니, 성현聖賢을 이어서 일어나셨네.

용산龍山에는 옥으로 만든 술잔이요, 사수泗水에는 떠 있는 경쇠이네.

후손이 효도하고 공경하니, 복록福祿이 반드시 찾아오리.

丕顯烈祖, 潛德飛天. 累歷難險, 紹興聖賢.

龍山玉爵, 泗水浮磬. 曾孫孝敬, 福祿來定.

중성

아름다운 성스러운 조종께서는, 잠겼다가 뛰어서 원수元帥의 자리에 오르셨네.

혼란을 뿌리 뽑아 바른 데로 돌리셨나니, 무공이 신통하고 문덕이 뛰어나셨네.

왕업王業을 중흥시켜서, 후손을 돕고 계발啓發하셨도다.

제사를 없애지 말지니, 자자손손 영원토록.

於穆聖祖, 潛躍陟元. 拔亂反正, 神武睿文.

中興王業, 啓佑後昆. 蒸嘗勿替, 子子孫孫.

현종에 대한 송축은 '丕顯'과 '穆聖' 이중의 수사를 시작으로 반복·
변주를 거듭하고 있다. '潛德'과 '潛躍'을 통해 문덕과 무공을 겸비했
음을, '飛天'과 '陟元'을 통해 고난 극복이라는 상징성을 강조한다. 이
러한 현종의 문무겸비와 승리는 정성과 중성 2행에서 다시 한번 드러
내고 있다. 정성과 중성의 3행에 이르면 내용을 달리하여 변화를 주
다가 다시 4행에서 비슷한 내용으로 노래를 마무리하고 있다. 이처럼
〈구실등가〉 악장은 형식과 내용상 반복과 변주의 방법으로 대상을 힘
차게 찬양하여 대상 예찬의 극대화를 꾀하고 있다.

고려 공민왕 대 악장에서는 이러한 경향이 잠시 사라졌으나, 조선
시대 악장에서는 확대·발전하였다. 애초 종묘제례에 올리려 했던 《용
비어천가龍飛御天歌》에서 6대조의 업적이 반복적으로 출현하는 것이 대
표적인 예이다. 이는 조규익의 지적처럼 "6조의 사적을 반복하여 읊
어 냄으로써 그 사적의 교훈적 가치가 강화된다는, 교술상의 효용성"
을[57] 추구한 결과로 볼 수 있다. 그리고 〈종묘제례악장〉의 제작에도
이와 같은 원리가 적용되었다. 목조에 대해서는 문덕의 〈기명〉과 무
공의 〈독경〉 두 개 장으로, 태종에 대해서는 문덕의 〈현미〉·〈용광〉과
무공의 〈정세〉를 세 개 장으로 찬미하였다. 또한 성종 때 제작한 문소
전文昭殿 악장에서도 태조, 태종, 세종, 세조, 예종에 대해 각기 다른
악장을 지어 초헌과 아헌에 불렀으며, 의경세자懿敬世子의 제례에서는

초헌, 아헌, 종헌 악장을 짓기도 하였다. 이런 전통은 조선 후기까지 이어지는데, 정조 부친인 장헌세자莊獻世子의 제례에 쓰인 6편의 노래가 〈비궁속악閟宮俗樂〉 그것이다.

이처럼 〈구실등가〉는 후대 제례 악장을 제작하는 적지 않은 영향을 미쳤다. 9실 악장 정립은 고려 의종과 공민왕 대 태묘악장은 물론이고 조선 종묘악장에도 그대로 반영되었다. 그리고 복수의 악장 제작을 통해 대상 예찬의 극대화를 꾀한 점은 역시 조선시대 《용비어천가》와 각종 제례 악장에서 적극 활용되었다.

이 외에도 악장 대상의 선정을 현재 군주로 삼은 것과 맞물려 악장의 긴장성과 효용성을 높이는 데 크게 기여했다고 할 수 있다.

8. 예종의 왕권 강화를 위한 〈구실등가〉

예종은 집권 초기 부왕의 유업을 계승함으로써 숙종이 다져 놓은 왕권 강화의 기조를 유지하고자 하였다. 유업은 여진 정벌과 천수사 창건 사업은 현실적 문제와 신료들의 반대로 성공을 거두지 못했고, 결국 쿠데타로 왕위로 오른 부왕 숙종의 권위 추락은 물론이고 예종의 왕권까지 위축되었다. 그리고 오랑캐로 여겼던 거란과 여진이 고려의 존립을 위협하는 요소로 번갈아 작용하면서 예종은 대내적으로는 약화된 왕권을 고민해야 했고, 대외적으로는 체제 존립에 대한 고민을 더하게 되었다. 예종은 이러한 위기 상황을 벗어나기 위해 송과의 적극적인 통교를 추진하였다. 송의 선진 문화를 받아들임으로써 대외적 위협을 문존文尊 의식으로 극복하고 송 휘종은 거란·여진의 위협을 고려와 공동으로 대처하기 위해 문물을 공유함으로써 동맹을 강화하려 하였다. 결국 대성아악을 수용함으로써 대외적 문제는 물론 대내적 문제를 해결하려 했던 것이다.

〈구실등가〉 악장의 성립 배경에는 예종의 강력한 왕권 회복 의지가 반영되었다. 송의 아악과 태묘악장을 일정 정도 수용하면서도 9실을 마련하여 직계 3대를 7실에 모시고, 그들을 거듭 예찬하는 악장을 제작했기 때문이다. 따라서 〈구실등가〉의 성립에는 대외적으로 송과 아악을 공유하여 요·금을 배척하고자 하는 의식과 대내적으로 당대 손상된 (부왕의 권위를 포함한) 왕권을 회복하기 위한 의식이 자리 잡았다고 할 수 있다. 그리고 이 작품의 악장사적 의미는 크게 둘로 볼 수 있는데, '9실 악장 정립'과 '복수複數의 악장을 통한 대상 예찬의 극대화'가 그것이다. 이렇게 〈구실등가〉가 만들어 놓은 장치는 조선시대 각종 제례 악장에서 계승 발전시키는 계기가 되었다.

1 《高麗史》卷70 樂志 雅樂.

2 박기호, 《고려 조선조 시가문학사》(국학자료원, 2003), 111면.

3 《高麗史》卷12 世家 睿宗 元年 7月. "詔曰, "朕覽兩府·臺諫·兩制及長齡殿讎校員等封事. 其所論躬行自省, 奉承祖訓'者, 旣已存心, 庶幾踐行矣. 其'四時迎氣, 順天行令, 及郊社原廟頹而可脩者, 祭器祭服 弊而可改'者, 令有司具聞施行. 其'天壽之役', 朕亦知可否. 然當聖考經始, 無一士敢言, 升遐以後, 衆論蜂起, 爭欲諫止. 朕以義思之, 地勢吉凶, 是拘忌小道, 曷若遹追先志乎? 惟今春之役, 是朕過也, 宜據赦文, 三年而後爲之." 동아대학교 역, 《국역 고려사》(경인문화사, 2008).

4 남인국, 《고려중기 정치세력 연구》(신서원, 1999), 101면.

5 숙종의 즉위 과정에 대해서는 김갑동, 《고려전기 정치사》(일지사, 2005), 194면 참고.

6 《高麗史》卷12 世家 睿宗 元年 9月 乙卯.

7 《高麗史》卷12 世家 睿宗 元年 11月. "癸巳 尹瓘·吳延寵 閱神騎·神步軍於崇仁門外."

8 《高麗史》卷12 世家 睿宗 2年 閏10月. "閏月 壬寅 以將伐女眞, 御順天館南門閱兵, 分賜銀布酒食. 以尹瓘爲元帥, 吳延寵爲副元帥."

9 《高麗史節要》卷7 睿宗 2年 10月 壬寅. 《국역 고려사절요》(민족문화추진회, 1989).

10 "만약 9성을 되돌려주셔서 저희들로 하여금 안정된 생업을 누릴 수 있게 해 주신다면, 하늘에 맹세코 자손 대대로 조공을 정성껏 바칠 것이며, 감히 기와 조각 하나라도 귀국의 영토에 던지지 않겠나이다." 《高麗史》卷13 世家 睿宗 4年 6月 庚子.

11 《高麗史節要》卷7 睿宗 2年 10月 壬寅.

12 《高麗史》卷14 世家 睿宗 17年. "但志存拓境, 僥倖邊功, 仇隙未已."

13 《高麗史》卷13 世家 睿宗 6年 8月. "甲午 太史奏, 先朝所創天壽寺地勢不利, 請毁藥師院, 移之."

14 《高麗史節要》卷7 睿宗 6年 11月.

15 《高麗史》卷13 世家 睿宗 6年 12月. "庚申朔 有司請停創天壽寺, 從之."

16 《高麗史》卷13 世家 睿宗 7年 2月. "庚戌 諫官上, 請停創天壽寺, 從之."

17 《高麗史節要》卷7 睿宗 6年 8月.

18 "고려는 요나라와 더불어 처음부터 끝까지 관계를 맺는 것이 2백여 년이었다. … 고려에서 요나라를 섬기면서 …."《해동역사》권13 세기13.

19 예종 집권 초반 양국 간 사신 교류는 1년 1·2·10월, 2년 6월, 3년 2·10·11·12월, 4년 1·12월에 보인다.《高麗史節要》卷7.

20 1년 1·2·3·11월, 2년 12월, 3년 1·8월, 4년 8·11월.《高麗史節要》卷7.

21 "예부상서 김상우와 예부시랑 한교여를 송에 보내어 방물을 바쳤다." 예종 3년 7월.《高麗史節要》卷7.

22 《高麗史節要》卷7. 睿宗 五年 六月. "但令賜詔 已去權字 卽是 寵王以眞王之禮."

23 예종 9년 10월, 10년 4월.《高麗史節要》卷8.

24 朴龍雲,《高麗時代史(上)》(一志社, 1985), 326면.

25 이후 고려는 금이 요와 중요한 전투에서 승리할 때마다 축하 사신을 보냈다. 《해동역사》권13 세기13.

26 《高麗史》卷14 世家 睿宗 12年 3月. "癸丑 金主阿骨打遣阿只等五人, 寄書曰, '兄大女眞金國皇帝, 致書于弟高麗國王. 自我祖考, 介在一方, 謂契丹爲大國, 高麗爲父母之邦, 小心事之. 契丹無道, 陵轢我疆域, 奴隸我人民, 屢加無名之師. 我不得已拒之, 蒙天之祐, 獲殄滅之. 惟王許我和親, 結爲兄弟, 以成世世無窮之好.'"

27 朴龍雲,《高麗時代史(上)》(一志社, 1985), 307면.

28 《高麗史節要》卷8. 睿宗 10年 7月 1日 戊辰.

29 《시경(詩經)》〈노송(魯頌)〉. "翩翩飛鴞 集于泮林. 食我桑黮 懷我好音. 憬彼淮夷 來獻其琛. 元龜象齒 大賂南金."

30 《高麗史》卷70 樂志 雅樂.

31 송방송,《증보 한국음악통사》(민속원, 2007), 180, 183면. 그리고 송 정화(政和) 6년(예종 11년)에 고려의 사신을 올려 국신사(國信使)로 예우한 것에서 이를 짐작케 한다.《해동역사》권13 세가13.

32 양 인리우, 이창숙 역,《중국고대음악사》(솔, 1999), 584-596면; 宋惠眞,《韓國

雅樂史研究》(민속원, 2000), 15~27면.

33 《전한서(前漢書)》권21 율력지. "기장을 가로로 늘어놓아 1알을 1분(分), 10분을 1촌(寸), 10촌을 1척(尺)으로 하고, 황종관의 길이는 90분, 지름은 3분으로 정한다; 황종관에 기장 1,200알을 담을 수 있다."

34 《송사(宋史)》권126. 서경(西京) 동망고(銅望臯) 고제(古制) 석척(石尺) 혹은 태부(太府) 포백척(布帛尺).

35 《송사(宋史)》권126.

36 《악기(樂記)》. "궁은 군, 상은 신, 각은 민, 치는 사, 우는 물이다. 다섯 가지가 어지럽지 않으면 조화롭지 않은 소리가 없다.""宮爲君 商爲臣 角爲民 緻爲事 羽爲物 五者不亂 則無怗懘之音矣."

37 《송사(宋史)》권128.

38 《송사(宋史)》권126.

39 宋惠眞, 《韓國雅樂史研究》(민속원, 2000), 19~20면.

40 《송사(宋史)》권82.

41 대성악 이론과 제도는 1108년 유병(劉昺)이 팔론이십도(八論二十圖)를 중심으로 정리하였다. 《송사》권82.

42 양 인리우, 이창숙 역(1999), 앞의 책, 589면.

43 《주례(周禮)》.

44 천자의 소목제(昭穆制)를 따른다면 모두 7세를 두고 제1세는 중앙에 모시고, 소에는 2·4·6세를, 목에는 3·5·7세를 각각 봉안하는 것이 온당한 이치지만 송의 예는 모두 5세만을 두고 있어 제후의 예에 가깝다고 할 수 있다. 이는 묘실을 6실만 둔 것과 일정 정도 연관이 있어 보인다.

45 《송사(宋史)》권134 악지 건륭이래사향태묘일십육수(建隆以來祀享太廟一十六首).

46 《高麗史》卷14 世家 睿宗 11年 10月. "갑자일. 왕이 천수사에 갔다."

47 《高麗史》卷14 世家 睿宗 11年 10月.

48 《高麗史》卷14 世家 睿宗 11年 3月.

49 박인희, 〈〈悼二將歌〉의 창작 배경 연구〉, 《국어국문학》160(국어국문학회, 2012), 314면. 이 논문에서 예종이 서경에 지은 〈도이장가〉는 그의 왕권 강화 의식을 드러냈다고 하였다.

50 宋惠眞,《韓國雅樂史硏究》(민속원, 2000), 19~20면.

51 '묘실 선정 방식'과 '정성·중성 악장 제도'에 대해서 기존 논의에 언급하여 이 책에서는 제외하였으나 송 악장과의 중요한 차이점이라 할 수 있다.

52 《高麗史》卷2 世家 太祖 19年 6月. "夏六月 甄萱請曰, '老臣遠涉滄波, 來投聖化, 願仗威靈, 以誅賊子耳.' 王初欲待時而動, 憐其固請, 乃從之. 先遣正胤武, 將軍 述希, 領步騎一萬, 趣天安府."

53 《高麗史》卷5 世家 德宗 2年 8月. "命平章事 柳韶, 創置北境關城."

54 《高麗史》卷6 世家 靖宗 10年 11月. "今築長·定二州及元興鎭城."

55 《사기(史記)》오제본기편(五帝本紀篇). "立我烝民, 莫匪爾極. 不識不知, 順帝之則."

56 자세한 논의는 김명준,《악장가사 연구》(다운샘, 2004), 75~80면 참고. 그리고 재편된 악장의 이름은 아래와 같다. 〈보태평〉: 〈희문(熙文)〉, 〈기명(基命)〉, 〈귀인(歸仁)〉, 〈형가(亨嘉)〉, 〈집녕(輯寧)〉, 〈융화(隆化)〉, 〈현미(顯美)〉, 〈용광(龍光)〉, 〈정명(貞明)〉, 〈대유(大猷)〉, 〈역성(繹成)〉 / 〈정대업〉: 〈소무(昭武)〉, 〈독경(篤慶)〉, 〈탁정(濯征)〉, 〈신정(神政)〉, 〈정세(靖世)〉, 〈선위(宣威)〉, 〈분웅(奮雄)〉, 〈순응(順應)〉, 〈총수(寵綏)〉, 〈혁정(赫整)〉, 〈영관(永觀)〉.

57 조규익,《조선조 악장의 문예 미학》(민속원, 2005), 227면.

제 5 장

고려 후기 공민왕과
개찬 태묘악장

1. 고려 후기 태묘악장의 개편

고려의 태묘악장은 예종睿宗(1079~1122) 때 송의 대성악大晟樂을 수용하면서 처음으로 개찬되었으며, 이후 의종毅宗(1127~1173)과 공민왕恭愍王 때 각각 개찬이 있었다. 《고려사》 악지樂志에는[1] 예종과 공민왕 때 개찬된 악장만 기록되었으며, 의종 대의 것은 예지禮志에[2] 그 윤곽만 보일 뿐이다. 이들 악장은 모두 아악雅樂〔대성악〕에 기반하였으나, 당시 상황에 따라 적지 않은 변화를 가졌던 것으로 보인다.

중세 국가 제례 가운데 교사제郊祀祭와 더불어 중요하게 여겨진 종묘제宗廟祭〔태묘제〕는 처음 정비된 이후에는 좀처럼 수정과 교체가 없었던 점에 비추어 볼 때, 고려의 태묘악장 개찬은 자못 흥미를 끈다. 아악을 창제했던 송宋의 경우 태묘악장을 개찬하지 않았고,[3] 송의 아악을 수용했던 원元은 세조世祖 4년(1263)에 초장初創하고 8년(1267)에

1실室만을 추가하여 악장을 수정하였을 뿐4 묘실의 교체는 없었다. 그리고 전대의 아악을 받아들인 명明 역시 처음의 것을 그대로 사용하였다.5 하지만 고려는 예종, 의종 그리고 공민왕(1330~1374) 때 묘실의 교체와 악장의 개찬이 있었으며 특히 공민왕 대에는 두 차례나 개편이 있었다. 이는 고려 궁중이 아악 태묘악장에 특별한 의미를 부여했기 때문에 가능한 일이라 생각한다. 이 장에서는 고려 공민왕 대 악장 개찬의 의미를 이해해 본다.

2. 고려 전기 태묘악장의 개편

고려 예종은 대성악[아악] 수용 이후 가장 먼저 태묘악장을 정비하였다. 고려는 송과의 관계에서 '제후'국의 예에 따라 악장을 편성하였다. 아악 제례에서 제후국은 악장을 등가악登歌樂에 한정하여 전폐, 초헌, 철변두에만 쓸 수 있었다. 이에 따라 고려 예종은 등가악장(초헌)만을 둔 것이다. 다만 초헌례에서 제후국은 2소 2목의 5묘제를 따라야 하나 예종은 9실 9장을 둠으로써 고려적 예제禮制를 수립하고 악장 제작의 전통을 마련하였다. 그리고 묘실 대상을 현재 군왕을 중심으로 선정함으로써 악장의 현재성과 추후 개찬의 가능성을 열어 두었다. 이렇게 하여 예종 대의 태묘악장은 1대 태조太祖, 2대 혜종惠宗 그리고 예종의 직계 3대조 7인의 선왕을[덕종德宗, 정종靖宗, 문종文宗, 순종順宗, 선종宣宗, 숙종肅宗] 대상으로 하였다.

절차	묘실 왕명	악장		형식	곡명
초헌	제1실 태조(太祖)	정성: 受天靈符 …	중성: 應天開基 …	4언 8구	태정지곡(太定之曲)
	제2실 혜종(惠宗)	정성: 諒彼先王 …	중성: 勇智傑然 …	4언 8구	소성지곡(紹聖之曲)
	제3실 현종(顯宗)	정성: 丕顯烈祖 …	중성: 於穆聖祖 …	4언 8구	흥경지곡(興慶之曲)
	제4실 덕종(德宗)	정성: 德由天生 …	중성: 震德離潛 …	4언 8구	엄안지곡(嚴安之曲)
	제5실 정종(靖宗)	정성: 繼理受成 …	중성: 恭讓允塞 …	4언 8구	원화지곡(元和之曲)
	제6실 문종(文宗)	정성: 允文文王 …	중성: 美哉於乎 …	4언 8구	대명지곡(大明之曲)
	제7실 순종(順宗)	정성: 惟王奉天 …	중성: 於穆先王 …	4언 8구	익선지곡(翼善之曲)
	제8실 선종(宣宗)	정성: 堯仁舜孝 …	중성: 有樂在庭 …	4언 8구	청녕지곡(淸寧之曲)
	제9실 숙종(肅宗)	정성: 惟皇肅考 …	중성: 於鑠皇考 …	4언 8구	중광지곡(重光之曲)

악장은 정성正聲 중성中聲 제도에⁷ 따라 묘실마다 2편이 있으며, 4언 8구의 형식을 가졌다. 내용의 구성은《시경詩經》아송雅頌의 전통을 따르고 있기는 하나 구체적인 사공事功이 반영되어 악장의 설득력을 높였다. 그리고 현재 군주와 후왕의 '효'를 강조하여 왕실의 당연한 질서를 강조하고 피치자들에게 효의 치환태置換態인 충을 유도하였다. 또한 현왕 자신에게 군주로서의 국가 영속의 책무를 환기함으로써 악장의

의종 대 태묘악장[8]

절차	묘실	곡명
입문(入門)		정안지곡(正安之曲)
관세(盥洗)		정안지곡(正安之曲)
승전(升殿)		정안지곡(正安之曲)
출입소차(出入小次)		정안지곡(正安之曲)
영신(迎神)		흥안지곡(興安之曲)
진조(進俎)		풍안지곡(豊安之曲)
작헌(酌獻) [초헌(初獻)]	제1실 태조	태정(太定)
	제2실 혜종	소성(紹聖)
	제3실 현종	흥경(興慶)
	제4실 문종	대명(大明)
	제5실 순종	익선(翼宣)
	제6실 선종	청녕(淸寧)
	제7실 숙종	중광(重光)
	제8실 예종(睿宗)	미성(美成)
	제9실 인종(仁宗)	이안(理安)
음복(飮福)		희안지곡(禧安之曲)
문무퇴(文舞退), 무무진(武舞進)		숭안지곡(崇安之曲)
철변두(徹籩豆)		공안지곡(恭安之曲)
송신(送神)		영안지곡(永安之曲)

긴장성을 부여하기도 하였다.

의종 대의 태묘악장은 남아 있지 않지만, 제례 절차와 묘실의 군주 및 악곡명은 전한다. 예종 대와 크게 달라진 점은 묘실의 주인이 교체 된 것이다. 제4실의 덕종과 제5실의 정종이 빠지고, 대신 예종과 인종이 새롭게 추가되었다. 이는 9실을 유지하면서 의종 당대를 기준으로 직계 6대조를 태묘실에 안치했던, 전대의 전통을 계승한 결과라 할 수 있다. 그리고 각 묘실의 음악 또한 예종 대의 그것을 사용하였다. 다만 새롭게 추가된 예종과 인종의 음악은 불가피하게 새로 제작했던 것으로 보인다. 악장의 경우 남아 있는 기록이 없어 알 수는 없지만, 묘실의 악곡이 계승되었던 만큼 예종과 인종을 제외하고는 그대로 사용되지 않았을까 추정하는 바이다.[9]

이렇듯 의종 대의 태묘악장은 예종 대의 것을 소폭 개편한 것으로 볼 수 있으나 절차와 그에 따르는 악곡을 볼 때, 개편 배경을 짐작할 수 있다. (기록상의 한계는 있지만) 예종 대의 태묘악장 개찬은 초헌 9실 악장에 초점을 두었고, 나머지 제례 절차와 악장까지는 관심이 미치지 못한 것으로 보인다. 이는 아악 수용 초기라는 시간적 한계와 왕권 회복의 시급성 등이 작용했기 때문이라 할 수 있다. 이에 비해 의종은 제례 절차를 비교적 정교히 하고 절차마다 악곡을 둠으로써 의례의 품격을 높이려 했던 것으로 보인다. 특히 아악과 아악 제례의 원산지인 송의 악곡을 인용한다든지 제례 절차를 세목화하는 점에서 그러하다. 고려 의종은 송의 '풍안', '희안', '정안'의 악곡을 제례 절차에 적극 활용했으며, 초헌례 이전의 절차에 대해 송이 4단계로 나누어서 진행했지만 고려 의종은 6단계로 더 세분화한 것이다. 이는 대외적으로 의종이 중세 동아시아 질서 속에서 송 못지않은 의례 문화의 선진국임을 표명하려는 의도와 함께 대내적으로 실추된 왕실의 권위를 회복하려 했던 노력의[10] 결과가 복합적으로 작용했다고 할 수 있다.

3. 공민왕 1차 개찬 악장

고려의 태묘악장은 의종 이후 약 2세기 동안 개찬이 없었다. 의종이 30~40년 만에 개찬한 것과 비교할 때 비교적 오랫동안 의종 대의 태묘악장이 고려의 태묘제를 담당했던 것으로 보인다. 이는 태묘악장이 정치적 상황에 따라 개수되었던 점을 상기할 때, 고려 후기사가 무인정변, 원 간섭 등 왕실의 자기 돌보기가 미편했던 상황이 반영된 것이라 할 수 있다. 이후 공민왕 12년(1363) 5월 정해일에 이르러 태묘제와 악장은 개편되었다.[11]

공민왕 대 1차 개찬 악장에 대해 박기호는 "절실함이 부족하고, 독창적이고 주체적인 의식에 의해 제작된 것이 아니라 예종 대의 것을 형식적으로 답습하는 데 급급하였다."고[12] 하였다. 주장의 근거는 전에 있던 각 묘실에서의 전절 악장과 후절 악장이 사라졌고, 당시 고려가 원 부마국으로 전락하여 내정 간섭을 받았던 상황임을 들었다.[13] 하지만 그가 전절과 후절 악장이라 한 것은 아악의 정성·중성 제도를 잘못 이해한 것에서 비롯한 것이고 공민왕 대를 원의 지배가 여전하다고 이해한 것은 공민왕 대의 정치 상황을 간과한 것이다. 물론 공민왕의 비妃가 원元 위왕魏王의 딸이고, 공민왕 통치 기간 동안 부원附元 권문세족이 어느 정도 세력을 떨치고 있었다. 그러나 공민왕은 집권 5년(1356) 이후부터 대외적으로 반원정책反元政策과 대내적으로는 왕권 강화 및 사회·경제적 모순의 제거에 노력을 경주했던 점을 볼 때 원

공민왕 12년(1363) 태묘악장-1차 개찬

절차	묘실 왕명	악장	형식
초헌	제1실 태조	於皇太祖, 景命是膺 …	4언 8구
	제2실 혜종	天造我家, 或不來庭 …	4언 8구
	제3실 현종	天扶景業, 用否而昌 …	4언 8구
	제4실 원종(元宗)	明明我祖, 德合乾坤 …	4언 8구
	제5실 충렬왕(忠烈王)	朝彼元朝, 始尙公主 …	4언 8구
	제6실 충선왕(忠宣王)	念玆先祖, 陟降庭止 …	4언 8구
	제7실 충숙왕(忠肅王)	於皇烈祖, 厥德侯純 …	4언 8구
	제8실 충혜왕(忠惠王)	徂玆戎平, 寢廟載寧 …	4언 8구
	제9실 충목왕(忠穆王)	英明果斷, 有赫其光 …	4언 8구

간섭 전대와 균질적으로 이해하는 것은 곤란하다.

공민왕의 개혁은 중원의 강자가 원에서 명明으로 이동한 것과 관련이 있다.[14] 또한 1차 개찬이 있기 전 공민왕은 10년에 홍건적이 내침하여 개경이 함락되자 복주福州[안동安東]로 피신하였다가 12년 윤3월 귀경하던 도중 머물던 흥왕사興王寺에서 반란군에게 침입을 받기도 하였다.[15] 이렇게 공민왕 집권 전반기는 개혁 의지와 여건이 상호 충돌하는 시기로 국정 전반에 걸친 쇄신이 절실했던 시기로 이해할 수 있다. 따라서 공민왕 12년 5월의 악장 개찬은 현재 위기 상황을 극복하려는 공민왕의 절실함이 반영된 것이라 할 수 있다.

공민왕 대 1차 개찬 작업은 전대의 9실을 유지한 채 묘실의 주인을 대폭 교체하였고, 정성·중성 제도를 폐지하여 묘실마다 단장單章의 악장만 두는 것으로 진행하였다. 묘실의 대상은 (예종·의종 대 그러했던

공민왕 대까지의 고려 왕실 계보

1세	2세	3세	4세	5세	6세	7세	8세	9세	10세	11세	12세	13세	14세	15세	16세
1.# 태조	2.# 혜종														
	3. 정종														
	4. 광종	5. 경종	7. 목종												
	대종	6. 성종													
	안종	8.# 현종	9.* 덕종												
			10.* 정종												
			11.## 문종	12.## 순종											
			13.## 선종	14. 현종											
			15.## 숙종	16.** 예종	17.** 인종	18. 의종									
						19. 명종	22. 강종	23. 고종	24.*** 원종	25.*** 충렬왕	26.*** 충선왕	27.*** 충숙왕	28.*** 충혜왕	29.*** 충목왕	
						20. 신종	21. 희종							30. 충정왕	
													31. 공민왕		

- 바탕색: 태묘악장 묘실의 대상, #: 예종·의종·공민왕 대 묘실 대상, ##: 예종·의종 대 묘실 대상, *: 예종 대 묘실 대상, **: 의종 대 묘실 대상, ***: 공민왕 대 묘실 대상.

것처럼) 현재의 군주를 중심으로 불천위 3대(태조, 혜종, 현종)를 그대로 두고 나머지 6실은 공민왕 직계 6대조로 교체하였다.

묘실의 대상을 선정할 때 예종과 의종은 비록 선왕이라 할지라도 같은 항렬 혹은 자신보다 아래 항렬의 군주를 제외하였으나, 공민왕의 경우 동복同腹형인 충혜왕과 조카 충목왕을 9실에 둔 점은 특이하다. 이러한 배경에는 9실의 전통을 지키기 위한 결과로 볼 수 있으나, 실상 중시조中始祖의 조종祖宗으로 원종을 삼고자 했던 의도가 반영된 것이라 할 수 있다. 충혜왕이나 충목왕을 묘실에 두지 않으려면 강종이나 고종이 중시조의 조종이 되어야 하나 공민왕은 이를 원치 않았던 것으로 보인다.

앞서 언급했다시피 공민왕은 등극 이후 강력한 개혁 정책을 펴고자 했으나 부원 세력에 의해 번번이 좌초되고 말았다. 결국 그들과의 첨예한 대결 국면에서 내놓은 카드가 바로 '원종'이었던 셈이다. 고려 후기 외교사에서 고려가 원과 제휴하게 된 결정적 인물이 '원종'이다. 그가 세자 시절 중원에서 당시 왕자王子였던 쿠빌라이(훗날 원 세조)를 만나 서로의 처지를 확인했으며, 양자가 등극한 이후에는 이전의 약속대로 양국은 친선 우호의 길로 나아갔다. 관계 변화의 대표적인 사례가 '출륙出陸'〔개경환도〕과 '친조親朝'로, 이 둘은 원이 고려에 끈질기게 요구한 것들이다. 마침 원종이 이들의 요구를 들어줌으로써 원의 대고려 침략은 막을 내리고 무인 정권도 그 수명을 다하게 되었다. 따라서 원종의 친원親元 정책은 원을 통한 왕권의 회복과 그 맥을 같이한다고 볼 수 있으며,[16] 그러한 원종을 상징적 중시조로 두고자 했던 것

은 과거의 원元을 통해 현재 원을 막고자[以元制元] 했던 공민왕의 의
도가 숨어 있는 것이라 할 수 있다.

【초헌】 원종元宗 제4실

밝고 밝으신 우리 조종께서는, 덕행이 하늘과 같도다.

거룩한 그 덕으로, 후손에게 복을 내리셨네.

정결하게 하고 제사를 올리노라니, 서직黍稷이 향기롭도다.

이를 흠향하시어, 영원히 나라의 강녕康寧을 지켜 주소서.

明明我祖, 德合乾坤. 丕顯其德, 垂裕後昆.

克禋克祀, 黍稷惟馨. 是歆是享, 永保康寧.

원종의 덕은 무궁하고 거룩하여 후손들에게 복을 내리고 있다고
한다. 또한 후손은 내려 주신 복에 감사하여 제사를 받들고 '永保康
寧' 해 주기를 염원하는 것으로 노래는 마친다. 이렇게 공민왕은 '국가
안보와 보전'을 원종을 빌려 소망하고 있다. 군주가 집권 안정기에 '국
권 수호'를 노래하였다면 더 높은 단계의 왕권 강화로 읽을 수 있지
만, 암살 위협과 대외적 악재가 겹친 상황이라면 이는 '회복' 내지 '유
지'로 봐야 할 것이다. 다시 말해 공민왕은 실추된 왕권의 최소한의
회복과 목숨 보전을 노래한 것이라 할 수 있다. 더구나 대내외적 위협
이 범원凡元 세력들임에 이들을 제어할 방법으로 '원종의 역사적 영상'
을 빌려 왔다. 지금의 '원'(범원 세력)을 있게 한 근본이 '원종'이고 그
원종의 후손이 현왕이므로 현왕에 대한 위협은 자신들의 존재까지 부

정될 수 있음을 환기하고자 했기 때문이리라.

【초헌】충렬왕忠烈王 제5실

저 원나라 조정에 조근朝覲하여, 처음으로 공주公主를 배필로 하셨네.

왕희王姬의 수레가, 우리 땅에 내려오셨도다.

자손이 끊이지 않음은, 하늘의 복을 받음이네.

천만년이 되도록, 아버지와 어머니가 되시도다.

朝彼元朝, 始尙公主. 王姬之車, 降于東土.

子孫緜緜, 受天之祜. 於千萬年, 爲母爲父.

선대 원과의 긴밀한 관계는 충렬왕 실에 오면 절정에 이른다. 주지하다시피 충렬왕은 세조의 딸을 왕비로 맞이하였다. 이를 통해 당시 원 세력권 안에 있었던 국가들 가운데 충렬왕의 고려는 비교적 국가 위상을 높일 수 있었다. 또한 부마국으로서 한계는 있었으나 충렬왕은 그 나름대로 국가 안정과 왕권 신장에 주력하여 소기의 성과를 얻기도 하였다.[17] 노래 전반부는 충렬왕을 '친조', '원 부마'의 군주로 상정하여 친원적 이미지를 부각하고 있으며, 후반부에는 후대 왕들 모두 원의 혈통임을 강조하고 있다. 이 역시 앞의 노래와 마찬가지로 고려 왕실과 원의 관계를 제시함으로써 부원 세력들의 도전을 차단하고자 했던 의도가 내재되었다고 할 수 있다. 그리고 왕권을 지켜내려 했던 선대의 초상을 함께 그려 냈던 것이다.

【초헌】태조太祖 제1실

아! 태조 황제께서는, 대명大命을 받으셨도다.

문득 삼한을 차지하셔서, 인정仁政을 널리 펴셨도다.

후손들이 불초하여, 때때로 간난艱難이 거듭 생겼네.

이제 흠향하시고 편안히 계시어, 영원토록 계승하게 하옵소서.

於皇太祖, 景命是膺. 奄有三韓, 仁滂政凝.

後嗣不類, 時艱荐興. 居歆引逸, 永永其承.

대개 창업 군주에 대한 노래는 대상을 신격화하고 예찬의 시선만
으로 처리하는 것이 일반적인데, 이 경우는 다르다. 건국 군주에 대한
송도가 그러하듯 개국은 천명에 의한 것이어서 창업의 간난은 생략되
고 인치仁治의 결과만을 드러내고 있다. 이처럼 4구까지는 관습적 수
사에 의지하여 태조를 그리고 있다. 하지만 이후 2구에 이르러서는
공민왕 대에 발생한 이런저런 어려움과 이에 대한 자성自省을 보여 준
다. 따라서 후대 왕들이 건국 주(혹은 선왕)보다 같을 수 없다는 것은
[後嗣不類] 관례적 겸양을 넘어선 냉철한 현실 인식이자 반성이라 할
수 있다. 그리고 노래 끝의 '영원한 계승[永永其承]'은 이러한 성찰의
결과이자 다짐이다. 이처럼 이 노래는 태조에 대한 일방적인 예찬 대
신 현재 군주의 처지에 초점을 두고 있다고 할 수 있으며, 이를 통해
악장 제작 당시의 상황이 매우 절박했음을 미루어 짐작할 수 있다.

내가 왕위를 이은 이후 하늘을 두려워하고 백성을 사랑하면서 조금도 게

으름 없이 행동하려 했다. 그러나 정치가 뜻대로 이루어지지 못해 안으로
는 어려운 일이 자꾸 닥쳐 오고 밖으로는 외적들이 재차 침략해 왔으니
아무리 생각해 보아도 그 잘못은 하찮은 나에게 있음이 분명하다. 다행히
천지신명과 종묘사직의 영령들께서 현명하게 보호해 주신 은혜와 충신忠
臣 의사義士의 조력 덕분으로 변란을 잘 제압해 오늘에 이르게 되었다.

그러나 환도해 온 초기에도 하늘은 재앙을 그치지 않고서 별자리의 이
변으로 경계를 보이거나 가뭄으로 재변을 나타내고 있으니 마땅히 먼저
나 자신을 책망함으로써 백성에게 은혜를 베풀어야 할 것이다. 아아! 온
나라의 모든 관료는 나를 잘 보필해 허례허식을 일삼지 말고 정치에 있어
실질적인 효과가 나타나도록 힘써서 마침내 국가 중흥의 위업을 이룩하
도록 하라.[18]

1차 개찬이 있기 얼마 전 공민왕이 내린 교서이다. 교서에는 공민
왕 집권 전반기의 고민이 압축되어 있다. 공민왕은 왕자王子로서 임무
에 충실하려 했으나 대내외적 환경이 긍정적이지 못해 고난을 겪을
수밖에 없었고 그때마다 조종의 음우陰佑와 충신·의사義士의 조력으로
이를 극복할 수 있었다고 한다. 하지만 이러한 위기는 최근에 또 일어
났으니 '모든 관료가 나를 보필'하여 '국가 중흥의 위업'을 달성하자고
하였다.

이렇듯 공민왕의 교시는 '국가 위기 극복을 위한 전체 관료의 동참
촉구'가 요지라 할 수 있다. 그러면서 교시 중간에 자성〔深惟厥咎〕과
자책〔宜先責己〕의 변을 빼놓지 않았다. 이는 위기 때마다 조령의 보

호와 충신들의 도움이 있었던 것도 '畏天愛民'의 자세와 성찰의 태도가 전제되었음을 암시한다. 지금의 위기는 인재에 천재를 더한 것으로 조령·충신·의사 이외에 모든 관료의 합심만이 이겨 낼 수 있다고 하면서 자성의 목소리를 더해 설득력을 배가하는 것이다. 그리고 치자 계급 집단이 공유하는 선전성 원칙론인 '혜민惠民'과 '(국가) 중흥' 운운을 통해 저편에 있던 세력들을 회유하고자 했던 것이다.

이처럼 공민왕 대 1차 개찬은 대내외적 악재, 자연재해 등 총체적 위기와 권력 집단 간 내분까지 겹쳐 공민왕은 통치의 온전성까지 보장받지 못한 상황에서 이루어졌다고 할 수 있다. 따라서 이를 극복하고자 하는 절실함 속에서 위협 세력을 제어하고 자성을 담은 현재적 악장을 제작하였다.

4. 원 세조의 태묘악장과 공민왕의 2차 개찬 악장

공민왕은 집권 후반기인 20년(1371) 10월에 다시 한번 태묘악장을 개찬한다.[19] 1차 개찬 이후부터 2차 개찬 사이 공민왕 대에 주요한 사건이 여럿 있었는데, 왕비[휘의노국대장공주徽懿魯國大長公主] 사망, 원·명 교체 그리고 신돈辛旽의 정국 주도 등이 그것이다. 공민왕은 집권 10년 이후를 기점으로 신돈을 통해 개혁 사업을 실행하려고 하였다. 그 내용은 정치, 경제, 문화 등 전 분야에 관한 것으로 주로 기득권 세력을 겨냥한 것이었다. 그러나 이 역시 권문세족, 신진사류 등의 반발로 실

패하고 만다. 또한 대외적으로 1368년 명이 원을 물리침으로써 중원의 주인이 명으로 바뀌자 고려의 외교 노선은 표류하게 되었다. 이처럼 왕비의 죽음과 원명 교체로 인해 국내 부원 세력은 약화되고, 신돈의 몰락으로 정국은 혼란 국면에 이른 것이다. 이에 공민왕의 친정親政은 당연한 수순이었다. 이러한 상황에서 이루어진 2차 개찬은 대외적으로는 원·명을, 대내적으로는 권신權臣 세력을 의식한 결과물이라 할 수 있다.

2차 개찬의 특징은 초헌 묘실이 7실로 조정되고, 제례 절차마다 악장을 둔 점이다. 지금까지 세 차례의 개찬은 묘실의 대상을 바꾸고 절차상의 변화만 주었을 뿐 9실의 전통을 유지한 편이었다. 하지만 공민왕 20년에 와서는 묘실의 수가 7실로 변하였다. 그리고 제후국의 길례吉禮에서 악곡의 장章은 등가악에서만 쓸 수 있었는데, 2차 개찬에서는 절차마다 악장을 두었다. 그렇다면 이와 같은 변화는 어떤 의미를 지닐까? 이에 대해서는 당대 문화·의례에 영향을 끼쳤던 원의 태묘악장을 함께 살펴보는 것이 순서일 것이다.

1) 원 세조의 태묘악장

원의 태묘악장은 원 세조 중통中統 4년(1263)에 초창初創되었다. 그 이전에는 원의 대내외적 상황이 복잡했던 까닭에 태묘제와 악장이 정비되지 못했고, 세조가 연호를 지정한 다음부터 가능해졌다. 원 세조는 송의 태묘악장을 수용하면서 초헌 칠실악장七室樂章을 제작했으며, 나머지 절차와 악곡은 얼마간 기존의 것을 사용했을 것으로 보인다.

원 세조 중통 4년 칠실악장(七室樂章)[21]

절차	왕명	악장	형식
초헌(初獻)	제1실 태조(太祖)	天垂靈顧, 地獻中方 …	4언 8구
	제2실 태종(太宗)	和林勝域, 天邑地宮 …	4언 8구
	제3실 예종(睿宗) - 추존	珍符黙授, 疇昔自天 …	4언 8구
	제4실 황백고(皇伯考) 술적(朮赤) - 추존	威武鷹揚, 冢位克當 …	4언 8구
	제5실 황백고(皇伯考) 찰합대(察合帶) - 추존	雄武軍威, 滋多歷年 …	4언 8구
	제6실 정종(定宗)	三朝承休, 恭己優游 …	4언 8구
	제7실 헌종(憲宗)	龍躍潛居, 風雲會通 …	4언 8구

중통 4년의 태묘악장은 4언 8구의 구성을 따르면서 7실 7악장으로 제작되었다. 1구 4언의 구성은《시경》아송과 아악의 1자 1음의 원리를 따른 것이며, 7실을 둔 것은 원이 '천자'국임을 자임한 결과라 할 수 있다. 주대周代의 소목제昭穆制에 따르면 천자는 칠묘七廟 7악장을, 제후는 오묘五廟 5악장을 쓰게 된다.[20] 이에 5대인 세조는 기존 군주 4인에 추존 3인을 더해 7실을 안치하여《주례周禮》의 정통적 수용을 꾀한 것이다.

한편 원 세조는 묘실에 신위를 안치할 때 왕실의 계보를 고려하지 않고 묘실의 순서를 정하였다. 태조[칭기즈칸成吉思汗]의 아들들은 첫째 술적朮赤-추존, 둘째 찰합대察合帶-추존, 셋째 태종太宗, 넷째 예종睿宗[타뢰拖雷-추존] 등인데, 이 가운데 3남인 태종이 2대 왕위를 이었다. 3대는 태종의 아들인 정종定宗이, 4대는 타뢰의 장남인 헌종憲宗이 그리고

5대는 4남인 세조가 그 뒤를 이었다. 이와 같이 원 전반기의 왕위 계승을 고려한다면 묘실의 순서는 '태조-술적朮赤-찰합대察合帶-태종-예종-정종-헌종' 순이어야 할 것이나, 세조는 예종追尊의 위치를 3실에 둔 것이다. 이는 자신의 부친을 실제 왕위에 오른 태종과 나란히 하고 추존된 백부들보다 상위 반열에 놓음으로써 자신의 왕위 계승이 정당했음을 보여 주려 했던 것으로 보인다.

이처럼 중통 4년 태묘악장의 정비는 칠묘제를 통해 천자국으로서 면모를 과시하고 왕위 계승의 정당성을 보여 주려는 의도가 반영되었다고 할 수 있다.

원 세조는 4년 뒤인 지원至元 4년(1267)에 태묘악장을 개편한다. 개편은 제례 절차, 악곡, 악장을 정식正式 7성成에 맞게 새로 정비하였으며, 묘실은 증설되었다. 새로 추가된 신위는 태조 이전의 열조烈祖·神元皇帝였다. 또한 묘실의 순서는 왕실의 계보를 고려하여 부친 예종은 백부들의 신위 뒤로 돌려놓았다. 이렇게 원 세조가 정식 칠성의 예에 따라 태묘악장을 재편성하고 묘실의 순서를 계통에 따라 재배치한 것은 명실공히 중원의 중심에 원이 위치하게 되었고, 왕실 내부의 권력 투쟁이 안정기에 들어섰기 때문이라 여겨진다. 특히 자신과 왕위 계승에서 경쟁을 하던 아리부화阿里不花와 그의 추종 세력이 소거되자 원 계보의 정통성을 존중하는 방향으로 태묘실의 순서를 변경하였다.

하지만 《주례》의 정통성을 지키고자 했던 칠묘의 소목제는 '열조'를 추가함으로써 변칙화 내지 무실화되고 만다. 이는 원 세조가 중화 의례를 존중하여 중원 주인이라는 상징성을 얻는 것보다는 자신의 근본

원 세조 지원 4년 팔실악장(八室樂章)

절차	묘실 왕명	악장	형식	곡명
영신(迎神)		齊明盛服 …	4언 8구	來成之曲
관세(盥洗)		天德維何 …	4언 8구	肅成之曲
승전(升殿)		祀事有嚴 …	4언 8구	肅成之曲
봉조(捧俎)		色純體全 …	4언 8구	嘉成之曲
초헌(初獻)	제1실 열조(烈祖) - 추존	於皇烈祖 …	4언 8구	開成之曲
	제2실 태조(太祖)	天扶昌運 …	4언 8구	武成之曲
	제3실 태종(太宗)	纂成前烈 …	4언 8구	文成之曲
	제4실 황백고(皇伯考) 술적(朮赤) - 추존	神支挺秀 …	4언 8구	弼成之曲
	제5실 황백고(皇伯考) 찰합대(察合帶) - 추존	玉牒期親 …	4언 8구	協成之曲
	제6실 예종(睿宗) - 추존	神祖創業 …	4언 8구	明成之曲
	제7실 정종(定宗)	嗣承丕祚 …	4언 8구	熙成之曲
	제8실 헌종(憲宗)	羲馭未出 …	4언 8구	威成之曲
문무퇴(文舞退), 무무진(武舞進)		天生五材 …	4언 8구	和成之曲
아헌(亞獻)		幽通神明 …	4언 8구	順成之曲
철변두(徹邊豆)		豆籩苾芬 …	4언 8구	豐成之曲
송신(送神)		神主在室 …	4언 8구	來成之曲

을 소급하여 원 제국의 튼실한 근원을 재구하는 것이 더 효율적이라
는 계산에서 비롯한 것이 아닌가 생각된다.

따라서 지원 4년 태묘악장은 중화의 공간에서 중화의 문화를 계승
하는 방향에서 벗어나 몽골족의 정통성이 부각되는 방향으로 정비되
었다고 할 수 있다.

2) 공민왕의 악장

이미 언급했다시피 공민왕 대 2차 개찬은 초헌의 묘실을 일곱으로 하고 제례 절차마다 악장을 새롭게 제작하는 방향으로 진행되었다.

각 묘실의 주인과 악곡은 사서史書를 편찬할 당시부터 일실되어 구체적인 대상과 곡명은 알 수 없으나, 고려 의종 대에 태조, 혜종, 현종은 이미 불천지주不遷之主로 모셔졌고, 그 이하 4~7실은 1차 개찬 악장과 유사성이 있으므로 그 대상을 어렵지 않게 짐작할 수 있다. 따라서 2차 개찬에서는 1차 개찬 때 초헌실에 두었던 충혜왕과 충목왕을 제외한 나머지 군주가 그들이라 할 수 있다.

공민왕이 초헌의 묘실을 7실로 둔 것은 여러 각도에서 이해할 수 있지만 무엇보다 '부-자' 계승의 강조와 칠묘제를 의식한 결과라 할 수 있다. 왕위의 이상적인 계승은 '부 → 자'이며 이는 현왕에게 강력한 왕권을 제공하는 담보물이다. 이에 형인 충혜왕과 조카인 충목왕을 배제했던 것이다. 게다가 천자국의 칠묘제를 염두에 두면서 묘실의 수를 '7'로 조정한 것 역시 제주祭主로서의 위상을 높이려는 의도이다. 실제 공민왕 당대 《주례》에 기반한 동아시아 태묘제에서 천자의 정통 칠묘제를 행한 국가는 없었다. 원은 8실로 그 본식本式과 거리를 두었으며, 1368년 건국한 명이 같은 해 정비한 태묘제 또한 4묘제로 하였기 때문이다.[22] 따라서 14세기 동아시아 국가 가운데 정통의 예에 따라 칠묘제를 봉행한 곳이 공민왕 20년의 고려가 유일하다.

한편 아악 제례 절차에서 악곡과 악장의 병행 여부는 제례 주체에 따라 달라진다. 제후국의 예는 초헌, 전폐, 철변두에만 악장을 둘 수

공민왕 20년 태묘악장—2차 개찬

절차	묘실 (왕명)	악장	형식	곡명
입문(入門)		於穆淸廟 …	4언 8구	궐(闕)
관세(盥洗)		有洌軌泉 …	4언 8구	궐(闕)
승전(升殿)		於穆淸廟 …	4언 8구	궐(闕)
출입소차(出入小次)		維玆孝敬 …	4언 8구	궐(闕)
영신(迎神)		維精維純 …	4언 8구	궐(闕)
전폐(奠幣)		彝倫攸序 …	4언 8구	궐(闕)
봉조(捧俎)		於薦廣牡 …	4언 8구	궐(闕)
초헌(初獻)	제1실 (태조)	於乎皇王 …	4언 8구	궐(闕)
	제2실 (혜종)	於皇武王 …	4언 8구	궐(闕)
	제3실 (현종)	休矣皇考 …	4언 8구	궐(闕)
	제4실 (원종)	允王維后 …	4언 8구	궐(闕)
	제5실 (충렬왕)	皇王烝哉 …	4언 8구	궐(闕)
	제6실 (충선왕)	勉勉我王 …	4언 8구	궐(闕)
	제7실 (충숙왕)	於乎皇考 …	4언 8구	궐(闕)
음복(飮福)		閟宮有侐 …	4언 8구	釐成之曲
문무퇴(文舞退), 무무진(武舞進)		嗟嗟烈祖 …	4언 8구	肅寧之曲
아종헌(亞終獻)[23]				
철변두(徹籩豆)				
송신(送神)				

있다. 이에 비해 천자국은 등가악 이외에 헌가악으로 연주되는 모든 절차에서 악장을 쓸 수 있다. 예종과 공민왕 대 1차 개찬이 초헌에 무게를 두어 이루어진 것은 제후국의 예에 따른 것이다. 그러나 공민왕 2차 개찬에 이르러서는, 의종 대의 제례 절차를 발전적으로 계승하고

절차마다 악장을 둠으로써 제례의 격을 높였다. 따라서 정식 7성 예에 따른 악장의 제작과 병용은 칠실제의 운영과 함께 주례가 요구하는 천자국의 위상을 드러내고자 한 것이라 할 수 있다.

아울러 절차마다 악장을 둠으로써 제주祭主인 현왕을 미화하는 효과를 얻을 수 있었다. 신제 악장 16수 가운데 묘실 7수를 제외한 9수가 직간접적으로 공민왕과 연관됨으로써 2차 개찬 작업은 자연스럽게 선왕에 대한 송도에서 현왕에 대한 송축으로 그 성격이 바뀌게 되었다.

공경스럽게 삼가면서, 위의威儀를 돕네.
旣敬旣戒, 攝以威儀. 〈관세盥洗〉

이토록 효경스러우니, 소차에선들 감히 잊으시랴?
들어가고 나가심에 절도가 있어, 위의가 크게 드러나네.
維玆孝敬, 小次敢忘. 出入有節, 威儀孔彰. 〈소차小次〉

어렴풋이 소리를 들으시니, 효성이 굉장하시네.
優乎有聞, 烝烝孝誠. 〈영신迎神〉

효성스러운 마음이 다하지 않으니, 맑고 순결하여 위엄이 있도다.
孝思不匱, 有嚴淸純. 〈전폐奠幣〉

몸소 차리기도 하고 올리기도 하시면서, 효성으로 제향을 드리네.

或肆或將, 以孝以享. 〈봉조奉俎〉

초헌례를 행하기 전 현왕을 묘사한 것들이다. 갖가지 표현으로 공민왕을 그리고 있지만 그 요체는 '위의, 공경, 효성'이라 할 수 있다. '위의'는 위엄과 절대성을, '공경과 효성'은 인격적 완성을 대변하는 것으로 군주다운 군주를〔君君〕보여 주는 것이라 할 수 있다. 실체와 상관없이 대상을 관념어로 포장함으로써 일체의 비판을 차단하는 무조건적 예찬 방식은 정치문학이 가져왔던 오랜 전통이라 할 수 있다. 이러한 방식은 상황에 따라 관념어를 교체함으로써 시대적 효용성을 기대하기도 했다. 공민왕이 '위의, 공경, 효성'의 군주인가 하는 문제는 논외로 한다고 하더라도, 분명한 점은 '위의, 공경, 효성'을 강조할 수밖에 없었다는 것이다. '위엄 있는 최고 통치자가 선왕을 효성으로 공경한다.'는 문학적 사실을 통해 통치 공간(가족-사회-국가) 내의 모든 관계(부/자-장/유-군/신)를 상하의 질서로 귀결하고자 하였다. 다시 말해 공민왕 자신이 '효·경'의 모범자임을 내세워 신·민 계급에 이것과 이의 확장 형태인 '충'을 유도하면서 고려의 안정적(?) 질서를 구현하려 하였다. 이러한 수사는 이미 예종 대 태묘악장에서 시도된 바 있지만, 공민왕 대 2차 개찬에 이르러 더욱 강조되었으며, 이는 결국 공민왕이 복록의 수혜자가 되기에 충분한 자격이 있음을 뜻하는 것이기도 하였다.

【초헌】충렬왕 제5실

성스러운 임금님이 위대하시니, 온갖 복록이 모여들었네.

진실로 천자의 집안과 대대로 혼인하셨네.

수없이 많은 자손들이, 행복을 누리도다.

길이 추모하는 마음은, 아! 영원하리라.

皇王烝哉, 百祿是遒. 允也天子, 世德作俅.

子孫千億, 優游爾休. 永言孝思, 於乎悠哉.

제5실 악장은 충렬왕을 '皇王'으로 승격하고 위대성을 드러내어 복록이 찾아옴을 당연하다고 하였다. 1차 개찬 때 충렬왕이 원의 공주를 배필로 맞이한 것을 '친조'에 따른 것이라 했으나, 2차에 오면 이런 복록 중의 한 예로 원 황실과의 결혼을 든 것이다. 이로써 충렬왕은 결혼을 구걸했던 부마국의 제후가 아니라 애초부터 복록을 지녔던 황왕이 된 것이다. 그리고 그러한 복록은 현재도 유효한 것으로 현재의 군주가 그 복록을 누린다고 하였다. 이처럼 2차 충렬왕 악장에서는 원의 색깔은 상당 부분 탈색하여 충렬왕의 위치를 올려놓았고, 그러한 충렬왕의 위상〔복록〕이 공민왕 당대에까지 발전적으로 보전되고 있음을 보여 준다고 할 수 있다.

【초헌】충숙왕 제7실

아! 부왕께서는, 그 덕이 밝으셨네.

길이 천명에 짝하시니, 그 복이 두터우셨도다.

저를 편안하게 하셔서, 복록을 누려 안락하게 하시는 도다.

본가本家와 지파支派가 백대百代에 이르도록, 길이 이룩하신 것을 살피리로다.

於乎皇考, 其德克明. 永言配命, 則篤其慶.

綏予孝子, 俾祿爾康. 本支百世, 永觀厥成.

제7실 악장은 주체와 시간의 변주와 확장을 통해 공민왕이 복록의 적격 수혜자임을 강조하고 있다. 과거 하늘의 덕은 부왕 충숙왕에게 전해져 복으로 화하여 두터워졌으며, 그 복은 현재 공민왕 대에 안락함을 보장하고 있고 미래 후손들까지 복록이 영원할 것이라 하였다.

위와 같이 5실과 7실 악장은 선왕의 덕을 기리고 있지만, 실상은 공민왕이 '복 받을 자격이 있음'을 거듭 노래한 것이라 할 수 있다. 군주에게 '복록'은 다양한 의미가 있지만 현재 공민왕에게 '복록'은 왕권을 중심으로 하는 체제 안정과 보장이다. 대외적 환경 변화와 대내적 권력 혼란을 친정을 통해 해결하려 했던 공민왕은 부인할 수 없는 선대들의 통치 사실을 이용할 수밖에 없었을 것이다. 30대에 이르는 장구한 선대조들의 국가 경영을 복록으로 위장하고 이를 재활용한 것이다. 따라서 공민왕 대의 2차 개찬 악장은 1차 개찬 당시의 자책自責과 자성自省을 상당 부분 제거하여, 대외적으로는 고려의 위상을 제고하고 대내적으로는 군왕으로서의 자긍심과 친정에 대한 자신감을 드러냈다고 할 수 있다.

5. 태묘악장 개편을 통한 고려 위상 제고

고려 태묘악장의 개편을 보면, 고려 예종은 '제후'국의 예에 따라 악장을 정비하면서도 9실 9장을 둠으로써 고려적 예제를 수립하고, 묘실의 대상을 현재 군왕을 중심으로 선정함으로써 악장의 현재성을 추구하였다. 악장은 정성·중성 제도에 따라 묘실마다 2편을 두었으며 내용에 현재 군주와 후왕의 '효'를 강조하여 왕실의 당연한 질서를 강조하고 피치자들에게 효와 충을 유도하였다. 의종 대의 태묘악장은 남아 있지 않아 그 구체적인 내용을 알 수 없다. 묘실의 주인은 예종 대의 덕종과 정종 대신 예종과 인종으로 교체되었다. 제례 절차는 세분되었으며 절차마다 악곡을 두어 의례의 품격은 높아졌다. 이를 통해 외적으로 의례 문화의 선진국임을 표명하고 내적으로는 왕실의 권위를 회복하려 했다고 할 수 있다.

공민왕 대 1차 태묘악장 개찬은 12년 5월에 있었는데, 이는 당대의 위기 상황을 극복하려 했던 공민왕의 절실함이 반영된 것이라 할 수 있다. 개찬 작업은 전대의 9실을 유지한 채 묘실의 주인은 태조, 혜종, 현종을 제외한 나머지 6실을 공민왕의 직계 6대조로 교체하였다. 악장은 정성·중성 제도를 폐지함에 따라 묘실마다 단장^{單章}만 두었다. 중시조의 조종으로 원종을 택한 것은 원종이 친원 정책을 통해 왕권을 회복하고자 했던 인물이고 지금의 '원'(범원 세력)을 있게 한 근본이므로 원종의 후손을 위협하는 세력들에게 그를 통해 환기하고자 했기 때문이다. 충렬왕의 악장도 같은 맥락에서 읽을 수 있는바 충렬왕 역시 고려에 '원'을 있게 하여 부원 세력이 권문세족화 할 수 있었는데, 범원 세력이 이들 (공민왕을 포함한) 후왕을 공격한다는 것은 결국 자신의 존재 기반까지 부정될 수 있다는 의미를 암시했다고 할 수 있다. 태조 악장에서는 태조에 대한 일방적인 예찬 대신 현재 군주의 처지에 초점을 두고 있으며, 이를 통해 악장 제작 당시의 상황이 매우 절박했음을 미루어 짐작할 수 있다. 따라서 공민왕 대 1차 개찬 악장은 대내외적 악재, 자연재해 등 총체적 위기와 권력 집단 간 내분까지 겹쳐 공민왕은 통치의 온전성까지 보장받지 못한 상황에서 이루어졌다고 하겠다.

공민왕 대 2차 태묘악장 개찬은 20년 10월에 있었는데 대외적으로는 원·명을, 대내적으로는 권신權臣 세력을 의식한 결과물이었다. 초헌 묘실은 7실로 조정하였고 제례 절차마다 악장을 두었다. 이러한 변화는 원대의 악장을 염두에 둔 것이었다. 원의 태묘악장은 중통 4년 초창에서는 칠묘제를 적용하여 천자국으로서 면모를 과시하고 왕위 계승의 정당성을 보이려는 의도가 반영되었고, 지원 4년에는 중화의 공간에서 중화의 문화를 계승하는 방향에서 벗어나 몽골족의 정통성이 부각되는 방향으로 정비하였다. 이렇게 원이 태묘제의 본식에서 변칙으로 이행한 것과 달리 공민왕은 이전의 변칙에서 본식으로 방향을 바꾸었다. 각 묘실의 주인과 악곡은 구체적인 것을 알 수 없으나 정황상 1차 개찬 군주 가운데 충혜왕과 충목왕을 제외한 나머지 군주들로 7실을 채웠다. 7실을 둔 것은 '부-자' 계승의 강조와 칠묘제를 의식한 것이었다. 부-자의 왕위 계승은 현재 군주에게는 강력한 왕권을 보장하는 것이며, 7실은 칠묘제를 감안한 것으로 제주祭主로서 군주의 위상을 높이려는 의도였다. 또한 절차마다 악곡과 악장의 병행은 천자국의 제례에서 가능한 것인데, 이 역시 천자국으로서의 위상을 드러내고자 한 것이었다.

이러한 외형적 변화는 태묘제례가 선왕에 대한 송도에서 현왕에 대한 송축으로 그 성격이 바뀐 결과를 낳았다. 초헌례 이전의 악장은 현 공민왕을 '위의, 공경, 효성'으로 묘사하고 있는데, 이는 공민왕을 군주다운 군주임을 드러내는 관념적 수사였다. '위엄 있는 최고 통치자가 선왕을 효성으로 공경한다'는 문학적 사실을 통해 통치 공간(가족-사회-국가) 내의 모든 관계(부/자-장/유-군/신)를 상하의 질서로 귀결하고자 했던 것이다. 다시 말해 공민왕 자신이 '효·경'의 모범자임을 내세워 신·민 계급에 이것과 이것을 확장한 형태인 '충'을 유도하여 안정적(?) 고려 질서를 구현하려 했던 것이다. 이러한 수사는 결국 공민왕이 복록의 수혜자가 되기에 충분한 자격이 있음을 뜻하는 것이었다.

제5실과 제7실은 선대의 복록이 현재 공민왕 대까지 오롯이 보전되었음을 노래하고 있다. 5실 악장에서 충렬왕의 원색元色을 없애고 황왕으로 그 위치를 높였고, 그러한 충렬왕의 위상[복록]이 공민왕 당대에까지 발전적으로 보전되고 있음을 말했다. 7실 악장 역시 부왕 충숙왕의 복록이 지금의 안락을 보장하고 있다고 하였다. 이러한 '복록'은 공민왕에게는 왕권을 중심으로 하는 체제 안정과 보장이라 할 수 있다. 대외적 환경 변화와 대내적 권력 혼란을 친정을 통해 해결하려 했던 공민왕은 부정될 수 없는 선대들의 통치 사실을 이용하려 했기 때문이다. 따라서 공민왕 대의 2차 개찬 악장은 1차 개찬에서 자책과 자성을 넘어 대외적으로는 고려의 위상을 제고하고 대내적으로는 군왕으로서의 자긍심과 친정에 대한 자신감을 드러냈다고 할 수 있다.

1 《高麗史》卷70 樂志 雅樂 太廟樂章.

2 《高麗史》卷60 禮志 吉禮大祀 太廟; 卷70 樂志 〈등가헌가악일주절도(登歌軒架樂迭奏節度)〉. 예지는 의종 때 편찬된 《상정고금례(詳定古今禮)》를 기본으로 하고 여러 책을 참고하여 정리된 것이므로 태묘 묘실의 신위가 의종 때임을 알 수 있다.

3 《송사(宋史)》 권134 악지 악장 〈건륭이래사향태묘일십육수(建隆以來祀享太廟一十六首)〉.

4 《원사(元史)》 권69 악지 〈종묘악장(宗廟樂章)〉.

5 《명사(明史)》 권61 악지.

6 《高麗史》卷70 樂志 雅樂 太廟樂章.

7 정성·중성 제도는 대성악을 제정할 당시 위한진이 제안한 것으로, 연주하는 시기가 정기(正氣)인지 중기(中氣)인지에 따라 그에 맞는 정성과 중성을 사용해야 한다는 것이다. 宋惠眞, 《韓國雅樂史研究》(민속원, 2000), 19~20면.

8 《高麗史》卷60 禮志 吉禮大祀 太廟; 卷70 樂志 〈등가헌가악일주절도(登歌軒架樂迭奏節度)〉.

9 〈등가헌가악일주절도(登歌軒架樂迭奏節度)〉에 정성·중성 악기가 편성되어 있지 않아 악장이 단벌일 가능성도 배제할 수 없으나, 악곡 자체가 남아 있어 위와 같이 추정하였다.

10 朴龍雲, 《高麗時代史(下)》(一志社, 1987), 409면.

11 《高麗史》卷70 樂志. "恭愍王十二年五月丁亥 還安九室神主于太廟, 新撰樂章." "공민왕 12년(1363) 5월 정해일. 다시 구실의 신주를 태묘에 안치하고 새로 악장을 찬제하였다."

12 박기호, 《고려 조선조 시가문학사》(국학자료원, 2003), 97~98면.

13 위의 책, 같은 곳.

14 박용운(1987), 앞의 책, 555면.

15 《高麗史》卷40 世家 恭愍王 12年 閏3月. "초하루 신미일. 5경(更)에 김용(金鏞)이 몰래 패거리 50여 명을 시켜 왕이 묵고 있던 행궁을 침범하게 했다."

16 박용운(1987), 앞의 책, 502~506면.

17 위의 책, 543면.

18 《高麗史》卷40 世家 恭愍王 12年 5月. "子自襲位以來, 畏天愛民, 罔敢或怠. 理與意乖, 內難屢作, 外寇再侵, 深惟厥咎, 實在眇躬. 幸賴天地神祇, 宗廟社稷之靈, 聖善保佑之恩, 忠臣義士之助, 用克制變, 以至今日. 矧當還都之初, 天不悔禍, 星芒示警, 旱魃爲災, 宜先責己, 以惠于民. 於戲! 惟爾中外大小臣僚, 尙克相余, 務求實效, 毋事虛文, 用底中興之理."

19 《高麗史》卷70 樂志. "二十年十月乙未, 親享太廟, 新撰樂章.""20년 10월 을미일. 태묘에 몸소 제향을 드리고 새로 악장을 짓다."

20 《주례(周禮)》.

21 《원사(元史)》권69 종묘악장(宗廟樂章).

22 《明史》卷61 樂志 洪武 元年. "太廟 迎神 奏太和之曲. 奉册寶 奏熙和之曲. 進俎 奏凝和之曲. 初獻 奏壽和之曲, 武功之舞. 亞獻 奏豫和之曲 終獻 奏熙和之曲 俱文德之舞. 徹豆 奏雍和之曲. 送神 奏安和之曲. 初獻則德懿熙仁各奏樂舞, 亞終獻則四廟共之."

23 "아종헌, 철변두, 송신" 등도 절차에 당연히 포함되었을 것으로 보이나, 기록이 없으므로 이름만 둔다.

제 6 장

고려 전기 예종과 조선 후기 정조의 신숭겸

1. 신숭겸의 문학적 초상에 대한 탐구

《고려사》에 따르면 신숭겸은 무장武將으로서 왕건王建(877~943)을 왕으로 옹립하는 데 적극적으로 참여했고, 대구 공산 전투에서는 왕 건을 대신하여 죽은 인물이다.[1] 또한 그의 가계와 탄생에 대한 구체적 인 정보를 알 수 없으나 여러 문헌에서 그의 초명은 능산能山이고 선조 는 전남 곡성谷城 사람이었으나, 훗날 그는 광해주光海州(지금의 춘천)에 살다가 그곳에 묻힌 인물로 전한다.[2] 그리고 그는 평산平山 신씨 시조 로 알려져 있다. 이처럼 신숭겸은 나말여초 왕건의 편에 서서 한반도 일대에 족적을 남긴 인물이다.

연구사에서 신숭겸이 부각된 것은 〈도이장가悼二將歌〉에 대한 관심에 서 비롯되었다. 〈도이장가〉는 고려 예종睿宗(1079~1122)이 1120년(예 종 15) 10월, 서경 팔관회에 참석하던 중 신숭겸과 김락金樂(?~927)의 가상희假像戱를 보고 지은 작품이다. 〈도이장가〉의 창작 배경에 대해서는 충성을 강조하기 위한 것,[3] 서경 세력과 개경 세력을 포용하기 위한 것[4] 등으로 해석되었다.

다만 신숭겸을 문학적으로 처음 조명한 고려 예종의 〈도이장가〉와 〈도이장시〉에 대한 연구는 작품에 치중한 나머지 형성 맥락을 간과한 측면이 있고, 이를 재조명한 조선 정조의 치제시에 대한 연구는 전무하다. 게다가 다른 시대를 살던 두 군주가 공히 신숭겸에 주목한 까닭이 의문이다. 다시 말해 〈도이장가〉는 신숭겸을 문학적으로 구현한 정치적 초상 중 하나에 불과하며 역사적으로 그에 대한 추념 사업과 미화에 집중하였기 때문에, 거시적 관점에서 신숭겸의 문학적 초상과 그것에 대해 반성적으로 살펴볼 필요가 있다. 신숭겸은 생전의 기록보다 사후의 기록이 비교적 풍성하게 남아 있는 점, 고려와 조선의 군주들이 간헐적이지만 그에 대한 관심이 적지 않은 점, 많은 지역에서 신숭겸을 긍정적으로 활용한 점은 궁금증을 자아낸다. 이에 저자는 이전의 연구 성과를 바탕으로 신숭겸에 대한 문학적 초상의 형성과 수용 양상 및 그 의미를 살피기로 하겠다.

2. 신숭겸의 역사적 행적

신숭겸은 원래 전남 곡성 사람인데 태조가 성을 주고 평산을 본관으로 하게 하였다. 속설에 신숭겸은 일찍이 태조를 따라 사냥하다가 삼탄三灘에

와서 점심을 먹었다. 그때 기러기 세 마리가 공중에 떠돌았는데 태조가,
"누가 쏘겠는가?" 하니, 신숭겸이, "신이 쏘겠습니다." 하였다. 태조가 활
과 화살, 안장 갖춘 말을 주었는데, 신숭겸이 말하기를, "몇 번째 기러기
를 쏘리까?" 하니, 태조가 웃으며, "세 번째 기러기의 왼쪽 날개를 쏘아
라." 하였다. 신숭겸이 명령에 따라 쏘았는데 과연 그대로 맞히니 태조가
장하게 여겨 감탄하면서 명하여 평주로 본관을 삼게 하고, 기러기를 쏜
근처의 밭 3백 결도 함께 하사하여, 대대로 그 조세를 받아먹게 하였으며
인하여 그 땅을 궁위弓位라 이름하였다.[5]

신숭겸의 조상과 가계에 대한 기록이 없어 그에 대한 구체적인 정
보는 알 수 없고, 단지 선조가 전남 곡성에 살았다는 것과 신숭겸 대
에 춘천에 자리 잡았다는 것으로 보아 그는 후삼국 시기에 여러 곳을
유랑하다가 춘천에 정착했음을 짐작할 수 있다. 또한 그는 황해도 평
산에 어떠한 연고도 없음에도 불구하고 왕건과의 일화에서 보듯 평산
신씨의 시조가 된 점이 흥미롭다. 결국 신숭겸 이전 대까지는 한미한
가문이었으나 그에 이르러 새로운 전기를 마련했다고 할 수 있다. 이
처럼 신숭겸은 나말여초 왕건과의 교유 속에서 춘천과 평산의 인물로
부각되었다.

6월 을묘에 이르러 기장騎將 홍유洪儒, 배현경, 신숭겸, 복지겸卜智謙 등이
비밀리에 모의하여 밤에 태조의 집으로 찾아가 왕으로 추대할 뜻을 함께
말하였다. 태조가 굳이 거절하며 허락하지 않았으나 부인 유씨柳氏가 손

수 갑옷을 들고 와 태조에게 입히니 여러 장수가 옹위하며 나왔다. 사람을 시켜 말을 달리면서 외치게 하기를, "왕공王公께서 이제 의로운 깃발을 드셨다!"라고 하니, 이에 다투어 달려와 붙는 자가 기록할 수 없을 정도였고, 먼저 궁문에 이르러 북치고 소리 지르며 기다리는 자도 1만여 인이었다.[6]

짐은 미천한 출신으로 재주와 식견이 용렬하고 낮은데도 진실로 여러 사람의 바람에 힘입어 왕위에 올랐으니, 폭군을 폐위시킬 때 충신으로서의 절개를 다한 사람에게는 마땅히 상을 주어 그 공로를 기려야 한다. 홍유, 배현경, 신숭겸, 복지겸을 1등으로 삼고 금, 은의 그릇, 수놓은 비단옷, 화려한 이부자리, 능라와 포백을 차등 있게 내린다.[7]

신숭겸이 역사의 전면에 등장한 기록이다. 앞의 글은 918년 6월 14일에 신숭겸이 홍유등과 함께 왕건을 왕으로 옹립한 것을, 뒤의 글은 그들의 거사가 성사되어 태조 왕건으로부터 1등 공신과 부상을 받았음을 보여 준다. 일을 도모한 지 이틀 만에 왕위에 오른 왕건은 조서에서 궁예의 실정을 빌미로 삼아 왕위에 올랐다고 했지만[8] 실상은 왕건과 측근 세력이 모의한 쿠데타였다. 다시 말해 궁예를 제거한 것은 왕건을 비롯한 신숭겸 집단이 결행한 반란이라 할 수 있다. 이렇게 왕건과 신숭겸은 목숨을 건 행동을 감행함으로써 이 둘은 정치적 동반자로서 결속을 다지게 된다. 왕건은 쿠데타를 주동한 세력들에게 1등 공신이라는 실질적 보상과 함께 '절개 있는 충신'이라는 명예까지

안겼다. 궁예의 입장에서 보면 이들은 반역을 도모한 불충한 무리지만, 성공한 집단 스스로는 '의로운 주군-절개 있는 충신'이라는 상호 치사를 통해 반역의 명분을 얻고 불충을 교묘하게 가린 것이다.

또한 태조는 자신이 궁예의 신하였던 만큼 자신의 신하가 언제나 반역을 도모할 수 있음을 염두에 두었을 것이다. 따라서 자신의 편에 섰던 인물들과의 돈독한 유대 관계를 이어 가기 위해 다양한 방법을 강구했을 것으로 보인다. 정략결혼으로 인척 관계를 맺거나 공신들에게 식읍을 제공함으로써 대를 이은 충성을 담보한 것이 그 방법에 해당한다. 앞서 읽은《고려사》태조 원년 6월 14일의 기록은 후자의 방법으로 신숭겸에게 행한 조치라 할 수 있다.

왕이 그 소식을 듣고 크게 노하여 사신을 보내 조문하고, 직접 정예 기병 5천 명을 거느리고 공산公山의 동수桐藪에서 견훤甄萱을 맞아 크게 싸웠으나 형세가 불리하였다. 견훤의 군사가 왕을 포위하여 매우 위급해지자 대장 신숭겸과 김락은 힘껏 싸우다가 전사하였다. 전군이 패배하였고 왕은 겨우 목숨을 건졌다.[9]

태조가 후백제의 견훤과 더불어 공산의 동수에서 싸워서 불리하게 되니 견훤의 군사가 태조를 포위하여 매우 위급하였다. 신숭겸이 힘을 다하여 싸우다가 전사하니 태조가 슬퍼하였다. 시호는 장절이다. 뒤에 태조의 묘정廟庭에 배향하였다.[10]

신숭겸과 왕건의 더욱 긴밀해진 관계를 보여 주는 자료이다. 내용의 핵심은 왕건이 신라를 돕기 위해 출정한 공산 전투에서, 견훤의 군대에 밀려 죽을 위기를 맞게 되자 신숭겸이 대신 죽음으로써 왕건을 구했다는 것이다. 《행장》과 《유사》에서는 신숭겸이 왕건과 용모가 비슷하여 자신이 왕건인 것처럼 위장하고 왕건을 피신하게 했다고 기술하고 있다. 그리고 죽음을 면한 왕건은 목이 잘린 신숭겸의 시신에 두상을 조각하여 춘천에서 장례를 지내게 했다고 전한다.[11]

왕건의 일생에서 고비가 두 번 있었다면 10여 년 전 쿠데타 모의와 공산 전투일 것이다. 이 두 번의 기회와 위기에서 그를 돕고 구한 이가 신숭겸이었다. 쿠데타가 대내적 위상 제고가 목적이었다면, 공산 전투는 삼국 통일을 위한 대외적 패권 쟁취라 할 수 있다. 이 모두 왕건에게 명운이 달린 것으로 전자의 승리 뒤에는 신숭겸의 결행이, 목숨을 구한 후자에는 신숭겸의 희생이 있었다. 이런 까닭에 왕건은 신숭겸이 죽은 뒤 그를 태묘에 배향하게 하였다.

공산 전투에서 왕건이 견훤에게 패한 것은 역사적 사실이다. 철저한 준비 없이 원정을 감행한 왕건과 그에 동조한 신숭겸은 패전의 책임을 져야 할 것이지만, 왕건을 대신하여 죽은 신숭겸의 미담 때문에 왕건은 패전의 책임을 면하였다. 이렇게 됨에 따라 신숭겸이 죽었던 장소는, 그를 기리려는 이들에게 새로운 의미를 부여할 수 있게 되었다. 공산은 견훤에게는 왕건의 군대를 격멸한 승전지이지만, 왕건의 입장에서는 대사代死의 거룩한 성지가 된 셈이다.

이렇듯 신숭겸은 원래 자신의 주군을 배신하여 왕건과 함께 권력

찬탈을 도모했고 후백제와의 전쟁에서 패한 장수였다. 하지만 역사의 최종 승자인 왕건과 돈독한 관계를 유지한 덕분에, 살아서는 1등 공신의 영예를 누렸으며 죽어서는 충절의 인물로 미화되기에 이르렀다. 더욱이 그가 의도치 않게 누빈 한반도 지역들은 그를 추모하는 전당으로 포장될 가능성까지 열어 놓았다.

3. 신숭겸의 문학적 초상화

고려 예종은 왕위에 오른 뒤 대내외적인 어려움을 겪게 된다. 대내적으로는 부왕 숙종의 비정상적인 왕위 계승에 따른 정통성 시비, 무리한 천수사 공사, 여진 정벌 및 동북 9성 반환 등으로 개경 세력의 공격을 받았고, 대외적으로는 거란(요)과 여진(금)의 위협을 받았다. 이에 예종은 서경과 남경 행행을 통해 개경 세력과 거리를 두려 했고, 송과의 교류를 통해 거란과 여진에 맞설 기반을 마련하고자 하였다. 특히 서경은 태조의 관향이자 문벌 귀족의 대척지라는 상징성이 있는 장소이기 때문에, 예종의 서경 방문은 왕권의 보전이라는 측면에서 중요한 의미를 지닌다. 또한 예종은 송의 대성악을 수입한 다음 태묘제를 대대적으로 정비하였고, 서경에서 채취한 옥을 새로운 제례에서 사용하기도 하였다. 이처럼 예종에게 서경은 정국 돌파를 위해 중요한 장소였다.

태조는 팔관회를 상설하여 군신들과 즐겼다. 이 자리에 전사한 공신이 홀로 반열에 있지 않으므로 유사에게 명하여 결초하여 신숭겸과 김락의 상을 만들어 조복을 갖추게 하여 반열에 앉게 하였다. 임금이 그와 함께 즐거워하고 술과 밥을 내리니 술잔이 마르고 가상이 일어나 춤을 추니 생시와 같았다. 이로부터 악정에 배치하여 상례로 삼았다.[12]

팔관회를 열고 왕이 잡희를 관람하였다. 국초의 공신 김락과 신숭겸의 모습을 본뜬 우상이 있었는데, 왕이 감탄하여 시를 지었다.[13]

이에 어제 4운 1절과 단가 2장을 지어 내렸다.[14]

예종이 서경의 팔관회에 참석한 때는 집권 15년의 일이다. 대내외적으로 많은 어려움을 겪고 있던 예종은 팔관회에서 신숭겸과 김락을 만난다. 《행장》(제일 위의 글)에서 보듯 팔관회에 신숭겸과 김락의 추모 공연이 상례된 것은 국초부터 있었던 것으로 짐작되기 때문에 예종이 서경의 팔관회에서 이 공연을 처음 관람했을 가능성은 없어 보인다. 다만 여기서 중요한 점은 예종이 '서경'의 팔관회에서 이 공연에 의미를 부여했다는 점이다. 개경의 팔관회가 아닌 서경의 팔관회에서 〈도이장시〉와 〈도이장가〉을 지은 것도 이 때문이라 할 수 있다.

見二功臣像　두 공신의 상을 바라보니
汍濫有所思　생각함에 눈물이 흐르네.

公山踪寂寞　공산의 자취는 쓸쓸히 남고

平壤事留遺　평양의 일은 머물러 있네.

忠義明千古　충의는 천고에 밝았으니

死生惟一時　삶과 죽음은 오로지 한 때 일이라.

爲君躋白刃　주군을 위해 칼날을 맞았으니

從此保王基　이로써 왕업의 기틀을 마련하였네.

〈도이장시〉이다. 화자는 신숭겸과 김락의 우상을 보면서 감회에 젖고 있다. 화자는 과거의 대구 공산과 현재의 서경을 겹쳐 놓고 있다. 공산 전투에서 왕건을 대신하여 죽은 이들의 넋이 공산에 남아 있고 그들을 기리는 마음이 서경에 전승되고 있다고 한다. 신숭겸과 김락의 행위는 충성과 절의로 영원히 표상될지니 한때의 죽음보다 값진 것이라 한다. 그리고 개인의 희생이 국가 창업의 밑거름이 되었다고 강조하면서 노래를 마무리하고 있다. 이렇게 예종은 신숭겸과 김락의 희생을 국가적 차원의 충의로 포장하였다.

앞서 언급했다시피 두 장수를 죽게 한 것은 왕건의 전략 미비와 실책 때문이고 신숭겸이 죽은 것은 왕건을 살리기 위한 극단적 방법의 하나였다. 따라서 두 장수의 죽음은 국가적 차원의 충성과 절의로 이해되기보다는 왕건의 욕망을 실현하기 위해 (아니면 목숨을 유지하기 위해) 두 장수에게 강요한 희생의 결과라 할 수 있다. 하지만 예종은 이러한 측면을 무시하고 이 사건을 왕조의 번영을 위한 신하의 의로운 죽음으로 미화하였다. 왕건이 비정상적인 방법으로 정권을 탈취하였듯이 예종의 부왕 숙종도 조카로부터 왕위를 강탈하다시피 하였다. 하지만 왕건에게는 신숭겸과 김락이 있었으나 숙종과 예종 자신에게는 그러한 신하가 없었기에 예종은 신숭겸과 김락과 같은 신료가 절실하여 서경에서 두 장수를 불러냈던 것이라 할 수 있다.

主乙完乎白乎心聞	님을 온전케 하온 마음은
際天乙及昆	하늘 끝까지 미치니
魂是去賜矣	넋이 가셨으되
中三烏賜敎	몸 세우고 하신 말씀
職麻又欲望彌阿里刺及彼	職分 맡으려 활 잡는 이 마음 새로워지기를
可二功臣良	좋다 두 功臣이여
久乃直隱跡烏隱	오래오래 곧은 자최는
現乎賜丁	나타내신저.[15]

〈도이장가〉로, 그 내용은 "임을 온전하게 한 마음이 하늘에 닿았으니 넋은 가셨으나 (가상희를 통해) 몸을 세워 한 말씀이 '직분을 맡은 이는 늘 새로워지기를'이네, 두 공신은 오래되었으나 곧은 자취는 나타났구나."로 정리할 수 있다. '임을 온전하게 한 마음'은 신숭겸과 김락이 왕건을 대신하여 죽은 일을 가리킨다. 그러한 마음이 하늘에 닿았고 산 자가 그를 기리기 위해 팔관회의 가상희를 통해 부활하게 하였다는 것이다. 그리고 그 우상이 후세에 전할 말이 있다면, '직분을 가진 이는 늘 새로워야 한다'는 것이다. 이처럼 〈도이장가〉는 큰 틀에

서 〈도이장시〉와 맥락을 같이하나 직분을 가진 자들에 대해 구체적인 당부를 하는 점은 차이가 있다. 다시 말해 〈도이장시〉에서 모범적인 인물상을 보여 주고 〈도이장가〉에서는 그 인물이 현재 직분을 가진 자들에게 변화할 것을 강조하는 것이다. 이것이 예종이 신료들에게 전하고자 한 메시지였다. 이렇게 예종은 신숭겸과 김락을 문학적으로 포장하여 그가 바라는 신료상을 제시하였다.

요컨대 예종은 〈도이장시〉에서 신숭겸을 둘러싼 반역과 패장의 이미지를 걷어 내고 충의와 왕조 기틀을 마련한 조력자의 초상을 조각한 다음, 〈도이장가〉에서는 신숭겸의 초상을 활용하여 개경 세력에 경계의 메시지를 전달하였다.

4. 신숭겸 초상의 수용 양상

의정부가 예조의 정문에 의거하여 아뢰기를, "고려 왕조의 (…) 장절공 신숭겸 등 4인은 모두 고려 태조를 추대하여 삼한을 통일하고, 1등 공신이 되었습니다. (…) 이와 같은 사람들은 각 왕대에 배향된 사람 중에서도 특별히 백성들에게 공로가 있는 사람들입니다. 청컨대 왕 씨의 제사를 받들 때 함께 제사하도록 하소서."[16]

왕조가 바뀐 다음에도 신숭겸에 대한 기념사업은 계속되었다. 충절의 이념은 어느 시대에나 위정자의 입장에서 보면 긍정적 가치이기 때문이다. 단종 즉위년에 전조의 제례를 정비하면서 고려 태묘에 배향된 인물들 가운데 가치가 있다고 판단되는 인물을 추렸다. 그 과정에서 신숭겸이 채택되었다. 조선의 집권층이 신숭겸을 선별한 이유는 왕건을 추대하여 삼한을 통일한 점, 백성에게 공로가 있는 점 등이었다. 승자를 긍정하는 역사관이 반영된 것이다. 신숭겸이 왕건과 함께 쿠데타를 행한 사실보다는, 역사의 승자인 왕건의 편에 섰던 것에 초점을 맞추고 있기 때문이다. 그리고 문면에 드러나 있지 않지만, 백성에게 공로가 있다는 것은 신숭겸의 충의가 백성의 윤리 교육에 이바지했음을 암시한다. 이처럼 고려 예종 대 가공된 신숭겸의 이미지는 조선시대에도 비판 없이 전승되었다.

상이 이르기를, "성터가 아직 남아 있단 말인가?" 하니, 아뢰기를, "있습니다. 성안에 전조前朝 장절공 신숭겸의 철상이 아직도 남아 있습니다." 하였다.

상이 이르기를, "철상이 지금도 남아 있더란 말인가?" 하니, 아뢰기를, "있습니다. 지금도 고을 사람들 중에 사사로이 기도하는 자들이 가끔 음사淫祀를 하므로 신이 그의 자손을 불러 경계하기를 '너희 조상의 유상遺像이 아직 보존되어 있으니 너희들은 사당을 짓고 제사를 지내라.' 하고, 이내 회문을 돌려 재력을 마련해서 사당을 세웠습니다.[17]

고려 태사 장절공 신숭겸 등의 서원에 예관을 보내어 편액을 내리고 제사를 지내게 하였다.[18]

조선 후기에 이르면 신숭겸에 대한 추모 사업은 사당 건립과 서원 배향 등으로 확대된다. 앞의 《선조실록》은 신숭겸의 관향인 평산에 사당 건립과 관련된 기사이고, 뒤의 《현종실록》은 신숭겸을 배향하는 서원에 대한 지원을 지시한 기록이다. 신숭겸을 모신 사당과 그를 배향한 서원은 전국적으로 분포되어 갔다. 이는 신숭겸과 연고가 없는 지역이라 하더라도 그의 후손 가운데 현달한 이가 터를 잡은 곳이라면 여지없이 사당 혹은 서원이 세워졌기 때문이었다.

고려 장절공 신숭겸, 충절공 유검필, 무공공 복지겸의 사당에 '삼태사사'라고 사액하고, 이어 치제하도록 명하였다. (⋯) 사호를 지어 올리고 길일을 잡아 이 호를 걸도록 하라. 호를 거는 날 승지를 보내어 치제하되, 일찍이 무장武將을 지낸 바 있는 장절공의 자손 가운데에서 보내라. 제문은 친히 지을 것이다.[19]

緬惟麗肇　아득히 고려가 시작할 때를 생각하니

厥有三傑　당시에 세 호걸이 있었네.

翼翼元勳　성대한 원훈을

孰與壯節　누가 장절공과 비길 것인가.

公山之野　공산의 들판에서

桐藪漂血　동수에 피가 범람했으니,

京索滎陽　초한楚漢의 격전지인 경색 형양에서

紀焚之烈　기신紀信이 불타 죽은 충렬이었네.

（…）

賁以華扁　빛나는 편액을 내려서 기리고

侑以肥腯　살진 희생으로 제사를 드리네.

簫鼓在庭　피리와 북이 사당의 뜰에 있으니

星輪交掣　성륜이 서로 끌어당기네.

福我民社　우리 민사에 복을 내려

禾稼如栗　벼 이삭이 밤처럼 크게 할지니,

其永報祀　길이 보답하는 제사가

維億日月　억만년의 세월 동안 이어지리라.[20]

　　신숭겸에 대한 추모 사업은 정조 20년(1796)에 이르러 대대적으로
추진되었다. 정조는 신숭겸의 사당에 '태사사'라고 사액하고 직접 제
문까지 지었다. 시의 첫머리에서 정조는 고려 건국의 과정에 3인의
역할에 주목하면서 인물별로 칭송하고 있다. 신숭겸에 대해서는 익숙
한 예화를 들어 원훈이라 하였고 이어 신숭겸을 기신紀信에 비유함으
로써 고려 예종과 비교해 신숭겸의 위상을 더욱 높이고 있다. 형양 전
투에서 유방이 항우에게 죽게 되자 기신이 유방을 대신하여 죽은 고
사를, 신숭겸에게 적용함으로써 신숭겸의 행위를 동아시아의 보편적
충렬로 해석한 것이다. 그리고 민들에게 복을 내려 달라는 기원도 빠
뜨리지 않았다. 이제 신숭겸은 군주의 역할까지 하게 된 것이다.

　　정조가 신숭겸에 주목하고 그를 높인 이유는 정조의 충절 강화 정
책과 관련이 있다. 정조는 즉위 초부터 국방력 약화, 노론 세력과의

갈등 등 여러 현안을 안고 있었다. 이에 그는 장용영 창설, 규장각 설치, 화성 건설 추진과 같은 사업을 진행해 나갔다. 그 가운데 국가 제례 정비를 통해 정신적 측면의 활동도 병행하였다. 그 예로 1786년 관왕묘 정비 사업을 들 수 있다. 정조는 관왕묘제를 통해 관우가 지닌 이미지, 즉 충절, 의리, 상무 의식 등을 강조하여 신료를 상대로 한 교육에 활용한 바 있다. 이러한 과정에서 볼 때 1796년 신숭겸에 대한 신격화와 우상화 작업도 같은 맥락에서 이해할 수 있다.

討萱當日義旗揮　견훤을 토벌하는 그날 의기를 휘날리니
邀戰公山暫失機　공산에서 맞아 싸울 때 잠시 불리하였네.
賴有崇謙追紀信　기신을 본받은 대장 신숭겸의 도움으로
麗王幸得脫重圍　고려 왕이 다행히 겹겹 포위 벗어났다오.[21]

신숭겸의 문학적 초상은 윤기尹愭(1741~1826)에 이르러 완성된다. 윤기는 고려와 후백제의 전쟁을 견훤 토벌이라고 하였고 왕건의 군대를 의로운 군대로 규정하였다. 작품의 시작부터 균형을 잃고 고려 왕건, 예종, 조선의 여러 군주 그리고 정조의 시각을 반영한 것이다. 공산 전투는 분명 견훤의 후백제군이 승리로 마감했음에도 불구하고 왕권의 '잠시 불리한 상황'으로 축소하였다. 그리고 왕건을 대신하여 죽은 신숭겸을 기신으로, 왕건이 구차하게 살아난 것을 다행이라 여겼다.
　존주론이 팽창하던 조선 후기에 한나라는 존주론자들의 관향이라 할 수 있다. 따라서 한을 건국한 유방은 그들에게는 특별한 존재이고 유방을 구한 기신은 숭앙의 대상이었다. 이렇듯 신숭겸을 기산에 대입함으로써 신숭겸은 집단의 가치를 수호한 영웅이 되었다. 정조의 논리가 윤기에게서 굳어진 것이다.

세간에 전하기를, "신숭겸은 죽어서 현의 성황신城隍神이 되었다." 한다.[22]

신숭겸은 드디어 신이 되었다. 신숭겸이 실제 곡성에 살았었는지 알 수 없지만, 그것은 중요하지 않다. 단지 그의 조상이 곡성에 살았다는 이유만으로 신숭겸은 성황신이 된 것이다. 이미 신숭겸이 생전에 연관이 있는 춘천, 공산, 평산은 물론이고 연고가 없는 곳에서도 서원과 사당이 세워졌으니 곡성이라고 제외될 일이 아니었다. 게다가 신숭겸은 고려와 조선 군주들의 관심 속에 서경, 개경, 한양에 깃들였던 것이다. 이렇듯 신숭겸은 천 년 동안 한반도 일대를 종횡하며 가문, 지역, 국가의 숭배자가 되었다. 이러한 우상화는 국가 권력이 작용한 결과였다.

요컨대 정조는 전조부터 이어져 온 신숭겸의 초상에 한나라의 장수를 끌어와 유가적 충렬자로 각인하였다. 그리고 이러한 이미지를 통해 정국 운영에 참고하고 대민 윤리 교육의 자료로 삼았다. 여러 지역의 사당과 서원에서 신숭겸을 모시고 배향한 이유가 여기에 있었다.

5. 문학적 초상의 결과와 한계

비정상을 정상으로 만들기 위해서 정치적 공작은 심심치 않게 일어난다. 중세시대 최고 권력자의 문학 행위도 이러한 공작과 궤를 같이하곤 한다. 더욱이 군왕의 문학 행위는 비판이 허용되지 않았기 때문에 강력한 전파력을 가질 수밖에 없다. 따라서 군왕은 자신이 원하는 인간상을 문학 작품에 투영하여 정치적 효과를 노릴 수 있었다. 국가와 군주 사이의 개념이 모호하던 시절에 왕이 된 자들은 이를 교묘하게 정치적으로 이용하기도 하였으니 고려의 예종과 조선의 정조도 그 대열에 있었다고 할 수 있다. 이들은 과거의 인물을 모범적으로 가공하고 선양하여 국가 정책에 반영하고자 했고 그 인물 가운데 하나가 신숭겸이었다.

예종은 신숭겸이 쿠데타에 참여한 인물이라는 점과 전쟁에 패해 전사한 장수라는 사실을 숨긴 채 문학 작품을 통해 충의의 인물로 조작하여 전파하였다. 공동체를 위해 개인의 희생이 요구된다 하더라도 극단적 선택까지 강요하는 것은 옳지 않다. 더구나 권력자의 목숨을 대신하거나 혹은 치부를 감추기 위해 아래에 놓인 자의 죽음을 정당화(또는 권장)하는 것은 사회악이다. 비록 선공후사의 사례가 있다 할지라도 그것을 객관화하고 비판적으로 검토한 다음 수용을 결정하는 것이 상식적 수순이라 할 수 있다. 그런데도 예종은 그러한 과정 없이 본인의 정국 돌파를 위해 과거 사실을 문학적 초상화 작업을 통해 조작하고 전파한 것이다. 이제 예종으로 인해 신숭겸은 서경에 새로운 터전을 삼게 되었고 개경의 어느 세력도 부정할 수 없는 인물로 다시 태어났다.

시간이 흐르면 과거에 대한 기억과 이해는 변하기 마련이다. 인물 초상도 마찬가지이다. 신숭겸은 원래의 주군인 궁예를 축출했기 때문에 배신과 불충의 상징으로 볼 수 있으나 왕건과 예종을 거치면서 그는 '절개 있는 충신', '충의의 모범' 등이 되었다. 그리고 이를 이어받아 정조는 신숭겸의 행위를 보편적 가치로 승화하고 유가적 합리성을 보장받기 위해 '기신'의 반열에 올려놓았다. 그리고 그것도 모자라 신숭겸을 신격화하여 조선의 인민을 보살펴 달라고 주문했다. 마치 군주의 역할까지 위임하듯이. 또한 조선 후기에 신숭겸에 대한 우상화 사업은 사당과 서원을 통해 전국적으로 확산되어 신숭겸은 누구도 부정할 수 없는 자랑스러운 역사적 인물이 되었다. 사실에 가까운 것들은 잊히고, 거짓이 사실로 굳어져 버린 셈이다.

예종과 정조가 국정을 운영하기 위해 역사적 인물을 활용한 것은 잘못이라 할 수 없다. 위정자가 역사적 인물을 위인으로 내세워 교육적 효과를 도모한 점을 비난할 수 없기 때문이다. 하지만 선택한 인물에 대한 비판적 검토 없이 우상화한 점과 그 인물의 행위를 선양하고 권장한 점은 생각해 볼 문제이다.

신숭겸의 쿠데타 참여와 패전에 대해서는 이미 언급한 바 있듯이 그는 인간적인 의리, 합리적 무장과는 거리가 먼 인물이다. 그런데도 신숭겸은 고려와 조선의 집권자들에 의해 충절의 대표가 되었다. 이렇게 형성된 이미지를 통해 고려와 조선의 인민은 신숭겸을 충절의 사표로 알게 되었으니 집권자들로서는 교육적 실효를 얻었다고 흡족히 여길 수도 있다.

이보다 더욱 심각한 문제는 신숭겸의 대사^{代死}이다. 신숭겸의 대사는 군왕과 신료 사이의 관계로, 또는 전쟁 주동자와 종사자 간의 관계로도 볼 수 있다. 전자로 이해하면 신숭겸의 죽음은 국가를 위한 희생이겠지만, 후자로 보면 패전 책임자의 책임 회피를 위한 종사자의 희생이라 할 수 있다. 하지만 전자라 하더라도 왕건이 국가인가 하는 문제와 신숭겸의 희생을 충절로 볼 수 있을지의 문제는 여전히 남는다. 따라서 신숭겸의 대사는 절대적 긍정 가치가 될 수 없을뿐더러 국가를 위한 충성의 죽음으로 결코 미화될 수 없는 것이다.

사정이 이러한데도 예종과 정조는 신숭겸과 같은 인물을 앙망하였다. 군왕의 오판을 간언하는 신료보다는 실정^{失政}을 대신 책임질 만한 어리석은 신료를 원한 것이다. 곧 문학 행위를 통해 무모한 행동을 충절과 의리로 포장하여 제2, 제3의 신숭겸이 계속 이어지기를 바란 것이다.

군왕들의 관심 속에 신숭겸은 전국적으로 퍼져 나갔다. 먼저 신숭겸과 관련이 있는 곳부터 공략하였다. 평산은 신숭겸이 살았던 곳이 아니라 수조지였기 때문에 평산인들이 신숭겸과 그 후손을 무조건 따르지는 않았을 것으로 보인다. 처음에는 신숭겸의 후손을 중심으로 사당을 세웠을 것이나 통치자의 권장과 시간의 흐름 속에 평산은 의미 있는 장소가 되어 갔다. 이에 평산의 후손들은 신숭겸을 숭배했고 지역민은 그를 자랑스럽게 여겼을 것이다. 이후 신숭겸과 관련이 있는 전남 곡성, 강원 춘천, 대구 공산에서부터 그의 후손과 관계가 있는 곳, 증명할 수 없으나 그와 관계가 있다고 믿어지는 곳곳마다 그를 모시는 사당과 사원이 생겨났다. 이런 결과 신숭겸은 전국적으로 충절 홍보대사가 되어 갔다.

국가 공동체를 유지하게 위해 '충'은 중요한 가치로 볼 수 있다. 중세는 물론이고 근대 국가 이후에도 충은 긍정의 가치로 읽힌다. 하지만 충은 모든 구성원에게 강요되어서는 안 되며, 충의 결행은 개인의 능동적 판단에 따라야 한다. 그 판단의 기준은 공동체와 판단 주체가 상호 긍정할 수 있느냐 하는 것이다. 공동체와 개인은 협력의 관계이기 때문이다. 따라서 권력을 가진 자의 안전을 위해 다른 누군가가 희생하는 것을 충이라 할 수 없다. 더구나 정상적이지 못한 방법으로 권력을 취한 자들끼리의 관계를 '충의'로 정의하는 것 또한 온당하지 않다. 이런 관점에서 신숭겸의 '충'은 사적인 의리를 넘지 못한 것이라 할 수 있다. 또한 신숭겸의 대사를 충으로 확대하여 적용할 경우, 조선의 인민은 진지한 판단을 중지한 채 지주, 수령, 군왕을 위해 목숨을 버리는 것을 충으로 오인할 수도 있을 것이다.

역사적 인물에 대한 문학적 초상은 역사적 평가와는 다른 차원에서 비판, 동정, 위로 등으로 이루어진다. 또한 같은 인물에 대해서도 문학은 상반된 평가를 하기도 한다. 이런 까닭에 역사적 인물에 대한 문학적 초상은 고정되지 않은 상태에서 재생산되고 사유의 폭을 넓히기도 한다. 이렇게 볼 때, 예종과 정조가 수행한 신숭겸에 대한 문학적 초상화는 문제작이라 할 수 있다. 문학 작품에 다양하게 평가될 수 인물을 군왕의 권위를 이용해 불가역적으로 판정하여 문학의 존재 가치를 훼상했기 때문이다.

6. 정치적 문학 공작으로서의 신숭겸과 〈도이장가〉

신숭겸의 역사적 행보를 살펴보면 왕건이 왕위에 오르기 전부터 이 두 사람은 교유가 있었던 것으로 보이며, 원래 주군인 궁예를 제거하고 왕건을 왕으로 추대하는 결정적 역할을 하였다. 그리고 후백제 견훤이 신라를 공격하자 그는 왕건과 함께 신라를 구하고자 대구 공산에서 전투를 벌이다 왕건의 목숨이 위태롭자 대신 죽었다. 왕건을 추대한 공로로 1등 공신에 오르고, 평산을 식읍으로 받았으나 공산에서 목숨을 잃은 것이다. 죽은 뒤 왕건으로부터 절개 있는 충신이라는 이름을 얻었으나 이면을 보면 그는 쿠데타의 선봉자요, 패전하여 전사한 무인에 불과하다고 할 수 있다.

대내외적으로 국정 난맥에 시달리던 예종은 이를 극복하기 위해 충의로운 무인을 찾았다. 왕건으로부터 물려받은 충성의 장군, 신숭겸을 문학적으로 가공하여 대내 갈등 관계에 있던 개경 세력에 경계의 메시지를 전하고자 하였으니 이것이 〈도이장시〉와 〈도이장가〉이다. 이 노래들은 신숭겸에 대한 부정적 이미지를 철저히 걷어 내고 국가의 기틀을 마련한 자, 군왕에 절대적 충성을 다하는 자로 포장한 다음 현재의 신료들에게 본받기를 바라고 있다. 이렇게 신숭겸은 서경에서 왕건을 지키는 든든한 수호자로서 새롭게 태어난 것이다.

고려 예종 대 가공된 신숭겸의 이미지는 조선시대에도 그대로 이어졌다. 조선 후기에 이르면 신숭겸에 대한 숭배는 사당과 서원을 통해 이루어지고 정조는 그에 대한 치제시를 짓기도 하였다. 정조가 신숭겸에 관심을 두고 문학적 초상화를 그린 것은 고려 예종이 그랬던 것처럼 정국 운영을 위한 방도로 선택한 것이다. 다만 정조의 치제시는 예종과 다른 차원에서 신숭겸을 포장하고 있다. 예종이 신숭겸을 '서경'에 두어 왕권을 강조하기 위한 문학적 초상을 그렸다면 정조는 신숭겸을 동아시아의 보편적 충렬지사로 승격시키고 국가적 차원에서의 우상으로 만들어 낸 것이다.

대체로 역사적 인물에 대한 문학적 형상화는 역사적 평가와 다른 차원에서 이루어지면서 다채로운 생각을 만들어 간다. 각양각색의 생각을 나누고 다듬는 가운데 우리는 삶에 대한 깊은 성찰을 한다. 하지만 최고 권력자의 정치적 목적에 따라 형상화된 인물상은 다양한 평가가 차단된 채 전승되기 때문에 그러한 행위는 문학의 존재 가치에 손상을 주기도 한다. 게다가 형상화된 인물의 행위가 공동체의 선을 위한 것이 아니라 한 개인의 욕망을 위해 강요된 희생일 때 그 위험성은 매우 심각하다고 할 수 있다. 결국 예종과 정조는 문학 작품을 통해 신숭겸에 대한 역사적 사실을 소거한 채 '절개'와 '충의'의 옷을 입혀 군주를 위한 죽음을 찬양하였으므로 그들의 작품은 역사적으로나 문학사적으로 재평가되어야 할 것이다.

1　《高麗史》卷1 世家 卷第1 太祖 總序;《高麗史》卷92 列傳 卷第5 諸臣 申崇謙.

2　《평산신씨성보(平山申氏姓譜)》,《태사개국공신장절공행장(太師開國功臣壯節公行狀)》(이하《행장》),《평산신씨고려태사장절공유사(平山申氏壯節公遺事)》(이하《유사》),《대동운부군옥(大東韻府群玉)》.

3　金基卓,〈悼二將歌에 對하여〉,《한민족어문학》제9집(한민족어문학회, 1982), 9면; 박인희,〈〈悼二將歌〉의 창작 배경 연구〉,《국어국문학》160(국어국문학회, 2012), 317면.

4　박진태,〈팔관회·가상희·도이장가의 관련 양상〉,《국어국문학》128(국어국문학회, 2001), 151면.

5　《신증동국여지승람》권41 황해도 평산도호부.

6　《高麗史》卷一 世家 卷第一 太祖 元年(918) 6月 14日. "至六月 乙卯 騎將洪儒 裴玄慶 申崇謙 卜智謙等密謀, 夜詣太祖第, 共言推戴之意. 太祖固拒不許, 夫人柳氏手提甲領被太祖, 諸將扶擁而出. 令人馳且呼曰, "王公已擧義旗矣!"於是, 奔走來赴者, 不可勝記, 先至宮門, 鼓譟以待者, 亦萬餘人."

7　《高麗史》卷1 世家 卷第1 太祖 元年(918) 8月 11日. "朕出自側微, 才識庸下, 誠資群望, 克踐洪基, 當其廢暴主之時, 竭忠臣之節者, 宜行賞賚, 以奬勳勞. 其以洪儒 裴玄慶 申崇謙 卜智謙爲第一等, 給金銀器 錦繡 綺被褥 綾羅 布帛有差."

8　《高麗史》卷1 世家 卷第1 太祖 元年(918) 6月 16日.

9　《高麗史》卷1 世家 卷第1 太祖 10年 9月. "王聞之大怒, 遣使弔祭, 親帥精騎五千, 邀萱於公山桐藪, 大戰不利. 萱兵圍王甚急, 大將申崇謙 金樂力戰死之, 諸軍破北, 王僅以身免. 萱乘勝, 取大木郡, 燒盡田野積聚."

10　《신증동국여지승람》권46 강원도 춘천도호부.

11　《春川鄉土資料集》(春川文化院, 1992), 86~87면.

12　《행장》. "太祖常設八關會, 與群臣交歡, 慨念戰死功臣獨不在列, 命有司結草造公與金樂像, 服以朝服, 隨坐班列, 上樂與共之, 命賜酒食, 酒輒焦乾, 假像起舞, 猶生之時. 自此排置樂庭, 以爲常式也."

13　《高麗史》卷14 世家14 睿宗 15年 10月 14日. "設八關會, 王觀雜戲. 有國初功臣金樂申崇謙偶像, 王感歎賦詩."

14　《유사》. "仍賜御製四韻一絶 短歌二章."

15　김완진, 《향가해독법연구》(서울대학교출판부, 1981), 216면.

16　《단종실록》 즉위년(1452) 12월 13일.

17　《선조실록》 29년(1596) 12월 19일.

18　《현종실록》 13년(1672) 11월 2일.

19　《정조실록》 20년(1796) 8월 4일.

20　《홍재전서》 권24 제문(祭文).

21　《무명자집》 제6책 영동사(詠東史) 382.

22　《신증동국여지승람》 권39 전라도 곡성현.

제 7 장

고려와 조선의
고려속요

1. 여성성의 은유

고려속요는 고려시대에 궁중의 속악정재^{俗樂呈才}의 창사^{唱詞} 혹은 성악
곡의 가사로 정착된 것으로 고려는 물론이고 조선시대까지 궁중 연향
에서 지속적으로 설행^{設行}되었다. 이렇게 고려속요가 오랫동안 전승할
수 있었던 요인에 대해서는 연행 예술사적 측면, 조선 초기 제례 및
연향 악장의 정비 차원 등에서 찾을 수 있으며, 이와 더불어 고려속요
가 '궁중의 노래'인 만큼 통치에 유리한 문학적 요소도 작용했기 때문
으로 보인다. 그 가운데 '여성 화자를 포함한 여성성의 관여'에 주목을
요한다. 이런 측면에서 고려속요를 '여성화자의 사랑 노래'로 규정한
논의는 값진 성과라 할 수 있다.[1] 하지만 고려속요의 여성이 사랑 이
외에도 효, 희생, 정절, 순종 등 공동체의 가치를 강요받았던 점을 간
과할 수 없다. 남성에 대한 여성의 '사랑'이 유통과 수용 환경에 따라

'충'으로 확장될 수 있기에² 전승의 동력을 가질 수 있으나, 이것 외에도 조선 후기까지 고려속요가 전승될 수 있었던 것은 더 통치적인 교화 개념을 담고 있었기 때문에 가능했으리라 생각한다.

한편 궁중의 노래, 고려속요가 민요에 기반을 두었고 궁중 악곡으로 상승한 것이기에 노래의 층위 또한 두 가지 관점에서 살필 수 있을 것이다. 다시 말해 민간에서의 원가原歌와 궁중에서 개작改作된 노래가 지향하는 점이 다를 수 있다. 하지만 현전 고려속요는 전자보다는 후자의 입장에서 정리된 것들로 '궁중'의 관점에서 살피는 것이 현전 고려속요를 이해하는 데 도움이 될 것으로 생각한다. 그리고 고려속요가 궁중의 연향악으로서 고려와 조선에서 모두 활용되었기에 시대적 거리가 있다고 할지라도 노래를 바라보는 관점의 차이는 크지 않다고 판단된다. 시대를 넘어 노래를 활용하였다는 것만으로도 유사한 긍정적 시선이 자리했다고 할 수 있다. 따라서 조선의 사서史書와 악서樂書에 수용된 고려의 노래는 이러한 긍정적 수용의 한 면이기도 하다.

이에 저자는 고려속요가 조선 후기까지 궁중 연향에서 지속할 수 있었던 것은 '궁중이 요구하는 정치적 효용성을, 바람직한 여성 형상을 통해 구현하기를 기대했기' 때문이라는 가설 아래 논의를 전개하기로 한다. 논의의 대상은 조선시대 여러 문헌에 기록된 국문 작품은 물론이고 《고려사高麗史》 악지樂志 속악조俗樂條의 고려 속악과 삼국 속악의 노래까지³ 포함하기로 하겠다. 후자의 노래들이 비록 가사를 부전하고 있지만 부기附記를 통해 작품의 윤곽을 어느 정도 살필 수 있다고 보기 때문이다.

2. 음악의 정치적 효용

고려 궁중은 건국 초기부터 도덕과 윤리가 기반이 되는 유학을 정치 이념으로 활용하였다. 광종 9년부터 실시된 과거제 명경과明經科에 오경五經을 중시한 점, 숙종과 예종 대의 경전 연구와 경학을 발전시킨 점 그리고 충렬왕 대 남송으로부터 성리학을 수용하여 융성했던 것 등에서 이를 엿볼 수 있다.[4] 특히 오경 가운데 《예기禮記》에 대한 고려의 관심은 대단하였다. 이는 예禮가 치국治國의 원리이자 사회질서를 유지하는 기제로[5] 작용했기 때문으로 보인다.

무릇 사람은 천지 음양의 기운을 담고 있어서 기쁨과 노여움, 슬픔과 즐거움의 감정을 가지고 있다. 이에 성인은 예법을 제정하여 사람다운 기강을 세움으로써, 그 교만하고 방탕함을 절제하고, 난폭하고 어지러움을 방지함으로써 백성들로 하여금 선량하게 행동하고 죄를 멀리하게 하여 아름다운 풍속을 이루었다.[6]

《고려사》(1451) 예지 서문은 예법禮法의 제정을 통해 "민은 선량하게, 국가 전체에 미풍양속을 이룰 수 있었다."라고 전한다. 예교禮教 및 예치주의禮治主義의 효용성에[7] 바탕을 둔 서문 서술자는 개인적인 감정의 발로가 자칫 교만과 방탕에 이를 수 있기 때문에 기강을 세움으로써 이것을 절제하고 방지할 수 있다고 믿었다.

악樂은 같게 하는 것이고, 예禮는 다르게 하는 것이다. 같으면 서로 친하고, 다르면 서로 공경한다. 악이 이기면 방종에 흐르고, 예가 이기면 인심이 떠난다. 정情을 합치고 예모를 꾸미는 것이 예악의 일이니 예의를 확립하면 귀천이 등급지어지고, 악문樂文을 같게 하면 상하가 화합하고, 호오好惡를 나타내면 현명한 자와 불초한 자가 구분되고, 형벌로 포악한 자를 금지하고 벼슬로써 현자賢者를 천거하면 정치가 고르게 된다. 인仁으로 사랑하고 의義로 바르게 하는 것이니, 이와 같이 하면 민치民治가 행해진다.[8]

악은 천지의 화和이고, 예는 천지의 서序이다. 조화로우므로 백물이 모두 화化하고 질서가 있으므로 온갖 사물이 구별된다. 악은 하늘에 말미암아 지어지고, 예는 땅으로써 제정되었다. 지나치게 제정하면 혼란하고 지나치게 지으면 난폭하니, 천지의 이치에 밝은 이후에야 예악을 일으킬 수 있다.[9]

치도治道에서 악樂은 예와 함께 중요하게 여겨졌다. 악은 부류部類를 친하게 하는 것이고, 예는 아래가 위를 공경하게 하는 것이다. 하지만 악이 지나치면 방종放縱하게 되고, 예가 지나치면 이반離叛하게 되므로 예와 악이 서로 도와야 한다고 말한다. 이를 통해 등급을 짓고, 상하를 화합하게 하고, 현명과 불초를 구분하고, 정치를 고르게 함으로써 민치를 행할 수 있다고 한다. 또한 악이 만물을 조화롭게 하고, 예가 구별을 지어 질서를 있게 하지만, 다른 하나가 지나치면 혼란과 난폭

하게 되니 하늘의 악과 땅의 예가 시종始終 조화와 질서 안에서 이루어
져야 한다고 한다. 이처럼 인의의 실현과 정치의 완성은 '예'와 '악'의
상호 협조 속에서 이룰 수 있다고 믿었다.

> 예로써 그 뜻을 인도하고, 악으로써 그 소리를 조화롭게 했으며, 정政으
> 로써 그 행실을 한결같게 하고 형刑으로써 그 간사함을 막았다. 예악형정
> 禮樂刑政의 그 궁극적인 목표는 하나이니, 민심을 같게 하여 치도治道를 내
> 는 것이다.[10]

> 예로 민심을 절제하고, 악으로 민성民聲을 화평하게 하며, 정치로써 시행
> 하고, 형벌로써 방지하여서, 예악형정의 네 가지가 다 통달하여 어긋나지
> 않으면 왕도王道가 갖추어 진다.[11]

한편 악의 효용성은 단독으로 형성되는 것이 아니라 예, 형, 정과
함께 할 때 나타난다고 한다. '민심을 같게 하고 치도를 내며, 왕도를
갖추는' 통치의 사각형에서 악이 다른 셋과 나란한 꼭짓점으로 작용한
다는 것이다. 정치의 요체는 민심을 같게 하는바 이를 위해 예는 그
길로 가는 방향을 제시하고, 악은 이와 조화를 이루게 하고, 정은 행
동을 통일하게 하고, 형은 방종을 막는 작용을 하는 것이다. 이렇게
예악형정은 치도를 위해 각각의 기능을 하고 있지만, 피지배 계층에
대해서는 '절제와 통일'을 요구하는 관념으로 작용하는 셈이며, 이것
을 왕도 구현의 바탕으로 본 것이다. 따라서 악은 예, 형, 정 등과 더

불어 치민治民의 도道로 작용하면서 피지배계층의 절제와 통일을 강요하고, 치자治者에게 관념적 합리성을 제공하는 데 복무하였던 것이다.

> 대체로 음악은 순미한 풍속과 교화를 세우고, 조종의 공훈과 덕택을 표현하는 것이다. (…) 속악은 말이 비리鄙俚한 것이 많은데, 그 가운데 심한 것은 다만 그 노래의 이름과 노래를 지은 뜻만을 기록한다. 종류에 따라 아악, 당악, 속악으로 나누어 악지樂志를 만든다.[12]

음악의 정치적 효용성은 《고려사》 악지에 그대로 반영되었다. 인용된 서문은 음악의 효용성과 존재 이유, 속악조의 가사 부재 이유 등을 말하고 있다.[13] 중세 동아시아 국가들이 그렇듯 고려 궁중 또한 음악의 존재 원리를 통치적 차원에서 찾고 있다. 순미한 풍속의 전파 기준을 세우고[樹風化], 그 기준의 소종所從인 조종의 공덕을 드러내고자[象功德] 했던 것이 그것이다. 이는 앞서 살핀 예법의 수직적 질서에 짝하여 횡적 전파를 염두에 둔 것으로 볼 수 있다. 그러면서 음악은 예에 비해 적극적 교화 가능성을 갖는다는[14] 정치적 교화성이 반영되었다고 할 수 있다.

속악 가사의 부재 이유로 '비리鄙俚'를 들고 있으나 이것이 노랫말이 비속해서인지 아니면 한문 가사보다 비속해서인지에 대해서는 정확히 알 수는 없으나, 부정적 의미가 반영되지 않은 '국문' 가사이기 때문인 것으로 이해할 수 있다. 당시 《고려사》 편찬자들은 창제된 지 얼마 되지 않은 훈민정음(1443)으로 기록된 노래를 사서史書에 올리기가 미편했을 것으로 보인다. 그리고 이들이 비속한 노랫말을 가진 것이라면 서문의 원칙인 '수풍화' '상공덕'에 위배되기 때문에 언급조차 회피했을 가능성이 있어 '비속'의 차원에서 이해할 것은 아니라고 판단된다. 따라서 《고려사》 악지에 수록된 아악, 당악, 속악조의 노래들은 교화에 합당한 정치적 노래로 볼 수 있다.

> 악공이 시취試取할 때, 당악唐樂은 삼진작보三眞勺譜 (…) 향악鄕樂은 삼진작보三眞勺譜, 여민락령與民樂令, 여민락만與民樂慢, 진작사기眞勺四機, 이상곡履霜曲, 낙양춘洛陽春, 오관산五冠山, 자하동紫霞洞, 동동動動 … 음식을 들일 때의 음악으로 (…) 한림별곡翰林別曲 (…) 임금이 궁중으로 돌아갈 때의 음악으로 (…) 북전北殿, 만전춘滿殿春, 취풍형醉豊亨, 정읍이기井邑二機, 정과정삼기鄭瓜亭三機, 헌선도獻仙桃, 금전악金殿樂 (…) 등으로 했다.[15]

《경국대전經國大典》은 조선의 기본 법전으로 조선이 망할 때까지 그 권위를 유지하였다.[16] 이후 법률서가 증보 편찬되었을지라도 본 법전의 조항은 삭제 없이 그대로 살아 있었다. 〈예전〉은 국가의 문화 사업과 관련한 것들을 명문화한 것으로 그 가운데 궁중 악공 선발 규정은 매우 구체적이고 현실적이었다. 시험 과목을 용도에 따라 분명하게 지목함으로써 채용 이후 바로 이용할 수 있게 한 것에서 이를 알 수 있다. 여기서 눈에 띄는 점은 〈삼진작〉·〈진작〉(정과정), 〈이상곡〉, 〈오관산〉, 〈자하동〉, 〈동동〉, 〈한림별곡〉, 〈만전춘〉, 〈정읍〉 등의 고려 향악곡과 〈낙양춘〉, 〈헌선도〉, 〈금전악〉 등의 고려 당악곡이 대거 포

함된 것이다. 이는 고려의 궁중 노래가 조선의 궁중에서 활용 가치가
있었다는 의미이기도 하다. 그 활용 가치는 음악 미학적 측면과 함께
가사의 교화성 역시 고려의 대상이라 할 수 있다. 그리고 《경국대전》
이 윤리와 도덕의 기능을 강화하고 개인적인 감정 영역까지 법적 영
역으로 견인하였던 점을[17] 고려한다면, 《경국대전》〈예전〉에 수록된
곡목들은 기능적 측면뿐만 아니라 교화적 측면에서 긍정적으로 인식
된 노래라 할 수 있다.

이상에서 볼 때 고려속요는 고려시대와 조선시대 궁중에서 적극적
으로 활용되었음을 확인할 수 있었고, 그 안에 여성 형상을 담은 노래
들 또한 긍정적으로 인식하고 있음을 전제할 수 있다.

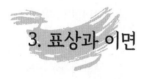

3. 표상과 이면

효는 예의 시작이다.[18]

남녀가 분별이 없으면 어지러워지니, 이것이 천지의 정情이다.[19]

앞서 《예기》의 '예'가 구별에 따른 수직적 질서를 강조하고 있음을
살핀 바 있다. 다시 말해 예는 군신君臣, 부자父子, 부부夫婦 사이의 인간
관계를 상하로 둠으로써 가정 내의 역할은 물론이고 사회적·정치적
역할을 강조한 이념이라 할 수 있다. 여기서 문제는 종법사상에 기초

한 인간관계가 이념화하는 과정에서, 도덕적 책임이 오로지 아랫사람에게만 강요되는 권위주의적 도덕으로 변질되었다는 점이다.[20] '효'를 예치禮治의 시작으로 삼음으로써 가족 간 자발적일 수 있는 행위를 의무적 규정으로 가두어 놓았으며, 남녀 간의 정을 질서화함으로써 이것을 통치적 정서로서 규제한 것이다. 특히 여성을 아버지와 남편의 대상으로 삼은 노래들은 여성으로서의 '자식'과 '아내'라는 이중의 억압 안에 놓음으로써 저항의 단초를 소거하고 아랫사람의 책무만을 강조하였다.

1) 효

〈목주〉는 효녀가 지은 것이다. 딸이 아버지와 후모後母를 섬겨 효행으로 알려졌는데, 아버지가 후모의 참언에 미혹되어 딸을 쫓아내었다. 딸이 차마 떠나지 못하고 머물러서 부모를 더욱 부지런히 봉양하여 게을리하지 않았으나, 부모가 매우 노하여 또 쫓아내었다. 딸이 어찌할 수 없어 하직하고 가다가, 어떤 산속에 이르러 석굴石窟에 노파가 있는 것을 보고, 마침내 자기의 사정을 말하고 아울러 의지하고 살게 해 달라고 청하였다. 노파가 그 궁박함을 불쌍히 여겨 허락하니, 딸이 부모를 섬기는 도리로 노파를 섬겼다. 노파가 그 여자를 사랑하여 자기 아들에게 시집보냈더니, 부부가 마음을 합하여 근면하고 검약하게 살아 부자가 되었다. 그 여자의 부모가 매우 가난하다는 것을 듣고 자기 집에 맞이하여 지극하게 봉양하였지만, 부모가 여전히 기뻐하지 않으니 효녀가 이 노래를 지어 스스로 원망하였다.[21]

〈목주〉는 어느 효녀孝女에 관한 이야기이다. 딸은 아버지와 계모의 구박에도 불구하고 효를 성실히 수행하는 효의 모범으로, 노파를 부모처럼 섬기는 경장敬長의 표본으로 묘사되고 있다. 딸은 계속해서 봉양하나 부모가 기뻐하지 않자 스스로 원망하는 노래를 불렀다. 효는 자慈에 대한 답의 성격이 강한데, 이 기사記事에서는 부모의 문제보다는 '부모가 기뻐하지 않은 봉양'에 초점을 두어 원부怨父보다는 자원自怨하는 자세만을 기리고 있다.

> 듥긔동 방해나 디히 히애
> 게우즌 바비나 지서 히애
> 아바님 어마님씌 받줍고 히야해
> 남거시든 내 머고리 히야해 히야해.　　　　　　〈상저가相杵歌〉22

화자를 여성으로 단정할 수 없지만 방아 찧는 일이 주로 여성에 의해 이루어진다는 점을 상기할 때, 화자를 여성으로 상정할 수 있겠다. 노래의 내용은 비교적 단순하다. 양질의 밥은 아니더라도 부모님이 먼저 드시고 난 후 남는 것이 있다면 자신이 먹겠다는 것이다. 거친 (게우즌) 곡물로 밥을 지을 수밖에 없는 처지라면 화자의 살림은 넉넉지 못하다고 할 수 있다. 이렇게 곤궁한 상황에서 화자에게 돌아갈 몫은 얼마나 되겠으며, 있기는 하겠는가. 이런 까닭에 "남거시든 내 머고리"는 현실적인 상황 인식이자 체념이며, "히야해 히야해"는 처연한 탄식이라 할 수 있다. 이렇게 부족하고 모자라는 상황에서도 화자는 노동을 즐거이 여기고 그 대가를 부모님께 돌렸으니 응당 그녀는 효녀의 전범이라 할 수 있다.

부모에 대한 자식의 효는 당연한 것이다. 정도의 차이는 있을지언정 이것을 근본적으로 부정否定할 어떤 근거도 없기 때문이다. 그리고 이것은 가족 간 감정 교류의 영역이므로 외부적 개입으로 조정될 부분도 아니다. 그만큼 개별적이고 감정적인 것이다. 〈목주〉와 〈상저가〉의 효녀가 존숭받아야 할 이유도 여기에 있다. 진실한 마음으로 부모님을 대하는, 일관된 자세와 희생의 감내가 드러나기 때문이다.

하지만 이 노래가 궁중에서 불렸을 때, 이들의 효심과 희생은 목적이라기보다는 정치적 가치로 변질될 우려가 적지 않다. 중세의 궁중은 물질적·문화적 풍요 지대이며, 이곳에서의 연회는 과시이자 문화 소비이다. 이렇게 흥겨워야 할 잔치에서 치자는 〈상저가〉의 지난至難한 민생보다는 효를 제한적으로 수용하는 것에 의미를 두었을 것이다. '내가 다스리는 나라의 백성은 비록 가난하게 살지라도 그 어버이를 지극히 섬기고 있으니 얼마나 다행한 일인가.' 이렇게.

따라서 효를 노래한 궁중의 노래는 민중의 가난을 적극적으로 구제하는 것보다는 가난을 가족 내 문제로 돌려 효녀상에 초점을 맞추었던 것이다.

2) 정절

원흥진元興鎭은 동북면의 화령부和寧府의 속읍으로 큰 바다에 가깝다. 읍인이 배를 타고 장사하러 갔다가 돌아오니, 그 아내가 기뻐하여 이를 노래

하였다.[23]

부인이 몸으로 사람을 섬기다가 한 번 그 몸을 잃으면 남들이 천하게 여기고 미워하게 된다. 그래서 이 노래를 지어서 실의 빨강, 초록, 파랑, 흰빛으로 되풀이하여 비유함으로써, 취하고 버릴 것에 대한 결심을 표현하였다.[24]

멀리 나간 사람의 아내가 이 노래를 지었는데, 까치와 거미에 의탁하여 그가 돌아오기를 바란 것이다. 이제현이 시를 지어 다음과 같이 풀이하였다. "까치는 울타리 가에 있는 꽃가지에서 지저귀고, 거미는 침상 머리에서 줄을 치네. 나의 낭군 돌아오실 날이 머지않을 것을, 정기精氣로 미리 사람에게 알려 주네."[25]

관습도감에서 아뢰기를, "〈원흥곡〉과 〈안동자청조〉를 악가에서 다시 쓰기를 청합니다. (…) 비록 모두 악부에 기재되어 있으나 폐지되어 쓰이지 않은 지가 오래되었습니다. 지금 그 가사를 보니 (…) 〈원흥곡〉은 남편이 돌아온 것을 보고 기뻐하여 이를 노래했으니, 꼭 〈거사련〉과 서로 표리가 될 만합니다. 모두 풍교에 도움이 있을 것이니 진실로 마땅히 관현에 올려서 폐지되지 않게 하소서." 하니 임금이 그대로 따랐다.[26]

차례로 〈원흥〉, 〈안동자청〉, 〈거사련〉 그리고 이들 모두에 관한 사실史實 기록 등이다. 《세종실록》을 보면 〈원흥〉과 〈안동자청〉은 오래전

악부樂府에 기재되었으나 소용所用되지 못했고 이에 비해 〈거사련〉은 상용常用된 것으로 보인다. 이에 관습도감에서 두 노래 역시 〈거사련〉과 같이 효용을 지닌 노래이니 궁중 악곡으로 다시 쓰자고 건의한 것이다. 관습도감이 이 노래들을 부용復用하고자 했던 이유는 기록에서 보듯 풍교風敎 때문이다. 풍교의 내용은 노래와 그 주변을 통해 어렵지 않게 추출할 수 있는바 〈원흥〉과 〈거사련〉에서는 남편의 무사 귀환을 바라는 아내의 마음과 〈안동자청〉에서는 부인의 순결 등이다. 출장出張 중인 남편의 안위를 걱정하고 기다리는 여성상이 교화적 가치였던 셈이다.

물론 남편을 향한 애틋한 기다림과 절개는 아름다운 것임에 틀림없다. 문제는 풍교, 교화라는 국가적 차원의 힘이 작용함으로써 여성 개인의 선택과 판단을 중지시키고 당위적 의무만을 강요할 수 있다는 데 있다. 기다림과 순결은 여성 스스로의 자발적 선택 영역임에도 불구하고 강제 규정을 둠으로써 주체적이고 능동적인 판단의 기회마저 박탈할 수 있기 때문이다.

더욱이 중세의 치자는 노래의 교육적 효과를 높이기 위해 다양한 작품 해석의 가능성마저 차단하였다. 민사평閔思平(1295~1359)이 한시로 옮겨 놓은 〈안동자청〉을 보면[27] 이 노래는 부인의 순결과는 거리가 먼 것으로 이해되나[28] 악지와 실록에서는 '정절'로 고정하여 해석하고 있다. 〈정읍〉의 경우도 이와 비슷하다. 작품 말미 "내 가논 뒤 졈그를셰라"는 해석하기 따라 여성 화자의 태도를 달리 이해할 수 있다. "내"를 "내 남편" 혹은 "내 님"이 아니라 문면 그대로 "나(내)"로 본다면 이 부분은 여성 화자인 "내"가 "가야 할 곳"(선택)이 "어두워질 수도 있다"로[29] 읽힐 수 있기 때문이다. 그런데도 악지에서는 〈정읍〉을 남편의 밤길을 염려하다 돌이 된, 망부상望夫像의 노래로 보았다.[30] 이처럼 중세 궁중은 이런 노래의 주인공을 여필종부女必從夫의 전범으로 획일화했던 것이다.

장사長沙 사람이 부역賦役에 나갔는데 기한이 지나도 돌아오지 않았다. 그의 아내는 남편이 그리워 선운산에 올라가 멀리 바라보면서 그리움을 노래했다.[31]

〈선운산〉 또한 〈원흥〉, 〈거사련〉, 〈정읍〉 등과 같은 기다림의 노래라 할 수 있다. 하지만 〈선운산〉이 남편의 부재가 부역賦役에 기인했다는 점에서 이들 노래와 차이를 보인다. 나라의 명으로 남편과 헤어지게 된 아내의 입장이라면 남편에 대한 그리움만큼 부역을 명령한 권력에 대한 원망이 있어야 할 터인데, 중세 궁중은 후자를 무시하고 전자만을 선별하여 기록하였다. 이렇게 함으로써 중세 통치자는 국가를 위해 부역하는 남편을 긍정적으로 인식하는 모범적인 여성상을 만들 수 있었다.

예성강禮成江 노래는 두 편이 있다. ○옛날에 당나라 상인인 하두강賀頭綱이란 자가 있었는데 바둑을 잘 두었다. 그가 한번은 예성강에 갔다가 한 아름다운 부인婦人을 보고는 그녀를 바둑에 걸어서 빼앗으려고 그녀의 남편과 바둑을 두어 거짓으로 이기지 않고 물건은 갑절을 치러 주었다. 그녀의 남편은 이롭다고 생각하고 아내를 걸었다. 두강은 단번에 이기어 그녀를 빼앗아 배에 싣고 가 버렸다. 그 남편이 회한悔恨에 차서 이 노래를 지었다. 세상에 전해지기는, 그 부인이 떠나갈 때에 몸을 되게 죄어 매어서 두강이 그녀를 건드리려고 했으나 건드리지 못했다는 것이다. 배가 바다 가운데에 이르자 뱅뱅 돌고 가지 않으므로 점을 쳤더니 이르기를, "절부節婦에 감동되었으니, 그 여인을 돌려보내지 않으면 반드시 파선하리라." 하였다. 뱃사람들이 두려워 두강에게 권해서 그녀를 돌려보내 주었다. 그 부인 역시 노래를 지으니, 후편이 그것이다.[32]

〈예성강〉 두 편은 예성강 근처에 살던 부부에게 당 상인 하두강이 개입하면서 발생한 문제를 다루고 있다. 남의 아름다운 부인을 얻으려고 술책을 꾸민 하두강, 물욕에 앞서 아내마저 도박의 담보물로 제공한 남편 그리고 이런 남편에게 절개를 지키려 했던 아내 등이 노래의 주인공들이다. 기사에서 보듯 결코 모범적이지 못한 이들은 '남성' 하두강과 남편이다. 이들이 부부 관계의 파국을 부른 장본인이기 때문이다. 따라서 이들의 의도와 행위는 지탄받아 마땅하다.

하지만 사서 편찬자는 교활한 하두강과 어리석은 남편에 대해서는 비판하지 않고 아내의 정절만을 높이 사고 있다. 기실 아내는 하두강의 배에 탔을 때 어리석은 남편에 대한 원망과 자신을 범하려 했던 하두강에 대한 분노의 감정을 가졌을 것이나 기사는 이 내용은 담지 않았다. 대신 용서받을 수 없는 남편에게는 자신의 잘못을 '회한의 노래'

한 곡으로 면죄부를 주었고 아내에게는 그녀의 감정을 세심하게 헤아리지 않고 점자占者의 말에 의지하여 절부의 자세만을 강조한 것이다. 아내가 부른 노래에 정절뿐만 아니라 인권유린에 대한 분노, 무책임한 남편에 대한 원망, 이런 상황을 용인한 사회에 대한 비판 등이 담겼을지라도 중세 궁중은 후자의 의미들을 제거하여 의로운 절부節婦의 상像만을 선창宣暢했던 것이다.[33]

이렇듯 정절의 이미지는 여성 자신의 주체적이고 능동적인 판단에 의한 것이 아니라 중세 치자에 의해 조작된 것으로 유책 남성의 잘못을 숨기면서 여성의 정조 의무를 강조한 결과라 할 수 있다.

3) 순종

가시리 가시리잇고 나는
브리고 가시리잇고 나는
위 증즐가 대평셩딕大平盛代

날러는 엇디 살라 ᄒ고
브러고 가시리잇고 나는
위 증즐가 대평셩딕大平盛代

잡ᄉ와 두어리마ᄂᆞᄂᆞ
션ᄒ면 아니 올셰라
위 증즐가 대평셩딕大平盛代

셜온님 보내ᄋᆞᆸ노니 나ᄂᆞᆫ

가시ᄂᆞᆫ 듯 도셔 오쇼셔 나ᄂᆞᆫ

위 증즐가 대평셩ᄃᆡ大平盛代.[34]

사람살이에서 남녀가 사랑을 하다가 이별하는 것은 벌어질 수 있는 일이다. 이별의 원인도 다양하여 당사자 중 어느 한쪽의 탓이든 외부적 요인이든 특정할 수 없다. 다만 잘못을 유발한 쪽이 아닌 쪽에게 관계 회복을 바라는 것은 낯설지 않은 장면이기도 하다. 이 역시 남녀를 떠난 지극히 개인적이고 감정적인 영역이라 남성이 여성에게, 여성이 남성에게 애원하는 빈도가 비슷했을 것이라 쉽게 짐작할 수 있다.

하지만 중세 궁중의 이별 노래는 여성의 순정적이고 일방적 태도만을 드러내고 있다. 〈가시리〉를 보더라도 노래의 화자는 시종 남성인 님에게 수동적, 종속적, 순종적인 모습으로 일관하고 있다.[35] 노래는 여성 화자인 '나'를 떠나 '가고' '버린' 님보다는, 님 없이 살 수 없고 (엇디 살라 ᄒᆞ고) 붙잡고 있는 여성 화자의 모습과 그녀의 염원(도셔 오쇼셔)에 집중하고 있다. 이로써 버리고 떠나는 남성의 정당성은 보장받게 되고 그런 님에 대한 일방적이고 순정적인 사랑과 순종을 당위석 의무로 여기는 여성상이 만들어졌다.

五月 五日애

아으 수릿날 아ᄎᆞᆷ 藥은

즈믄힐 長存ᄒᆞ샬

藥이라 받줍노이다

아으 動動다리

六月ㅅ 보로매

아으 별해 ㅂ론 빗 다호라

도라보실 니믈

적곰 좃니노이다

아으 動動다리.[36]

〈동동〉의 6연과 7연이다. 여성 화자는 떠나 버린 녹사錄事님을 그리
워한다. 단오가 되자 화자는 기약 없는 님이지만 그를 위해 장수의 약
을 준비한다. 그러나 그런 노력조차 수포로 돌아가 화자는 버려진 빗
이 된다. 유두일, 머리를 감고 난 뒤 빗질한 빗이 버려진 것처럼 그렇
게 화자는 버려진 것이다. 그런데도 화자는 님을 따르겠다는 가냘픈
노래만을 되풀이하고 있을 뿐이다. 이렇게 화자는 님에 의해 비참한
운명에 내던져진 것이다.

그러나 고려와 조선의 궁중은 여성 화자의 처지를 외면한 채, 이
노래를 '선어仙語로 이루어진 송도頌禱의 말'로 해석하고[37] 궁중 정재의
창사로 즐겼다. 이 역시 뒤에 숨은 남성 녹사를 비호하고 여성의 순종
을 앞세워 송도하는 여성 모범상을 창출하였다.

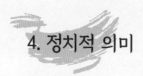

4. 정치적 의미

앞서 우리는 중세 궁중에서 불린 적지 않은 노래들에서 여성의 형상을 만나 보았다. 이들은 모두 풍교를 세우고 공덕을 드러내는, 지극히 모범적이고 전범적인 여성, 곧 유가적인 여성상으로 그려졌다. 어려운 상황에서도 희생을 감내하는 효녀, 남편과 님의 어떠한 행동에도 불구하고 그에 대한 정절을 지키고 순종하는 여인 등이 그들이다. 하지만 작품 세계의 이면을 보면 여성 주인공 내지 화자가 가졌을 고통과 그러한 아픔을 유발하게 된 상황이나 원망의 대상을 감추고 있음을 확인할 수 있었다.

그렇다면 중세 치자층은 궁중 연향의 자리에서 유가적으로 모범적인 여성상을 빈번하게 초대한 이유는 무엇일까? 이는 궁중 연향이 예악 정치의 구현이라는 측면에서 이해할 수 있겠다. 궁중의 연향은 일반적인 잔치와 달리 분위기, 참석자의 태도 그리고 메시지 등에서 결코 가볍지 않다. 특히 음악을 정치의 방편이라 여기던 시대, 이를 설행했던 중세 국가의 잔치에서 가사를 포함한 음악은 흥취의 도구만이 아니라 정치적 메시지를 담았기 때문이다. 이런 측면에서 노래 속의 여성상은 유가적으로 모범적이었다. 이를 살펴보면 다음과 같다.

첫째, 효녀상을 통해 국가는 민생 안정의 의무를 감추고 민중에게 충을 강조하였다. 국가가 존재하는 가장 중요한 이유 중의 하나는 민생 안정이다. 인민이 국가에 다양한 형태의 세금을 납부한 만큼 국가는 그들에게 기본적인 생활을 제공하는 것은 당연하다 하겠다. 물론 치자–피치자 간의 순리적 순환이 어느 시대에나 있었던 것은 아니다. 간혹 이러한 순리를 지키고자 했던 치자도 있었지만 대개는 책무를 무시하거나 회피하였다. 이런 면에서 중세의 치자에게 효는 안정적 사회 질서를 보장하는 이념이자 국가의 노인 복지 문제를 피해 갈 수 있는 근거였기 때문이다. 〈목주〉의 여성에게 효의 멍에를 씌우고 '(부모가 내 정성을 흡족히 여기지 않음을) 스스로 원망'함을 아름답게 여겼으며, 〈상저가〉의 여인에게는 자발적 희생을 미화한 것이 바로 이러한 의도라 할 수 있다. 이처럼 궁중은 〈목주〉와 〈상저가〉의 불편한 민생 문제를 국가가 나서기보다는 이것을 해결하기 위해 희생하는 효녀상을 부각하였다.

또한 유가적 정치 이념에서 효와 충은 긴밀한 관계를 맺는다. 가족 내의 효의 확장형이 국가 차원의 충이 되기 때문이다. 효자·효녀가 부모를 위해 존재하고 부모의 말에 절대복종해야 하는 것처럼, 충성스러운 백성은 군주와 국가를 위해 존재하고 군주의 말에 무조건 복종해야만 했다.[38] 이를 위한 희생과 고통조차 감내할 만한 영광으로 여겼다.[39] 따라서 〈목주〉에서 부모에 대한 처신보다는 목주녀의 기특한(?) 정성이 중요했고 〈상저가〉에서 노동과 배고픔에 고통받는 여성보다는 그녀에게 강요된 희생이 교육적이었던 것이다. 이로써 두 효녀는 효의 훌륭한 실천가이자 충성스러운 백성으로 거듭났다.

둘째, 정절과 순종적 여성상을 통해 왕은 신에게 충성을 요구하고 왕 스스로 신·민에 대해서는 그의 책임을 면하고자 하였다. 궁중 연향에서 남녀 간의 사랑 노래는 충신의 노래로 비유된다. 이는 오래된 동아시아 충신연주지사의 전통이기도 하다.[40] 정치적 역학 관계를 고려한다고 하더라도 명분론에 따르면 군신의 관계에서 전자가 우위에 있을 때, 정치적 안정성이 보장된다고 한다. 이 때문에 군신을 전제로 한 남녀 간의 사랑 노래에서 여성이 남성을 향한 순정·순종은 당연한 것이리라. 결국 〈원홍〉, 〈정읍〉, 〈선운산〉의 아내와 〈동동〉의 여성을 통해 기다림의 한恨을 대신하여 님을 향한 정성으로 모범적 여성상을 만들어, '바람직한 신료상'을 제시하였다. 따라서 이러한 정절과 순종의 여성상은 신료가 학습해야 할 충성 교과서였다.

한편 〈예성강〉·〈가시리〉에서 남성은 긍정적이지 못한 행위나 행동을 했으나 면책을 받고 있다. 물론 작품 세계의 일이기는 하나 평자評者의 언급이 의도적으로 이들을 변호하고 있는 것은 이례적이다. 이역시 궁중 연향의 노래이기 때문에 가능했던 것으로 보인다. 남성이 곧 군주라는 등식을 상정할 때, 남성의 어떠한 행위도 용납될 수 있는 것이며, 이에 대한 배우자의 원망과 배신은 금기이다. 원망은 군주에 대한 탄핵이요, 배신은 반역이기 때문이다. 이를 역으로 해석한다면 왕권의 범위는 신·민과는 다른 차원이며, 왕권 행사의 결과가 설령 부정적일지라도 그 책임을 면할 수 있다는 것이다. 따라서 〈예성강〉에서는 남편의 내기 바둑보다는 아내의 절개를 돋보이게 하였고, 〈가시리〉에서는 버리고 떠난 님보다는 돌아오기를 고대하는 여성의 마음을 중요시하였다. 이로써 예성강의 절부와 〈가시리〉의 여성은 군주의 모든 것을 이해하고 따르는 충직한 신하의 표본이 된 셈이다.

이처럼 유가적으로 모범적인 여성상을 담은 고려속요는 정치적 사회적으로 남성이 우위에 있던 시대에 여성에게 희생, 순종, 피동 등을 덧대어 놓음으로써 '남/녀 → 부/자 → 경/장 → 군/신'의 수직적 질서를 공고히 하는 데 기능하였다.

5. 정지적 교화를 위해 가공된 여성 형상

고려와 조선은 수직적 질서를 강조하는 예와 계급 간의 조화를 추구하는 악을 정비하여 유교적 통치 질서를 수립하고자 하였다. '수풍화樹風化 상공덕象功德'이라는 교화적 관점에서 정리된 노래들은 《고려사》 악지, 《경국대전》에 등재되면서 고려와 조선의 궁중 연향에서 소용되었다. 이처럼 연향에서 불린 노래들은 남성 통치자의 시각에서 교화의 효용성이 있기 때문에 이 노래들에 나타난 여성상 또한 정치적 의미가 반영되었다고 할 수 있다.

유가적인 여성 형상은 부모님을 위해 희생하는 효녀상, 부재하는 남편을 위해 정절을 지키며 기다리는 망부상 그리고 떠난 님에게 일방적으로 순종하는 여인상 등이었다. 하지만 이 노래와 주변 기록을 놓고 볼 때, 여성 화자의 진솔한 내면을 무시한 채 외부에 의해 왜곡되고 변형된 모습이었다. 이러한 왜곡은 이 노래들이 궁중 연향에서 불렸다는 사실에서 이해할 수 있다. 예악을 정치적 도구로 여긴 중세 치자가 유가적 이념을 노래에 반영했기 때문이라 할 수 있다. 따라서 유가적으로 모범적인 여성 형상의 노래들은 정치적 메시지를 가졌다고 할 수 있다.

그 메시지는 첫째로 효녀상을 통해 국가는 민생 안정의 책무를 회피하고 민중에게 충을 강조하고 둘째로 정절과 순종적 여성상을 통해 신에게는 무조건적 충성을 요구하고 왕은 신·민에 대한 책임과 의무를 면책받고자 한 것이다. 결국 고려속요의 유가적인 여성 형상은 정치적 교화를 위해 만들어진 우상이라고 할 수 있다.

1 최미정, 《고려속요의 전승 연구》(계명대학교출판부, 1999), 21~22, 90~102면.

2 김영수, 《조선초기시가론연구》(일지사, 1989), 181~200면.

3 《高麗史》卷71 樂志 俗樂. "新羅 ·百濟· 高勾麗之樂, 高麗並用之, 編之樂譜, 故附著于此. 詞皆俚語."

4 朴龍雲, 《高麗時代史》上下(一志社, 1990), 352~359, 629~647면.

5 李淑仁, 〈女性倫理觀 形成의 淵源에 관한 研究-《禮記》를 中心으로-〉, 《儒敎思想研究》 제6집(한국유교학회, 1993), 293~298면.

6 《高麗史》卷59 禮志 序文. "夫人函天地陰陽之氣, 有喜怒哀樂之情. 於是, 聖人制禮, 以立人紀, 節其驕溢, 防其暴亂. 所以使民遷善遠罪, 而成美俗也."

7 李範稷, 《韓國中世禮思想研究》(一潮閣, 1997), 38면.

8 《樂記》〈樂論〉. "樂者爲同, 禮者爲異. 同則相親, 異則相敬. 樂勝則流, 禮勝則離. 合情飾貌者, 禮樂之事也. 禮義立, 則貴賤等矣, 樂文同, 則上下和矣, 好惡著, 則賢不肖別矣. 刑禁暴, 爵擧賢, 則政均矣. 仁以愛之, 義以正之, 如此則民治行矣." 조남권·김종수 공역, 《동양의 음악사상 樂記》(민속원, 2001).

9 《樂記》〈樂論〉. "樂者, 天地之和也, 禮者, 天地之序也. 和故百物皆化, 序故群物皆別. 樂由天作, 禮以地制. 過制則亂, 過作則暴. 明於天地, 然後能興禮樂也."

10 《禮記》〈樂本〉. "故禮以道其志, 樂以和其聲, 政以一其行, 刑以防其奸. 禮樂刑政, 其極一也, 所以同民心而出治道也."

11 《禮記》〈樂本〉. "禮節民心, 樂和民聲, 政以行之, 刑以防之, 禮樂刑政, 四達而不悖, 則王道備矣."

12 《高麗史》卷70 樂志 序文. "夫樂者, 所以樹風化, 象功德者也… 俗樂則語多鄙俚, 其甚者, 但記其歌名與作歌之意. 類分雅樂唐樂俗樂, 作樂志."

13 김명준, 《악장가사 연구》(다운샘, 2004), 211~214면.

14 徐復觀, 權德周 譯, 《중국예술정신》(東文選, 1990), 49~53면.

15 《經國大典》卷3 禮典 樂工 取才. "樂工試 唐樂 三眞勺譜 … 鄕樂 … 眞勺四機 履霜曲 洛陽春 五冠山 紫霞洞 動動 … 進饌樂 … 翰林別曲 … 還宮樂 … 北殿 滿殿春 醉豊亨 井邑二機 鄭瓜亭三機." 윤국일 역, 《신편 경국대전》(신서

원, 1998).

16 김명준, 앞의 책, 278~280면.

17 이숙인, 《정절의 역사》(푸른나무, 2014), 21~36면.

18 《左傳》文公 2年. "孝 禮之施也."

19 《禮記》〈樂禮〉. "男女無辨, 則亂升, 天地之情也."

20 이숙인(2014), 앞의 책, 299면.

21 《高麗史》卷71 樂志 三國俗樂. 新羅. "木州, 孝女所作. 女事父及後母, 以孝
    聞, 父惑後母之譖, 逐之. 女不忍去, 留養父母, 益勤不怠, 父母怒甚, 又逐之.
    女不得已辭去, 至一山中, 見石窟有老婆, 遂言其情, 因請寄寓. 老婆哀其窮而
    許之, 女以事父母者事之. 老婆愛之, 嫁以其子, 夫婦恊心, 勤儉致富. 聞其父
    母貧甚, 邀致其家, 奉養備至, 父母猶不悅, 孝女作是歌以自怨."

22 《시용향악보(時用鄕樂譜)》평조(平調).

23 《高麗史》卷71 樂志 俗樂. "元興鎭, 東北面和寧府屬邑, 濱于大海. 邑人船商
    而還, 其妻悅而歌之."

24 《高麗史》卷71 樂志 俗樂. "婦人以身事人, 一失其身, 人所賤惡. 故作此歌, 以
    絲之紅綠靑白, 反覆比之, 以致取舍之決焉."

25 《高麗史》卷71 樂志 俗樂. "行役者之妻, 作是歌, 托鵲蟢, 以冀其歸也. 李齊
    賢作詩解之曰, 鵲兒籬際噪花枝. 蟢子床頭引網絲. 余美歸來應未遠, 精神早
    已報人知."

26 《世宗實錄》卷54 13年 10月. "慣習都監啓, 元興曲及安東紫靑調, 請於樂歌復
    用 … 雖皆載諸樂府, 然廢而不用久矣. 今見其詞 … 元興曲見夫之還而歌之,
    正與居士戀上爲表裡. 皆足以有補於風敎, 誠宜被之管絃 俾之勿壞 從之."

27 《及庵先生詩集》卷3. "진홍 색실 초록 색실 푸른 실은, 어째서 이렇듯 잡스런
    빛 되었나. 내가 물들이려면 내 마음대로 하기에, 흰 실이 내게는 가장 좋다
    네.〔紅絲綠線與靑絲, 安用諸般雜色爲. 我欲染時隨意染, 素絲於我最相宜.〕"

28 李佑成, 〈高麗 末期의 小樂府〉, 《韓國漢文學硏究》1(한국한문학연구회,
    1976), 17면.

29 김명준, 《고려속요의 전승과 확산》(보고사, 2013), 64면.

30 《高麗史》卷71 樂志 俗樂. "정읍은 전주(全州)의 속현이다. 정읍 사람이 행상
    을 나가서 오래되어도 돌아오지 않자, 그 처가 산 위의 돌에 올라가 남편을 기

다리면서, 남편이 밤길을 가다 해를 입을까 두려워함을 진흙물의 더러움에 부쳐서 이 노래를 불렀다. 세상에 전하기는 고개에 올라가면 망부석이 있다고 한다.〔井邑全州屬縣. 縣人爲行商久不至, 其妻登山石以望之, 恐其夫夜行犯害, 托泥水之汚以歌之. 世傳有登岾望夫石云.〕"

31 《高麗史》卷71〈樂志〉. 三國俗樂 百濟 禪雲山. "長沙人, 征役過期不至, 其妻思之, 登禪雲山 望而歌之."

32 《高麗史》卷71〈樂志〉. 俗樂. "禮成江(歌有兩篇) ○昔有唐商賀頭綱善棋. 嘗至禮成江, 見一美婦人, 欲以棋賭之, 與其夫棋, 佯不勝輸物倍. 其夫利之以妻注, 頭綱一擧賭之. 載舟而去, 其夫悔恨作是歌. 世傳 婦人去時粧束甚固, 頭綱欲亂之不得. 舟至海中旋回不行. 卜之曰, 節婦所感, 不還其婦舟必敗, 舟人懼勸頭綱還之. 婦人亦作歌, 後篇是也."

33 《열녀전(列女傳)》〈정순전(貞順傳)〉에서 보이는 "흉악한 죄를 저지른 남편이라 하더라도 떠날 수 없었던 것이 여자의 운명이었으며 정절의 덫"이라는 언급도 이하 같은 맥락에서 이해할 수 있다. 劉向, 이숙인 역, 《열녀전》(예문서원, 1997), 25면.

34 봉좌문고본(蓬左文庫本)《악장가사(樂章歌詞)》〈가사(歌詞)〉상(上).

35 강대구, 〈가시리 연구〉, 《청람어문학》14(청람어문교육학회, 1995), 79~80면.

36 봉좌문고본(蓬左文庫本)《악학궤범(樂學軌範)》권5〈시용향악정재도의(時用鄕樂呈才圖儀)〉. 아박(牙拍).

37 《高麗史》卷71 樂志 俗樂〈動動〉. "動動之戱, 其歌詞, 多有頌禱之詞, 盖效仙語而爲之. 然詞俚不載."

38 《孝經》〈開宗明義〉. "夫孝, 始於事親, 中於事君, 終於立身."

39 전국에 분포한 효녀, 효부 이야기와 상징물도 실상은 그들의 덕을 기린다기보다는 통치적 효용성에 초점을 둔 것이라 하겠다.

40 김영수, 《조선시가연구》(새문사, 2004), 151~154면.

제 8 장

조선 전기
태종과 세종의
대외 악장

1. 대외 악장 제작

조선의 대외 정책은 사대교린事大交隣으로, 조선은 상대국의 제반 상황을 고려하여 대국大國과 인국隣國으로 설정하여 외교 관계를 수립하였다. 건국 이후 조선은 명에 대해서는 사대 외교 정책을, 명을 제외한 나머지 국가에 대해서는 교린 정책을 적용하였다. 예나 지금이나 상대국에 따라 경중을 두어 외교 정책을 진행하듯이, 조선은 명에는 비중을 크게 두었고 이외 국가에 대해서는 비중을 적게 두었다. 조선이 명을 사대한 요인에는 여러 가지가 있겠지만, 당시 강국이던 명의 위상을 현실적으로 파악하고 이를 통해 중화 문화권 내 중세보편주의 기조를 유지하면서 대내적으로는 정치적 안정을 도모하고자 했기 때문으로 해석된다.

대외 정책은 국가 전반에 걸쳐 수립되고 운영되는 것이기에 문화·

예술 영역 또한 그 궤에 놓일 수밖에 없다. 조선은 건국 직후부터 법령을 제정하고[《경국대전》(1481)] 의례를 정비하였으며[《국조오례의》및 《국조오례의서례》(1474)], 궁중 악가 제정에[《악학궤범》(1493)] 각고의 노력을 경주하였다. 이러한 과정에서 대외 정책에 부합하는 각종 제도를 마련하였는데 영접도감迎接都監 설치, 빈례賓禮 정비, 사신연使臣宴 절차 기획 및 대외 악장[1] 제작 등이 그것이다.

이 가운데 우리가 주목할 점은 명 황제 내지 사신을 의식하여 제작한 악장이라 할 수 있다. 대외 관계에서 타국의 외교관을 초청하여 잔치를 베풀 때, 상대국의 군왕과 관료를 칭송하는 것이 특별한 일이 아니겠지만 특정 시기에 명 황제와 사신을 전제하여 외교용 악장을 제작한 점은 악장사는 물론이고 한국문학사에서도 특기할 일이기 때문이다. 태종 때의 〈근천정覲天庭〉, 〈수명명受明命〉과 세종 때의 〈하황은賀皇恩〉, 〈하성명賀聖明〉, 〈성택聖澤〉, 〈가성덕歌聖德〉, 〈축성수祝聖壽〉 등이 그 예이다. 이 작품들이 명 황제를 주인공으로 하고 있어 선행 연구에서 연구자 간 차이는 있지만, 대체로 사대적 관점에서 이들 작품을 해석하고 있다. 논자에 따라 철저히 사대적이라는 입장과[2] 사대적이지만 태종의 덕성을 부각하기 위한 것,[3] 왕위 계승의 정당성을 보여 주려는 것,[4] 혹은 왕권 강화와 정치적 안정을 도모하려는 것이라는[5] 주장 등이 제기되었다. 이러한 주장은 주변 기록에 명 황제에 대한 칭송이 적시되어 있고 왕위 책봉을 전후한 시기에 제작되었기에 사대적 내지 왕권 강화 및 국가 안정 도모라는 주제 범주 안에서 제기될 수밖에 없었다.

다만 이들 작품이 태종과 세종 대에 제작된 작품이라 할지라도, 대중국 외교 관계는 이전부터 있었기 때문에 그러한 흐름이 태종과 세종 대의 대외 악장을 제작하는 데 영향을 미치지 않았을까 생각한다. 이에 해당 추정이 어느 정도 합리적이라면 이들 작품을 거시적 맥락에서 살펴보는 것도 의미 있는 작업이라 할 수 있다. 일련의 제작 과정에서 작품 간 변모 양상도 보이는바 이를 고구하는 것 또한 흥미로운 지점이기 때문이다. 이에 대외 신제 악장의 성립 과정과 변모 양상을 거시적으로 살피고자 한다.

2. 대외 악장의 형성 기반

대외 관계사에서 연향의 교류 흔적은 드물기는 하지만 아래 자료에서 그 편린을 엿볼 수 있다. 이를 통해 조선 태종과 세조 대에 제작된 대외 악장의 형성 배경을 가늠할 수 있겠다.

왕(충렬왕)이 하직 인사를 올리자 원 황제(원 세조)가 겁설^{怯薛} 단안독구^旦^{安禿丘}로 하여금 북경까지 호송하라고 하였다. 또 탈탈아^{脫脫兒} 등 관인 3인을 파견하여 동문 밖에서 전송하게 하고 김방경^{金方慶}에게 왕을 따라 귀국하라고 명령하였다. 황태자도 사람을 보내어 전송하였으며, 황자 탈환^脫^歡과 황녀 망가대^{忙哥歹}도 모두 송별하는 자리에 이르렀다. 여러 관원이 몽골풍으로 노래하고 춤추며 술잔을 권하자 왕이 홀적^{忽赤} 중에서 노래 잘

하는 자를 시켜 〈감황은곡感皇恩曲〉을 노래하여 답하였다.[6]

세자(훗날 충선왕)가 황제(원 성종)에게 백마를 폐백으로 들이고 진왕晉王
의 딸에게 장가들었다. 이날 잔치에서는 모두 고려의 유밀과를 사용하였
다. 여러 왕과 공주 및 여러 대신이 모두 잔치에 참석하였다. 날이 저물어
술에 취하자 고려의 악관들에게 황제의 은혜에 감사하는 〈감황은〉 곡조
를 연주하게 하였다.[7]

고려 충렬왕 대에 원 궁중 잔치에서 황제[세조(쿠빌라이)]에게 그의
덕을 노래로 칭송한 기록이다. 충렬왕 4년(1278) 2월에 원으로부터 조
서가 왔고 3월에는 충렬왕과 왕비[제국대장공주(홀도로게미실)]에게 입
조를 요청하였으며, 4월에 왕과 왕비가 입조하여 양국 간의 여러 현
안을 처리하게 된다. 특히 김방경에 대한 처리 문제는 고려-원 관계
에서 껄끄러운 현안이었으나, 결국 그의 신병을 고려로 옮기는 선에
서 마무리된다. 이러한 양국의 문제가 잘 해결되고 귀국 전 원 궁중이
주관한 송별연에서 충렬왕이 원 세조에게 〈감황은곡〉으로 그 은혜를
답하였다(위 인용문). 이후 충렬왕 22년(1296) 11월에 충렬왕은 세자
와 함께 원을 방문하는데, 이때 세자는 원 성종[테무르]의 형 진왕[카
말라]의 공주[계국대장공주(보탑실린)]와 혼인한다. 체류하는 동안 수
차례 잔치에 참석하고, 그 잔치 중 충렬왕은 수행한 악공들에게 원 황
실의 은혜를 노래하게 하였다(아래 인용문). 외교 관례에 비추어 볼
때, 이 두 가지 기록에서 충렬왕이 〈감황은곡〉을 부르게 한 것은 즉흥

적이라기보다는 사전에 준비되었기 때문에 가능한 것이라 할 수 있다.

충렬왕 대에 원 궁중에서 부른 〈감황은곡〉은 제명에서 알 수 있듯이 원 세조와 성종의 은덕을 찬양한 노래이다. 당시 국제 정세가 고려와 원의 관계가 불균형한 상태에 놓여 있었기 때문에 고려 국왕이 원 황제의 은공을 칭송한 것은 일방적인 외교 관계의 예로 볼 수 있다. 하지만 대몽 항쟁의 상징 인물인 김방경을 국내로 귀환하게 하고 충렬왕 대의 왕권을 강국의 황실과 혼인으로 보장하려 한 것은 일방적 관계로만 보기에는 무리가 있다. 민감한 외교 사안을 매끄럽게 처리하고 양국 간의 유대 관계를 개선하거나 강화하는 데 많은 비용과 시간이 투여된다는 점을 고려할 때, 잔치가 주는 이완된 분위기와 노래가 갖는 설득력을 통해 외교 문제를 긍정적으로 해결했다는 점에서 비수평적 상황에서 어느 정도 효율적이며 실리적인 성과를 얻었다고 할 수 있기 때문이다.

한편 충렬왕이 부르게 한 〈감황은곡〉이 어떤 노래인지는 알 수 없지만, 《고려사》 악지 당악조에 같은 제목의 노래가 있어 이와 같은 노래가 아니었는지 추정할 따름이다.[8] 악지의 〈감황은〉은 2수로 구성된 당의 교방악곡이다. 〈감황은〉의 이름을 가진 노래들은 당, 송, 원대에 다수 존재했던 것으로 보아[9] 중국에서는 〈삼황은〉류의 노래가 싱행했음을 알 수 있다. 따라서 충렬왕이 〈감황은곡〉을 선택하고 부르게 한 것은 원 문화에 익숙한 문학 형식과 음악을 선택함으로써 전달과 수용의 극대화를 고려한 결과라 할 수 있다.

국왕연사신악^{國王宴使臣樂}. 왕과 사신이 좌정하면 다^茶를 올린다. 당악 하성조령을 연주한다. 첫째 잔을 올리고 조^組를 올릴 때 이르러 〈녹명^{鹿鳴}〉을 노래하되 중강조를 쓴다. 헌화하면 〈황황자화^{皇皇者華}〉를 노래하되 전화지조를 쓴다. 둘째 잔을 올리고, 첫 번째 탕을 올릴 때 이르러서는 〈사모^{四牡}〉를 노래하되 금전악조를 사용한다. 셋째 잔을 올리면 〈오양선정재^{五羊仙呈才}〉를 하고, 두 번째 탕을 올리면 〈어리^{魚麗}〉를 노래하되 하운봉조를 사용한다. 넷째 잔을 올리면 〈연화대정재^{蓮花臺呈才}〉를 하고, 세 번째 탕을 올리면 〈수룡음^{水龍吟}〉을 노래하며, 다섯째 잔을 올리면 〈포구락정재^{抛毬樂呈才}〉를 하고, 네 번째 탕을 올리면 〈금잔자^{金盞子}〉를 읊고, 여섯째 잔을 올리면 〈아박정재^{牙拍呈才}〉를 하고, 다섯 번째 탕을 올리면 〈억취소^{憶吹簫}〉를 부르며, 일곱째 잔을 올리면 〈무고정재^{舞鼓呈才}〉를 하고, 여섯 번째 탕을 올리면 〈신공^{臣工}〉을 노래하되 수룡음조를 사용한다. 여덟째 잔을 올리면 〈녹명^{鹿鳴}〉을 노래하고, 일곱 번째 탕을 올리고 아홉째 잔에 이르면, 〈황황자화〉를 노래하며, 여덟 번째 탕을 올리고 열째 잔에 이르면, 〈남유가어^{南有嘉魚}〉를 노래하되 낙양춘조를 사용하며, 아홉 번째 탕을 올리고 열한째 잔에 이르면 〈남산유대^{南山有臺}〉를 노래하되 풍입송조나 낙양춘조를 사용한다.[10]

중국 사신연 기록은 고려시대에도 확인할 수 있다.[11] 고려의 사신연은 고려 속악을 주로 사용했을 것이나 정황상 당악도 함께 사용했을 것으로 보인다. 신라 문무왕 때 이미 당악이 들어왔고 고려 문종때에는 당악정재를 설행한 적이 여러 번 있었으며,[12] 《고려사》 악지에 당악과 당악정재가 중요하게 자리한 것으로 보아 중국 사신을 위한 잔치에서 당악이 연주되었을 것으로 추정할 수 있다.

사신연에서 한국과 중국을 모두 고려한 잔치 종목의 설계는 조선시대로 이어진다. 조선은 개국 이후 오례를 정비하면서 태종 2년에 이르면 빈례와 사신연 제도를 안착하고자 하였다. 위에 인용한《태종실록》의 기록은 사신연 악제樂制 중 국왕이 중국 사신을 위한 잔치에 대한 표준안으로 볼 수 있다. 술잔과 탕을 올리는 순서에 따라 노래, 춤, 악곡 등을 정해 놓았는데 노랫말은《시경》아·송 가운데 신료에 대한 위로, 궁중 잔치의 흥성함 등을 택함으로써 중국과 조선 신료들이 공통으로 이해할 수 있는 내용으로 하였으며, 춤은 당악정재 3편과 속악정재 2편을 두어 중국과 조선 간 균형을 이루고자 하였다. 이는 잔치의 성격이 외국 관료를 위한 것이기에 그들을 배려한 결과로 볼 수 있다. 아·송을 들어 그들의 임무가 막중하고 노고가 심하다는 것을 공감함으로써 그들을 향한 조선 궁중의 자세를 보여 주고 그들이 본국에서 즐겼거나 익숙하리라 생각되는 노래와 춤을 보여 줌으로써 객수를 치유하게 하며, 조선의 춤을 연출함으로써 이국적 신선함을 느끼게 하려는 의도가 엿보이기 때문이다.

조선의 궁중은 사신연 종목을 위와 같이 정함으로써 잎으로 제징될 대외 악장에 일정한 방향을 수립하고자 했던 것으로 보인다. 명 사신에게 효과적으로 전달될 양식으로 시경체를,[13] 설행은 당악을 기반으로 하는 당악정재를 목표로 정한 것이다.

① 종친이 태평관太平館에서 사신을 위하여 연회를 하는데, 조양이 소서시
笑西施로 하여금 실과 소반을 이게 하고 스스로 아박牙拍과 무고舞鼓를 잡고
두드리며 춤을 추어 한껏 즐겁게 놀다가 파하였다.[14]

② 창성昌盛, 윤봉尹鳳 두 사신에게 각각 무고 1개씩을 주었다.[15]

③ 김을현金乙賢을 보내어 두 사신에게 석등잔石燈盞 각 2벌을 주고 윤봉이
〈한림별곡翰林別曲〉을 구하므로 승문원에 명하여 이를 등사하여 주게 하
였다.[16]

④ 임금이 왕세자와 문무 여러 신하를 거느리고 태평관에 거둥하여 창성,
이상李祥 두 사신에게 송별연을 열었다. 연회가 파할 무렵에 창성이 말하
기를, "내가 이 나라에 사신으로 온 것이 여러 번이니 말해야 할 일은 없
습니다." 하고 또 말하기를, "중국 조정의 한림원은 곧 귀국의 승정원으
로서, 다 유림이 모이는 관사입니다. 대체로 유생이 다 한소寒素한 것은
천하가 일반입니다." 하고 드디어 〈한림별곡〉을 써 가지고 돌아갔다.[17]

⑤ 이날 강옥姜玉등이 황주에 이르니, 선위사 성임이 선위례를 행하고 여
악을 쓰니, 금보金輔가 말하기를, "내가 본국에 있었을 때에 기생 옥생향
의 집에서 자라며 〈한림별곡〉과 〈등남산곡登南山曲〉을 익히어, 일찍이 경
태 황제의 앞에서 불렀다." 하고 즉시 기생 3, 4인을 불러서 부르게 하고
는 말하기를, "이 곡은 전에 내가 들었던 곡과는 다르다." 하였다.[18]

예문은 세종과 세조 대에 명 사신이 조선에서 접한 잔치에 관련된 기록이다. ①은 종친이 주관하는 사신연에서 〈아박정재〉와 〈무고정재〉를 설행한 것을 보여 준다. 그날 잔치의 전모를 알 수 없으나 통상 사신연이 7회 열린다는 점을 고려할 때, 이 잔치는 이전 잔치의 후속으로 보인다. 〈동동〉을 창사로 하는 〈아박정재〉와 〈정읍〉의 〈무고정재〉를 이 잔치에서 펼친 것은 태종 2년에 마련된 전거에 의한 것이며, '즐겁게 놀다가 파하였다'는 것은 명 사신들 또한 이들 종목에 대해 긍정적으로 수용했음을 뜻한다. ②는 사신 창성과 윤봉이 무고를 요구한 기록이다. 무고는 〈무고정재〉을 설행할 때 사용하는 무구^{舞具}로 아마도 두 사신은 사신연에서 〈무고정재〉를 인상 깊게 감상했고 그 무구를 본국으로 가지고 가려 한 것은 아닌가 한다. 게다가 ①과 비슷한 직간접적인 경험도 영향을 미쳤던 것으로 보인다.

③, ④는 앞서 함께 다녀간 사신 윤봉과 창성이 각각 다시 방문하여 〈한림별곡〉을 구했다는 기록이다. 이 두 사신은 세종조에 조선을 수십 번 방문하여 많은 물품을 요구한 바 있지만, 노랫말을 요청한 것은 드물었다. 공식 연향 곡목에서 〈한림별곡〉은 없었지만 여러 차례 사신연에서 〈한림별곡〉이 연행되었을 가능성이 크며, 그때 이 노래를 감상할 기회를 얻었던 것으로 보인다. 경기체가 〈한림별곡〉은 한문구의 나열로 이루어졌고 명과 조선의 관료가 바라는 삶이 담겨 있어 문자 및 형식이나 내용 면에서 중국 측 사신들이 수용하기에 별문제가 없었을 것으로 추정된다.

⑤는 명 사신 금보가 조선 방문에 앞서 이미 〈한림별곡〉을 경험했

음을 보여 준다. 금보가 〈한림별곡〉을 다시 들어 보니 예전 노래와 다르고 황제 앞에서 불렀다고 한 것으로 보아 그는 이 노래에 해박하였음이 드러난다. 이처럼 명 사신 사이에서 〈한림별곡〉은 조선 출장과 관련이 깊은 노래로 기능하고 있었기 때문에 이후 사신연에 사용할 악장 제정에 경기체가 양식이 활용될 가능성을 열어 놓았다.

요컨대 고려 충렬왕부터 세종 때까지 외교 무대에서 연행된 종목들은 중국 쪽 입장을 최대한 배려하여, 음악은 중국의 당악에 바탕을 두고 연행 방식은 성악부터 정재까지 확장하였으며, 노랫말은 수용자가 긍정할 만한 것을 고정 값으로 두고 기존 작품을 활용하는 것과 새로운 양식을 시도하는 방향으로 진행되었다. 새로운 시도였던 경기체가 양식의 경우에도 〈한림별곡〉에 대한 중국 사신들의 적극적인 애호가 반영되었기에 가능했다고 볼 수 있다. 이렇게 신제 대외 악장의 성립 배경에는 누적된 외교 경험에서 비롯된 당악정재, 사詞, 시경체, 경기체가 양식 등이 자리하고 있었다.

3. 대외 악장의 성립과 변모 양상

1) 태종 대 대외 악장의 성립

영사평부사 하륜이 악장 두 편을 올리니, 교서를 내려 주어 칭찬하였다. (…) 왕은 이르노라. 대체로 들으니 임금과 신하의 사이에는 경계를 말하는 것이 귀하고, 성악의 도는 상을 이루는 데 있다고 하였다. (…) 주나라에 이르러서는 그 도가 점점 갖추어져 아와 송을 짓게 되어 지금까지 양양하다. (…) 이제 올린 〈근천정〉, 〈수명명〉 두 편의 악장을 보니, 바로 노래 부름에 그치는 것이 아니라 경계를 말함에 절실하오. 오직 내가 천정에 들어가 뵌 것은 신하의 직분으로 당연한 것이며, 그 명명을 받은 것은 천자의 은수가 다행하게도 부덕한 이 사람에 이른 것이니, 모두 아름다울 것이 없었다. 경이 이에 시가를 지어 권면하고 경계하는 뜻을 붙였으니, 아마도 영원히 그 어려움을 생각하여 무궁토록 보전하게 하려 함이다.[19]

태종 2년(1402) 6월 5일에 '국왕연사신악國王宴使臣樂'이 정비되었지만 4일 뒤인 9일에 하륜은 〈근천정〉과 〈수명명〉을 지어 올렸다. 사신연 제도가 완비된 마당에 새로운 대외 악장을 제작한다는 것이 부담스러웠을 것이나 태종은 하륜을 통해 이를 감행하였다. 정비된 사신연 종목에는 기존의 성악곡과 정재들이 놓여 있어서 태종 자신의 사공事功을 드러낼 수 없어 관행을 깼던 것으로 파악된다. 개국 초 대명 관계에서 태종 자신의 역할이 적지 않았음을 드러냄으로써 앞으로 조선과 명의 바람직한 외교 관계를 설정하는 데 이를 어느 정도 반영하고자 했던 것으로 보인다.

조선과 명의 관계가 좋지 않았던 태조 3년(1394)에 명은 조선의 왕자가 입조할 것을 요구한다. 이때 이방원(훗날 태종)이 입조하여 명 태조와 외교적 현안을 해결하고 돌아온다. 명 태조가 사망하고 태종이 왕위에 오른 이후 명은 혜제(건문제)와 연왕(훗날 명 성조; 영락제) 간 내전이 발생하고 이것이 정리되는 과정에서 태종은 명 혜제와 성조로부터 각각 고명誥命을 받게 된다.[20] 〈근천정〉은 왕자로서 명 태조와 회담한 것을, 〈수명명〉은 명 혜제로부터 고명을 받을 것을 소재로 하였다. '명 천자에게 조근하는 것이 신하로서 당연한 직분'이며, '자신이 고명을 받은 것이 천자의 은수恩數'라 하여 자신이 조선과 명의 외교관계의 시발점이자 기준임을 말하고 있다.

이 두 작품이 제작된 직후부터 궁중 연회에서 사용되었는지 확인할 수 없으나 10년이 지나면[태종 11년(1411)] 이것들은 정조군신동연正朝君臣同宴 종목 중 중요한 자리를 차지한다. 예조에서 설날 아침[원회元會] 군신 연회에 올릴 음악 차례에 대해 보고하자 태종은 〈몽금척夢金尺〉과 〈수보록受寶籙〉을 제거하고 그 자리를 〈근천정〉과 〈수명명〉으로 교체하라고 지시한다.[21] 얼마 후 하륜의 요청에 따라 〈근천정〉은 제1곡으로, 〈수보록〉은 제3곡으로 옮기는 것으로 마무리된다. 태종이 부왕 태조와 관련된 〈몽금척〉과 〈수보록〉을 대신하여 자신과 관련된 악장을 군신연회의 종목으로 삼으려 한 것은 표면적으로는 이 두 작품이 도참이라는 점을 내세웠지만, 실제로는 자신의 대외적 위상을 통해 대내적인 영향력을 미치려 했던 것으로 보인다. 이렇게 〈근천정〉과 〈수명명〉을 사신연과 군신연에 활용하게 함으로써 대외적으로는 외교 관계를, 대내적으로는 통치 기준을 전조 혹은 부왕에 두지 않고 태종 자신에 두고자 하였다.

한편 〈근천정〉과 〈수명명〉은 세종 때 군신 동지冬至 및 정조 회례연, 8월·9월 양로연에서 성악곡 종목으로 두었으며, 성종 때에는 이것들을 정재화한다.《악학궤범》〈시용당악정재도의〉에 〈근천정〉과 〈수명

명〉은 당악정재로 자리하였다. 당악정재로서 〈근천정〉과 〈수명명〉은
당악정재의 절차에 따라 '진구호進口號–치어致語–창사唱詞–퇴구호退口號'의
순으로 설행 과정을 보여 준다. 창사는 하륜의 악장을 그대로 사용하
고 있으며, 진·퇴구호와 치어는 창사의 내용을 중심으로 구호·치어
의 관습적 양식에 따라 제작하였다. 〈근천정〉과 〈수명명〉의 당악정재
화는 태종과 명 황제의 역사적 사건을 화려한 궁중 연행 종목으로 승
격하여 양국 간 긴밀한 관계 유지를 연향을 통해 확산하게 하려는 의
도가 있었던 것으로 보인다.

(1) 〈근천정〉

利觀天庭　　　천자의 궁궐에 알현해

承帝眷之優渥　황제의 은총을 넉넉하게 입었도다

端膺寶曆　　　단정히 영원한 시간을 받아

啓王業之延長　왕업의 영속함을 이끌었도다

擧有懽忻　　　모두 다 기쁘고 즐거워함에

恭陳頌禱[22]　　공손히 송축을 드립니다. 〈근천정〉 진구호進口號

태종이 잠저에 계실 때 대국에 들어가 조근하여 황세의 은택을 입고 횡제
로부터 예우를 받아 돌아오므로, 온 나라가 노소가 기뻐하여 경사롭게 여
겨 서로 노래합니다.

(太宗以潛邸 入觀天庭 蒙被帝眷禮 而遣遠國之 老幼懽忻慶忭 相與歌
之也.)　　　　　　　　　　　　　　　　　　　〈근천정〉 치어致語

振振王子　떨쳐 일어나신 왕자시여,

德音孔彰　덕성은 널리 퍼져 빛나도다

緝熙其學　빛나는 학문이요,

奎璧其章　주옥같은 문장이로다.　　　　　　　　　　〈근천정〉 1장

勉勉王子　부지런하신 왕자시여,

夙遵義方　어릴 적부터 의리와 도리를 따랐도다

專對來歸　천자를 대하고 나서 돌아오시니,

宗社之光　종사의 광영이로다.　　　　　　　　　　〈근천정〉 4장

　〈근천정〉의 진구호와 치어는 태종의 명 방문과 그 성과를 주제로 하면서도 약간의 차이가 있다. 형식은 사詞체로 본사(창사)의 4언4구에 비해 다소 느슨한 구조를 보인다. 진구호에서는 태종의 조근이 왕조의 영속함을 보장하고 있음을, 치어에서는 태종이 왕자 시절에 명을 방문하여 외교 성과를 거둔 것을 부각하고 있다. 〈근천정〉 5개 장 중 2, 3, 5장은 이와 비슷한 내용을 반복하고 있으나 1, 4장에서는 태종이 학문과 문장이 뛰어나고 근면하고 도리를 갖춘 자임을 드러낸다. 그리고 퇴구호에서는 태종의 선정을 강조하는 것으로 마무리한다.

　당시 국내외 정세는 왕자의 난으로 국내 정국은 안정되지 못했고 명나라는 내전으로 혼란한 상황이 얼마간 이어졌다. 이때 태종은 조선의 정국을 수습하기 위해 양국 간 긴밀한 외교 채널을 가동하고자 했던 것으로 보인다. 자신이 외교 특사였던 점을 십분 활용한 것이다.

이처럼 〈근천정〉에서는 역사적 사실인 태종의 조근을 소재로 하여 태종이 등극 이전부터 대외 정치에서 능력이 있음을 증명하고, 아울러 그의 덕성을 칭송함으로써 왕위 찬탈의 정당성을 확보하였다.

(2) 〈수명명〉

태종이 예로써 사대하자 천자가 밝은 명을 내리고 아울러 인장과 면복을 하사하므로, 나라의 사대부가 기쁘고 감격하여 서로 노래했습니다.

(太宗事大以禮 天子錫明命 從以印章冕服 國之大夫士 懽欣感激 相與歌
之也.)   〈수명명〉 치어

知我初服   우리 임금께서 처음으로 왕위를 계승하심에
實是無疆之休   진실로 이는 끝없는 복인 줄 알리로다
畜君何尤   임금이 어찌 허물을 그치지 않으리요
迺爲相悅之樂   이는 서로 기뻐하는 즐거움이로다
禮儀卒度   예와 법도 마침내 들어맞으니
德音不忘   임금의 말씀 잊지 않으리로다.   〈수명명〉 퇴구호

〈수명명〉의 치어는 태종과 명 황제 사이의 관계를 '사대-명명'으로 요약한다. 태종이 명나라에 대해 사대의 자세를 보이므로 명 황제는 고명으로 답하고 이를 증명할 인장과 면복을 하사했다는 것이다. 태종 이전에 태조와 정종이 명으로부터 고명을 받지 못했기 때문에 조선 초기 국제 질서 속에서 조선은 정상 국가로서 활동하기 미편한 상

황이었다. 그러나 태종이 고명을 받음으로써 조선은 역성혁명의 당위성을 대내외적으로 인정받은 것이다. 퇴구호에서 '처음으로 왕위를 계승하심'을 복으로 여긴 것도 이러한 맥락에서 이해할 수 있다. 이런 까닭에 '나라의 사대부가 감격했다'는 표현이 단지 수사에 머무르지 않음을 알 수 있다. 혁명에 참여한 일부 사대부인 경우 자신들의 명분을 외부로부터 인정받았기 때문에 이후 정국 운영에 탄력을 받을 수 있었기 때문이다.

亹亹我王	부지런하고 근면하신 우리 임금이시여	
德明敬止	성덕이 밝고 (하늘과 선왕께) 공경하시도다	
孝友施政	효도와 우애로 정사를 펴시니	
令望不已	훌륭하신 명망은 끝이 없도다.	〈수명명〉 1장

翼翼乃心	마음에 늘 공손하고	
事大惟一	삼가 큰 나라 받들기를 한결같이 했도다	
奉揚聲教	말씀과 가르침을 받들어 올리니	
漸于出日	점점 햇살이 퍼지는 듯하도다.	〈수명명〉 2장

帝錫明命	천자께서 밝은 조서詔書을 내리시니	
金印斯煌	황금 인장印章 찬란하도다	
又何錫之	또한 주신 것은 무엇인가	
袞衣九章	아홉 무늬의 곤룡포로다.	〈수명명〉 3장

於樂我王　아, 기쁘구나 우리 임금

如日之昇　해가 떠오르듯 밝으시도다

貽謀克正　지략과 능함과 본보기를 남기셨으니

萬世其承　만세토록 계승하리로다.　　　　　　　　　　〈수명명〉 6장

〈수명명〉 1장에서는 태종의 인성을 중심으로 예찬하고 있다. '근면, 덕성, 공경, 효도, 우애' 등 인자[仁者]의 자격 요건을, 구체적인 사례 없이 선언적으로 나열하고 있다. 1장에서 태종이 인간으로서 완성된 자임을 노래했다면 2장은 조선의 왕으로서 긍정적 자세를 말하고 있다. 이렇게 1장과 2장은 태종이 현실적이고 계산적인 차원이 아니라 생래적 인성에 기인하여 사대하고 있음을 보여 준다. 3장에서 명 황제가 고명과 함께 인장과 곤룡포를 내린 것을 통해 진솔한 마음이 통했음을 전하고 있다. 6장은 앞서 정서적 차원을 넘어 통치적 차원에서 태종의 지략을 찬양하고 있다. 태종의 이러한 외교 전략이 조선의 만세 보전에 적지 않게 기여할 것이라 노래를 맺고 있다. 이처럼 〈수명명〉은 태종이 명 황제로부터 받은 고명으로 조선이 국제 사회에서 정상 국가로 인정받게 된 점을 부각함으로써 역성혁명의 정당성과 조선 왕조의 영속성이 보장되었다고 노래하였다.

한편 태종 2년 6월에 하륜이 지은 〈수명명〉은 명 혜제에게 고명을 받은 지 일 년이 된 것을 기념한 노래이지만 당악정재 〈수명명〉은 혜제와 성조 모두 관련 지을 수 있다. 태종 2년 7월 명 혜제는 실각하고 성조가 황제에 올라, 그해 10월 12일에 명 성조는 사신을 보내어 황제

의 등극을 알린다.[23] 그리고 그다음 해에 명은 다시 사신을 통해 새로운 인장을 보내 주었다.[24] 태종은 명 혜제와 성조에게 모두 고명과 인장을 받았기 때문에 하륜의 〈수명명〉이 비록 혜제와 밀접할지라도 혜제를 특정하지 않는다면 어떤 수여자에게도 통용될 수 있어 성종 때 창제한 당악정재 〈수명명〉의 치어에서 이를 더욱 추상적으로 진술한 것이다.

태종 대의 〈근천정〉과 〈수명명〉은 성악곡으로 출발했으나 성종 대에 이르면 당악정재로 성장한다. 두 노래의 당악정재화는 궁중 예술사적 측면에서 궁중 정재의 다양화, 대내외 궁중 연회 종목의 확장 등에서 의미가 있으며, 악장사적 측면에서 당악정재의 양식적 특성을 활용하여 노래의 주인공을 중층적으로 칭송하는 문학적 장치를 마련했다고 할 수 있다. 엄격한 시경체의 창사에서는 대상을 가까이서 예찬하고 창사 전후에 비교적 느슨한 사 형식의 치어와 구호에서는 대상을 멀리서 조망하고 평가하고 있다. 이를 통해 작품을 입체적으로 조망하고 설득력을 높일 수 있었다. 그리고 〈근천정〉과 〈수명명〉을 각각 놓고 보면 명 태조와 혜제(또는 성조)를 찬양하고 있지만 두 작품을 함께 놓고 보면 태종에 대한 송축이 두드러진다.

다만 노래의 내용이 태종과 명의 두 황제에 집중되다 보니 이후 활용하는 데 제한이 있게 마련이다. 다시 말해 양국의 군주를 주인공으로 삼은 점, 노랫말을 사 및 시경체를 병행한 점, 설행을 당악정재까지 확장한 점 등은 대외 신제 악장이 성과이기는 하나, 작품의 내용이 태종의 역사적이고 구체적인 일에 국한되어 있어 각종 연회에 올리기에는 한계가 있다고 할 수 있다.

2) 세종 대 대외 악장의 변모

(1) 〈하황은〉

상왕(태종)은 변계량에게 명하여 〈하황은〉을 짓게 하였는데, 장차 사신을 대접하는 자리에 쓰자는 것이었다. 서문에 "〈하황은〉은 석명錫命을 받은 때문이라, 전하께서 부왕의 명령을 받들어 국사를 임시 통치하시다가, 이윽고 황제의 고명을 받았기에 나라 사람들이 즐거움에 넘치어 〈하황은〉을 지었다."라고 하였다.[25]

세종 원년(1419)에 태종은 세종이 고명을 받은 것을 기념하여 사신연에 사용할 악장을 제작하라고 명하였고, 이에 변계량은 〈하황은〉을 지어 올렸다. 이미 사신연에 사용할 신제 악장이 있었으나 별도의 악장을 제작하라고 지시한 것은 차후 조선과 명의 지속적 외교 관계를 정립하고자 했기 때문이다. 태종은 자신이 처음으로 고명을 받았으나 이후 이를 정례적 외교 관계로 이어 가기 위해서는 다음 왕이 순조롭게 고명을 받는 것이 중요하다고 여겼다. 그리고 〈근천정〉·〈수명명〉이 태종과 밀착되어 있어 세종과는 거리가 있는바 세종에게 해당된 악장이 필요하였다. 이렇게 함으로써 앞으로 세종(및 그 후왕들)이 명과의 관계를 긍정적으로 유지하기를 바랐던 것이다.

特荷天子之恩　특별히 천자의 은총을 입어

乃正厥位　이내 그 왕위를 바르게 했도다

載歌吾君之德　이에 우리 임금 높은 성덕을 노래하니

以矢其音　그 소리 살처럼 퍼지도다

敢冒宸顔　감히 용안龍顔을 가까이 두어

庸陳口號　구호를 올리나이다.　　　　　　　〈하황은〉 진구호

(…)

明昭父王　영명하신 부왕께서

允也知子　진실로 아들을 알아보셨도다

迺倦于勤　정사에 피곤함을 느끼시자

迺托國事　나랏일을 맡기셨도다

皇帝曰俞　황제께서 옳게 여기시어

錫是明命　명석한 명을 내렸도다

王拜稽首　왕께서 머리 조아려 절하니

皇帝神聖　신성하신 황제로다

皇帝神聖　황제께서 신성해

恩溢朝鮮　그 은혜 조선까지 넘치도다

小大舞蹈　모든 사람들 춤추며

感極天淵　천자에 감격하도다

綿綿宗社　종묘사직이 이어 나감이

彌億萬年　억만년 동안 계속되리로다.　　　　　　〈하황은〉

式燕以娛	잔치로 즐기니
禮聿成於旣洽	예는 이미 흡족하게 완성되었도다
俾昌而熾	(자손을) 번창하게 하고 빛나게 하시어
壽願享於無疆	영원히 장수하기를 바라옵니다
樂節將終	음악이 끝나려 하니
拜辭少退	절하고 조용히 물러납니다.　　　　〈하황은〉 퇴구호

〈하황은〉은 태종 대의 예기치 않았던 왕위 계승 문제가 명 황제의 고명으로 해결되었음을 보여 준다. 세자이던 양녕대군을 폐위하고 충녕대군을 세자로 앉힌 점, 세자로 임명한 지 두어 달 만에 그에게 양위한 점 등을 '태종이 아들을 알아보고 나랏일을 맡겼다'로 요약하고 있다. 황제의 석명으로 이러한 일련의 과정이 일거에 정리되었다. 노래에서 황제의 판단이 조선에는 은혜이자 억만년 종묘사직의 기틀이라 한다. 〈수명명〉이나 〈하황은〉이 명 황제의 고명을 주제로 하고 있으나, 노래에서 보듯 〈하황은〉은 대내 반대 여론을[26] 잠재우고 자신이 구상하는 승계 작업을 관철하기 위해 명 황제의 석명을 끌어왔다.

　〈하황은〉은 성종 때 당악정재화를 하는데, 이때 진구호와 퇴구호가 추가된 것으로 보인다. 진구호와 퇴구호는 세종이 석명을 받은 전후 사정보다는 결과적 차원에서 선왕과 현왕에 대해 송축하고 있다. 진구호에서는 세종과 관련된 내용을 언급하고 있지만 후왕이 이를 계승하고 있음을 암시하고 있고, 퇴구호에서는 현왕을 대상으로 조선의 영원한 미래를 기원하고 있다.

이처럼 〈하황은〉은 태종 대의 〈수명명〉을 이으면서도 현재형으로서의 의미를 강조하고 정재화하는 과정에서는 현왕과 후왕을 염두에 두어 수용의 범위를 확장했다고 할 수 있다.

(2) 〈하성명〉

변계량이 봉교에 의하여 〈하성명〉 3장을 지어 올렸는데, 말하기를 "삼가 생각건대 황제 폐하는 등극하신 뒤로 세상이 편하게 되고, 상서祥瑞도 거듭 이르게 되어, 우리 동방 사람으로서 기뻐하여 춤추며, 이 시를 지어 상서가 오게 된 것을 노래하여 송도하는 뜻을 나타냅니다."[27]

〈하황은〉을 제작한 그해 12월에 변계량은 〈하성명賀聖明〉을 제작하였다. 하교의 주체가 태종인지 세종인지 알 수는 없지만, 세종 즉위 초 태종이 섭정했으므로 그가 관여한 것으로 추정된다. 〈하성명〉은 〈하황은〉과 10개월가량 차이는 있지만 〈하황은〉의 자매편으로 보인다. 태종 때 〈근천정〉과 〈수명명〉의 관계에서 보듯 이 두 작품도 짝을 맞추기 위한 것이 아닌가 한다.

하지만 〈하성명〉은 지금까지 제작된 대외 악장들과 차이가 드러난다. 〈근천정〉, 〈수명명〉, 〈하황은〉 등에 비해 이 작품은 명 황제만을 대상으로 하고 있다. 이전 작품들에서는 조선의 왕과 명 황제가 일정한 비율로 등장하고 있어 명 황제와 조선의 국왕에 대한 칭송이 담겨 있기는 하지만, 간혹 조선의 국왕 쪽에 기울어진 감이 있었다. 이에 명 황제를 단독 주연으로 하는 악장을 제작함으로써 대명 외교 관계의 밀도를 높이려고 했던 것으로 보인다. 그리고 〈하성명〉은 제작 단계에서부터 정재용 악장을 고려하였다. 이전의 대외 악장은 창사를 먼저 제작하고 난 이후 진·퇴구호를 추가하는 방식으로 당악정재화를 하였으나 〈하성명〉은 당악정재를 창제하기 위해 처음부터 진·퇴구호를 함께 두었던 것이다.[28] 이렇게 볼 때 〈하성명〉이 비록 〈근천청〉, 〈수명명〉, 〈하황은〉에 비해 늦게 제작되었지만, 당악정재로서는 먼저 완성이 되고 이후 이전 악장들을 당악정재로 견인한 것으로 생각할 수 있다.

〈하성명〉은 서응을 노래한 것입니다. 삼가 생각하옵건대 황제 폐하께서 등극하신 이래로 천하가 태평하여 상서가 폭주하옵니다. 우리 동방 사람은 못내 기뻐 무도하오며, 이 시를 지어 서응을 가영하여 송축하는 마음을 나타냅니다.

(賀聖朝歌瑞應也 欽惟皇帝陛下 御極以來 宇內寧謐 祥瑞荐臻 吾東方之人 懽忻舞蹈 作此詩 歌詠瑞應 以致頌禱之意焉.)　　　　〈하성명〉 치어

惟帝之德 昭格于天　황제의 성덕이 하늘에 빛나게 이르도다
天降甘露 地出醴泉　하늘은 감로를 내리고 땅에는 예천이 솟도다
河淸龜見 靈芝燁燁　황하가 맑아지고 거북이 나타나며 영지가 성하고
　　　　　　　　　　빛나도다
金水瑞氷 諸象布列　금빛 물과 상서로운 얼음 모든 형상이 펼쳐지도다
五彩慶雲 紛紛郁郁　오색의 상서로운 구름은 흩날려 빛나도다

浙江沘河 感應昭宣　절강과 비하는 감응해 밝게 드러내도다

禎祥之至 前後聯線　상서로움이 이르기를 앞뒤로 연이었도다

小大稽首 天子萬年　모든 백성들이 머리를 숙여 천자의 만수무강 비옵
　　　　　　　　　니다.　　　　　　　　　　　　〈하성명〉1장

惟帝至仁 洽于民人　황제의 지극한 인덕은 백성들을 흡족히 적셨도다

鳥獸咸若 瑞應昭陳　모든 짐승도 유순하니 상서가 빛나게 펼쳐진 것이
　　　　　　　　　로다

于嗟騶虞 濯濯麒麟　아 저 추우여 빛나는 기린이여

白鳥鮮明 瑞祥柔馴　학은 깨끗하고 빛나며 상서로운 것들 모두 유순하
　　　　　　　　　도다

獅子旣見 福祿來臻　사자가 이미 나타나니 복록이 이르도다

玄兎白雉 世不常有　검은 토끼와 흰 꿩은 세상에 드문 것들이로다

萬邦來賀 罔敢或後　만방에서 하례하러 오나니 늦지 않으려 하는도다

小大稽首 天子萬壽　모든 백성이 머리를 숙여 천자의 만수무강 비옵
　　　　　　　　　니다.　　　　　　　　　　　　〈하성명〉2장

惟帝至誠 無所不格　황제의 지극하신 정성이 이르지 않은 곳 없도다

報恩五臺 祥瑞雜還　보은과 오대에까지 상서가 모두 이르도다

空見如來 諸佛菩薩　부처님과 여러 보살과

磷磷寶塔 羅漢千百　반짝이는 탑과 나한은 천백千百이로다

龍鳳獅象 左右周匝　용 봉황 사자 코끼리가 좌우로 둘러 있도다

天花祥雲 璀璨燁煜　영묘한 꽃과 상서로운 구름은 반짝이며 빛나도다

種種靈異 不可備述　온갖 영험과 신이함을 일일이 설명할 수 없도다

大小稽首 天子萬福　모든 백성이 머리를 숙여 천자의 만수의 복을 비옵

　　　　　　　　　니다.　　　　　　　　　　　　〈하성명〉 3장

〈하성명〉은 진구호와 치어 그리고 퇴구호에서 말한 대로, 명 황제
에게 내린 상서로움을 3장에 걸쳐 노래하고 있다. 〈하성명〉의 각 장은
4언 18구로 1, 2구에서 황제의 덕을 선언하고 3~16구는 장별로 구체
적인 예를 들어 주제를 강화하고 17, 18구에서는 백성이 황제의 만수
무강과 복을 기원하면서 마무리한다.

제1장은 황제에게 내린 상서로움을 신비한 자연 현상으로 보여 준
다. 감로가 내리고 예천이 솟아나며, 황하는 맑아지고 하도낙서^{河圖洛書}
와 영지가 보이며, 오색구름이 나타나는 등 온갖 상서로운 징조를 나
열하고 있다. 이는 모두 성인과 관련된 동아시아의 오래된 고사로 익
숙한 상징을 통해 이해를 높이려 했던 것으로 보인다.

제2장에서는 상서로운 동물을 들어 황제의 덕을 칭송하고 있다. 성
인의 덕에 감응해야 나타난다는 상상의 동물인 추후와 기린, 현실에
있지만 신성한 의미를 지닌 학, 사자, 검은 도끼 그리고 흰 꿩 등이 황
제를 찾아온다고 한다. 황제의 덕이 자연 현상을 넘어 동물의 세계까
지 퍼져 있음을 말하고자 한 것이다.

제3장에서는 황제의 덕이 심지어 부처의 세계와 닿아 있다고 한다.
유명 사찰인 보은사, 문수보살이 산다는 청량산에도 황제의 덕이 미

쳤다. 부처, 보살, 나한과 불교 상징물인 탑, 코끼리, 천화 등이 모두 황제의 덕으로 인해 찬란하다고 말한다. 대개 부처의 덕을 칭송할 때 사용하던 수사들이 이 장에서는 황제의 덕을 위해 그 자리를 대신하였다. 결국 황제는 부처보다 높은 경지에 있음을 보여 주었다.

〈하성명〉은 애초 당악정재로서 출발한 결과 구조와 내용 면에서 심미성을 드러낸다. 진구호와 치어에서 황제의 덕을 추상적으로 진술한 뒤 창사에서 구체적인 예를 들어 보인 뒤 퇴구호에서 다시 거두는 방식을 취하고 있다. 세 개 장은 자연 현상, 신비한 동물, 부처 세계 등을 소재로 하여 서로 간에 균형을 유지하고 있으며, 각 장의 1·2구는 진구호와 치어에, 15·16구는 퇴구호와 가까운 내용을 배열하고 있다. 이렇게 전체적으로 계기적 구성을 통해 황제의 덕에 대한 개념적 진술, 상서로움을 보여 주는 구체적인 예, 백성의 칭송 등을 드러내고 3장은 계열적 배치를 통해 성인으로서의 황제와 그가 끼친 광폭의 세계를 입체적으로 보여 줌으로써 구조적 긴밀성과 내용의 유기성을 확보했다고 할 수 있다. 세종 2년에 사신연을 경험한 명 사신이 〈하성명〉을 요구한 것도[29] 이러한 작품성이 작용한 것은 아닌가 생각한다.

(3) 〈성택〉

〈성택〉은 조정의 사신을 위로하는 것이요, 사신을 위로함은 황제의 덕을 흠모하기 때문입니다. 우리 전하께서 성심으로 사대하시기에 황제께서 가상히 여기시고 특별히 사신을 보냈습니다. 백성들이 기뻐하여 이 노래를 지었습니다.

(聖澤慰朝廷使臣也 尉使臣所以欽上德也 殿下事大以誠 帝用嘉之特遣
使臣 國人懽忻 作是歌焉.) 〈성택〉치어

(…)

昭明我王　밝고 빛난 우리 임금은

允也繼述　선왕의 뜻 계승해

克敬克誠　공경과 정성을 다하시어

昵承優渥　황제의 넓고 두터운 은혜 받았도다

翩翩使車　가볍고 날쌘 사신의 수레는

載馳原濕　언덕과 늪을 바삐 달려

自天子所　천자가 계신 곳에서

來莅遐域　먼 나라까지 이르도다

王出郊迎　우리 임금 성 밖으로 나가 맞이하니

如覲穆穆　마치 천자를 알현하듯

王拜稽首　우리 임금 절하고 머리 숙여

聖壽萬億　천자의 만수무강을 비나이다

維王之誠　지극한 우리 임금의 정성과

維帝之德　거룩한 황제의 덕

上下交泰　상하가 서로 합쳐져서

慶流罔極　경사스러움이 영원히 전해지리로다. 〈성택〉

세종 10년에 예조에서 〈성택聖澤〉을 제작하였다. 〈하성명〉과 마찬

가지로 당악정재에 맞게 진구호에서 퇴구호까지 마련하였다. 치어에서 보듯 이 작품의 제작 동기는 명의 사신을 위로하기 위해서이다. 조선 국왕이 명 황제를 성심껏 섬긴 것에 황제가 사신을 보내와서 백성이 즐거워하니 조선의 궁중은 마땅히 사신을 위로하여 명 황제의 덕을 기려야 한다는 것이다. 태종 때부터의 지속적 사대, 이에 대한 황제의 특사 파견, 사신 위로를 통한 감사의 뜻 전달 등이 이 작품의 골자이다.

이 작품은 명 황제의 덕을 칭송하는 것에서 이전의 대외 악장들과 궤를 같이하나 사신을 부각한 점은 차이라 할 수 있다. 인용된 부분은 세종이 태종의 뜻을 받들어 명 황제에 정성을 다하니 황제가 사신을 통해 성택을 전했다는 내용이다. 작품에서 사신이 부각된 곳은 황제의 은택을 전하러 온 사신의 모습과 역할을 역동적으로 묘사된 부분이다. 가볍고 경쾌하게 이동하는 사신의 수레, 언덕과 늪의 장애에도 구애받지 않고 천자의 땅에서 조선까지 도달한 것을 압축적으로 보여준다. 이렇듯 명과 조선의 물리적 거리를 사신의 훤칠한 행보를 통해 좁혀 놓은 것이다. 이에 그러한 수고로움과 고마움을 천자를 알현하듯 마중하니, 그 결과 '우리 임금의 정성'과 '황제의 덕'이 합일했다고 한다. 따라서 이 작품은 조선과 명의 매개자로서 사신의 역할이 강조되고 있음을 알 수 있다.

이전의 대외 악장의 소용所用이 사신연에 있다고 하나 텍스트는 명 황제를 칭송하는 데 집중되었다. 이런 까닭에 사신연에서 대외 악장을 담은 정재를 행할 때, 악장은 사신의 수고로움에 대한 위로보다는 황제에게 칭송의 뜻을 전해 주기를 바라는 의미가 강조되었다. 하지만 실제 외교 업무를 수행하는 사신이 주인공으로 삼은 악장이 없었기 때문에 사신용 대외 악장을 제작할 필요를 절감했던 것으로 보인다. 따라서 현실적으로 양국을 왕래하는 사신의 역할이 중요성을 세종 10년에 예조에서 〈성택〉을 통해 보여 주었다고 할 수 있다.

(4) 〈가성덕〉과 〈축성수〉

예조에서 계하기를 "신제한 〈가성덕〉과 〈축성수〉 악장 2편을 청컨대 악부에 기재하여 연향에 사용하소서." 하니 그대로 따랐다.[30]

세종 11년에 예조에서 경기체가 양식을 활용한 두 편의 대외 악장을 제작하였다. 경기체가 양식의 대외 악장은 이미 〈한림별곡〉을 애호했던 명 사신들의 취향이 반영된 것으로 보인다. 그리고 경기체가가 갖는 특유의 집약 구조, 즉 '~경'은 주제를 드러내는 데 효과적이기 때문에 전달 목적이 강한 대외 악장에 적합한 양식이기도 하다. 그리고 이 두 작품의 제작은 지금까지 대외 악장이 사 및 시경체와 당악정재에 편향된 것에서 벗어나 경기체가 형식과 성악곡으로 사신연의 연행 종목을 확장하려는 의도가 있었던 것으로 파악된다.

九天上 皇華使 聿至海東　　구천 위의 황화사가 해동에 이르러

宣上德 達下情 洞達無間　　황제의 덕을 펴시어 백성의 마음에 미치
　　　　　　　　　　　　　게 하사 통달함이 사이가 없도다

玉節星輜 峩冠麗服 望若天仙　옥절 성초와 아관 여복을 바라보매 천선과 같으니

偉 愛之敬之景 何如　위 사랑하고 공경하는 경 어떠하니잇고

〈가성덕〉 2장

天無風 海不波 躋世雍熙　하늘에는 바람 없고 바다에 물결 없어 세상은 태평 성세로 오르게 되고

重九譯 獻百琛 庶邦來賀　먼 해외의 사절이 백 가지 보배를 바치고 여러 나라가 와서 하례하매

一人有慶 萬福來同 海宴河淸　한 사람의 경사로다 만복이 와서 함께 하매 바다가 평온하고 하수가 맑아졌도다

偉 天下大平景 何如　위 천하가 태평한 경 어떠하니잇고

殊方異域 款塞稱臣再唱　이역에서 내조하여 신하라 일컬으니 (재창)

偉 天下大平景 何如[31]　위 천하가 태평한 경 어떠하니잇고

〈가성덕〉 4장

〈가성덕歌聖德〉은 총 6개 장으로 구성되어 있으며 2장을 제외하고는 모두 전·후절로 구성된다. 전체적으로 황제에 대한 송축(1장), 사신에 대한 찬사(2장), 황제 은덕에 대한 사방 백성의 감격(3장), 황제의 덕으로 인한 천하태평(4장), 지속적 사대에 대한 다짐(5장), 사신 영접의 자세(6장) 등이 내용의 골자를 이룬다.

〈하성명〉과 〈성택〉이 명 황제와 명 사신에 초점을 두어 단조로운

주제를 형성하였던 것에 비해 〈가성덕〉은 이 둘을 함께 담음으로써 명 황제에 대한 송축과 사신의 역할에 대한 감사를 동시에 보일 수 있었다. 사신연의 목적이 사신에 대한 위로와 그를 통한 충실한 전달 요청이라면 이 노래는 이런 점을 다분히 반영하고 있는 셈이다. 2장에서 사신은 〈성택〉에서처럼 역동적인 모습 대신에 빛나는 수레에 화려한 의복으로 의젓이 있는 모습으로 그리고 있다. 그러한 그들을 사랑과 공경으로 대하는 것으로 2장을 마무리한다. 4장에서는 〈하성명〉의 1~3장의 주제들이 수렴되어 황제의 덕을 찬양하고 있다. 조화로운 자연 현상, 안온한 인간 세상의 완성 등을 열거하면서 '천하태평'으로 수렴하고 있다.

我朝鮮 在海東	우리 조선 해동에 있어
殷父師 受周封	은나라 부사께서 주나라 봉함을 받았으니
偉 永荷皇恩 景何如	위 황은을 길이 입은 경 어쩌하니잇고 〈축성수〉 1장

惟我王 繼祖宗	우리 임금 조종을 이으사
致其孝 盡其忠	효도를 이루고 충성을 다하시니
偉 永荷皇恩 景何如	위 황은을 길이 입은 경 어쩌하니잇고 〈축성수〉 3장

帝仁聖 擴包容	황제는 인성을 넓히시어 포용하고
懷柔篤 眷顧隆	회유하사 돈독한 사랑이 특별하시니
偉 永荷皇恩 景何如	위 황은을 길이 입은 경 어쩌하니잇고 〈축성수〉 5장

使華至 宣皇風	사신이 이르러 황풍皇風을 펴시매
絲綸密 錫予重	윤음을 은밀히 내리사 두터이 하시니
偉 永荷皇恩 景何如	위 황은을 길이 입은 경 어떠하니잇고 〈축성수〉 6장

化東漸 軼禹功	교화가 동쪽으로 펴져 우임금보다 뛰어나매
望北極 歌時雍	북극을 바라보고 성세를 노래하니
偉 永荷皇恩 景何如	위 황은을 길이 입은 경 어떠하니잇고 〈축성수〉 9장

〈축성수祝聖壽〉는 총 10개 장으로, 경기체가 양식의 축약형으로 구성되어 있다. 4개 시어의 나열과 후렴구의 기능을 하는 '偉 永荷皇恩 景何如'이 1개 장을 이룬다. 경기체가 양식이 대개 전·후절로 구성되고 '~경'은 장마다 달라지는 것을 상기할 때 이 작품은 형태가 특이하다. 게다가 〈하황은〉의 제목을 경기체가 양식의 집약적 시어로 사용함으로써 명에 대한 조선의 외교 정책이 황제를 향한 것임을 부각하고 있다. 아마도 예조에서는 〈가성덕〉과 〈축성수〉를 동시에 올리면서 경기체가 양식을 다양하게 활용하려는 의도가 있었을 것이다.[32]

〈축성수〉는 〈가성덕〉이 예찬 대상을 복합적으로 제시한 것에서 나아가 이를 더욱 확장하고 있다. 10개 장으로 구성한 것도 이를 고려한 것이 아닌가 한다. 특히 이 작품은 조선과 명의 관계를 역사적으로 넓혀 놓았다. 1장에서 주나라가 기자에게 봉작을 내린 점을 언급함으로써 양국 간 장구한 외교 역사를 드러내고 있다. 2장에서는 팔조八條의 가르침과 교화가 현재까지 이어지고 있음을 강조하였다. 3장에서 현왕이 조종을 이었다는 것은 세종이 태종을 이은 것으로 볼 수 있지만 넓게는 조선이 기자 조선의 뜻을 이었다고도 해석할 수 있다. 어느 경우이든 '충성'이 항구적임을 밝히고 있다. 3장이 조선과 조선의 국왕을 중심에 두었다면, 5장은 명 황제를 주인공으로 하여 인덕을 추앙하고 있다. 〈하황은〉, 〈하성명〉 등에서 언급한 황제의 은혜를 다시 한 번 보여 준 것이다. 6장은 황제의 대리자로서 사신의 활약을 〈성택〉, 〈가성덕〉과 비슷한 맥락에서 제시하고 있다. 이처럼 〈축성수〉는 대외 악장의 종합판으로, 양국의 외교 관계를 주대周代로 소급하여 오랜 역사임을 제시함으로써 명 황제에 대한 송축, 명 사신에 대한 위로와 찬사, 조선 국왕의 사대 자세 등을 노래하였다.

세종 대의 대외 악장은 태종 대의 것을 계승하면서도 적지 않은 변화가 있었다. 경기체가 양식의 두 작품을 제외하면 모두 당악정재를 고려하여 제작함으로써 (비록 성종 때이기는 하지만) 태종 대에 제작된 악장들과 함께 당악정재로 설행되었다. 〈하황은〉은 태종 대의 〈수명명〉과 제작 동기가 유사하나 초점이 세종 자신에 머물지 않고 후대 왕들까지 포용할 수 있었다. 태종 대의 〈근천정〉과 〈수명명〉과 자매편을 이루었듯이 〈하황은〉과 〈하성명〉도 자매편의 성격을 지녔으나, 〈하성명〉은 명 황제를 단독 주인공으로 하여 예찬의 방법을 입체화하였다. 〈성택〉은 명 사신을 작품의 주요 대상으로 설정하여 사신연에서 소용 가치를 올려놓았다. 그리고 〈가성덕〉과 〈축성수〉는 경기체가 양식을 적극적으로 활용하고 예찬의 대상을 복수로 설정하여 전달의 효과를 극대화하였다. 또한 〈성택〉 이후 악장들은 대상을 특정하지 않음으로써 연회 상황에서의 범용성을 확보하였다. 이렇게 함으로써 태종 대에 대외 악장을 한계를 극복할 수 있었다.

4. 악장의 확산과 다양성을 보여 준 대외 악장

태종 대에 제작된 대외 악장에는 〈근천정〉, 〈수명명〉이 있으며, 세종 대의 작품에는 〈하황은〉, 〈하성명〉, 〈성택〉, 〈가성덕〉, 〈축성수〉 등이 있다. 이 작품들은 모두 명 황제와 사신을 주요 수용자로 상정하여 제작되었고, 사신연의 연행 종목으로 활용되었다.

대외 악장의 성립에는 이전 시대부터 누적된 외교적 연향 관성이 배경이 되었다. 고려 충렬왕 대에 〈감황은〉은 원나라 궁중 연회에서 부른 노래로, 양국 간 외교 문제 및 고려 왕실의 안정을 위한 목적이 반영되었다. 그리고 고려시대 및 조선 태종 대에 정비된 사신연 제도의 기록에서는 사용할 악곡, 형식과 내용 등이 소개되었다. 음악은 속악과 당악을, 연행 종목은 성악곡과 당악정재를, 형식은 시경체를, 내용은 관료들의 사기진작에 관한 것 등이었다. 또한 중국 사신들이 경기체가인 〈한림별곡〉의 애호 성향을 고려하여 경기체가 양식도 신제 대외 악장 제작에 참고하였다. 이러한 과정을 통해 새로운 대외 악장 제작은 당악과 당악정재, 사(詞)와 시경체, 경기체가 양식 등이 반영되었다.

태종 대의 〈근천정〉과 〈수명명〉은 처음 제작할 때에는 연향용 성악곡의 가사였으나 성종 때 당악정재화를 하였다. 이 두 작품의 당악정재화는 태종과 명 황제의 역사적 삽화를 화려한 궁중 연행 종목으로 승격하여 양국의 유대 관계를 강화하기 위한 것이었다. 〈근천정〉은 왕자 시절 태종이 명 태조와 회담한 것을, 〈수명명〉은 명 혜제와 성조로부터 고명을 받은 것을 소재로 한 노래로, 각각의 작품에서는 황제를 칭송하고 있으나 두 작품을 함께 보면 태종이 주인공인 것을 확인할 수 있다. 다만 어느 경우이든 노래의 내용이 태종과 명의 황제에 집중하다 보니 활용하는 데 제한이 있을 수밖에 없었다.

세종 대의 〈하황은〉은 성악곡으로 출발했으나 성종 때 당악정재화를 하였다. 이 노래는 세종의 등극과 왕위 책봉을 기념하기 위한 것으로 태종 때 신제 악장의 한계를 극복하기 위해 제작되었다. 대체로 이 작품은 〈수명명〉과 비슷한 주제를 지니고 있으나 작품에서의 지향점이 현재 이후 현왕과 후왕에 있는 점에서 차이를 지닌다. 〈하성명〉은 제작 당시부터 당악정재를 염두에 둔 것으로 〈수명명〉과 자매편의 성격을 띤다. 다만 이전 작품과 달리 명 황제를 단독 주인공으로 삼아 칭송한 점은 차이라 할 수 있다. 특히 명 황제에 대한 칭송을 신비한 자연 현상, 상서로운 동물, 종교 등을 활용한 점에서 대외 악장의 심미성을 높였다. 〈성택〉에서는 명 황제의 뜻을 전달하는 사신들을 주인공으로 하여 예찬의 대상을 확장하였다. 경기체가 양식을 활용한 〈가성덕〉에서는 인물을 특정하지 않고 명 황제, 사신, 조선 국왕 등을 장별로 각각 혹은 함께 예찬함으로써 연회의 활용도 및 주객 수용자 모두의 만족도를 높였다. 경기체가인 〈축성수〉는 〈가성덕〉에서의 주연들을 포용하면서 은나라 때부터 시작된 양국의 관계가 현재까지 이어지고 있음을 보여 줌으로써 양국 간 외교 역사의 지평을 넓혔다. 그리고 '~경' 부분에 '하황은'을 매장마다 배치하여 경기체가의 양식적 특징을 충분히 활용하였다.

이렇듯 태종과 세종 대의 대외 악장은 당악정재, 사 및 시경체, 경기체가 양식을 통해 송축의 대상을 '태종과 명의 태조·혜제·성조 → 특정하지 않은 황제 → 명 사신 → 현재의 명 황제, 사신, 조선 국왕 → 역사적 시간 속에서 명 황제, 사신, 조선 국왕' 등으로 변모 내지 확장했다고 할 수 있다. 이것은 악장의 외교적 기능성을 다각적으로 모색한 결과라 할 수 있다.

1 '대외 악장'은 국외 통치자 혹은 이와 관련되어 있는 자와 대내 국왕과의 관계를 작품의 소재로 삼고 주 수용자를 대외로 확장하여 성공적인 외교 활동과 대내적인 정치 안정을 목표로 하는 작품(군)을 지칭한다.

2 성기숙, 〈조선전기 궁중정재의 예악사상과 형상의식 연구〉, 성균관대학교 석사학위논문, 2000, 86~87면.

3 조규익, 《조선조 악장의 문예미학》(민속원, 2005), 453면.

4 류창규, 〈태종대 하륜의 악장 창작과 그 정치적 의미〉, 《한국사학보》 35(고려사학회, 2009), 199면.

5 신태영, 〈조선 초기 창작 정재의 악무와 예악사상〉, 《동방한문학》 제55집(동방한문학회, 2013), 53~54면.

6 《高麗史》世家 卷28 忠烈王 4年 7月. "王辭歸 帝使㤼薛旦安禿丘護送至北京 又遣脫脫兒等三官人 祖送東門外 命金方慶 隨王還國 皇太子亦遣人餞之 皇子脫歡 皇女忙哥歹皆至 諸官人 以達達歌舞 侑觴 王使忽赤能歌者 歌感皇恩曲 以酬之."

7 《高麗史》世家 卷31 忠烈王 22年 11月. "世子以白馬納幣於帝 尙晉王之女 是日宴 皆用本國油蜜果 諸王·公主及諸大臣 皆侍宴 至晚酒酣 令本國樂官 奏感皇恩之調 旣罷 王與公主詣隆福宮 太后設氈帳置酒 入夜乃罷."

8 악지에 감황은(령)으로 기록되어 있는데, 텍스트는 황제에 대한 직접적인 찬양은 보이지 않고 애상적 분위기를 담고 있다.

9 차주환, 《당악연구》(범학도서, 1976), 148~149면; 박은옥, 《고려당악》(문사철, 2010), 106~123면.

10 《太宗實錄》卷3 2年 6月 5日(丁巳). "國王宴使臣樂: 土與使臣坐定 進茶 唐樂 奏賀聖朝令 進初盞 及進俎 歌鹿鳴用 中腔調 獻花 歌皇皇者華 用轉花枝調 進二盞 及進初度湯 歌四牡 用金殿樂調 進三盞 五羊仙呈才 進二度湯 歌魚麗 用夏雲峯調 進四盞 蓮花臺呈才 進三度湯 水龍吟 進五盞 抛毬樂呈才 進四度湯 金盞子 進六盞 牙伯呈才 進五度湯 憶吹簫 進七盞 舞鼓呈才 進六度湯 歌臣工 用 水龍吟調 進八盞 歌鹿鳴 進七度湯 及九盞 歌皇皇者華 進八度湯 及十盞 歌南有嘉魚 用洛陽春調 進九度湯 及十一盞 歌南山有臺 用風入松調 或洛陽春調."

11 《增補文獻備考》卷106 俗部樂. "今之樂大抵中國之制 中國使至 常出家樂以 侑酒."

12 《高麗史》卷71 樂志. "(文宗) 十一月辛亥 設八關會 御神鳳樓觀樂 敎坊女弟子 楚英 奏新傳抛毬樂 九張機別伎 抛毬樂 弟子十三人 九張機 弟子十人."

13 조규익(2005), 앞의 책, 432~438면. 하륜 악장을 포함한 선초 4언 악장들의 형 태적 소원을 《시경》을 두고 있음을 논하고 있다.

14 《世宗實錄》卷8 2年 4月 18日. "宗親宴使臣于太平館 趙亮令笑西施戴果盤 自 執牙拍及舞鼓槌戲舞 極歡而罷."

15 《世宗實錄》卷45 11年 7月 14日. "贈小舞鼓各一于昌 尹兩使臣."

16 《世宗實錄》卷27 7年 3月 3日. "遣金乙賢贈兩使臣 石燈盞各二事 尹鳳求翰林 別曲 命承文院書 寫以與之."

17 《世宗實錄》卷63 15年 11月 14日. "上率王世子及文武群神 幸太不館 餞昌李 兩使臣 宴將罷 昌盛曰 我來使本國數矣 無可言之事 又曰 中朝翰林院卽本國 承政院 皆是儒林所會之司也 大抵儒生皆酸 天下一般 遂書翰林別曲而歸."

18 《世祖實錄》卷46 14年 4月 1日. "是日 姜玉等至黃州 宣慰使成任 行宣慰禮 用 女樂 金輔曰 吾在本國時 長於妓玉生香家 習翰林別曲及登南山曲 嘗於景泰 皇帝前唱之 卽招妓三四人唱之曰 此曲與吾前所聞異矣."

19 《太宗實錄》卷3 2年 6月 9日. "領司平府事河崙進樂章二篇 賜敎書獎諭 … 王 若曰 蓋聞君臣之間 貴於進戒 聲樂之道 在乎象成 … 迨乎成周 其道寢備 雅 頌之作 洋洋至今 … 今觀所進 觀天庭 受明命 樂章二篇, 匪直詠歌 切於陳戒 唯予之入覲也 臣子職分之當然 其受命也 天子恩數之幸 及其在否德 皆無可 嘉 卿乃作爲詩歌 以寓勸勉規戒之意 蓋欲永思其艱 以保其成於無窮也."

20 명 혜제로부터는 태종 1년(1401) 6월 12일에, 명 성조로부터는 태종 3년(1403) 4월 8일에 고명을 받았으니 〈수명명〉은 명 혜제의 고명을 반영한 것이라 할 수 있다.

21 《太宗實錄》卷22 11年 閏12月 25日.

22 《악학궤범》권4 〈시용당악정재도의〉. 이하 〈근천정〉, 〈수명명〉, 〈하황은〉, 〈하 성명〉, 〈성택〉 등의 진구호, 치어, 창사, 퇴구호 모두 출처가 이와 같다.

23 《太宗實錄》卷4 2年 10月 12日; 13日. 13일에는 사신연이 있었다.

24 《太宗實錄》卷5 3年 4月 8日.

25 《世宗實錄》卷3 1年 1月 8日. "上王命卞季良 撰賀皇恩曲 將以宴使臣也 序曰

賀皇恩 受錫命也 殿下以父王之命 權攝國事 尋受皇帝誥命 國人懽忭 作賀皇恩也."

26 《太宗實錄》卷36 18年 8月 9日, 18年 8月 10日. 태종의 양위에 대한 신료, 성균관 유생들의 반대가 있었으나 결국 그다음 날 세종은 즉위하였다.

27 《世宗實錄》卷6 1年 12月 26日. "卞季良奉敎製 賀聖明三章以進日 欽惟皇帝陛下 御極以來 宇內寧謐 祥瑞荐臻 吾東方之人懽欣蹈舞 作是詩 歌詠瑞應 以致頌禱之意焉."

28 〈하성명〉의 치어는 변계량이 이 작품을 올리면서 말한 내용 중 몇 글자만 수정하여 그대로 썼다.

29 《世宗實錄》卷8 2年 4月 9日.

30 《世宗實錄》卷44 11年 6月 8日. "禮曹啓 新製 歌聖德 祝聖壽 樂章二篇 請載樂府 用於宴享 從之."

31 《世宗實錄》卷44 11年 6月 8日. 〈축성수〉의 출전도 이와 같다.

32 김승우, 〈세종대의 경기체가 시형에 대한 연구〉, 《한민족문화연구》 제44집(한민족문화학회, 2013), 110면.

제 9 장

조선 후기
정조와 고종의
관왕묘 악장

1. 관왕묘제 악장의 성립 의문

조선시대 제례와 제례 악장 정비는 건국 초기에 집중되었으며, 이는 한 번 제정되고 나면 의식 및 절차, 악장에 약간의 조정이 있는 수준에서 전승되었다. 다소 변화가 있었던 〈종묘제례악장〉의 경우에도 제례악과 일무는 그대로였고, 제례 시기와 절차에서 약간의 차이를 보이며 악장에서 〈중광〉 장을 추가하는 수준이었다.

이에 비해 관왕묘제는 조선 중기 선조 대에 악장이 없이 수용되었다가 정조 5년(1781) 10월에 이르러 비로소 악장인 〈무안왕묘 악가武安王廟樂歌〉를 갖게 되었으며, 고종 39년(광무 6년, 1902)에 제례 의식이 바뀜에 따라 악장이 개찬되는 변화를 있었다. 그리고 국가 제례는 한 번 제정되면 관례적 관습에 따라 국왕의 관심이 점차 줄어들게 마련이지만, 이 제례는 여러 군주의 관심을 받았다.

조선의 제례 대상은 자연물, 신화적 인물에서부터 조선 건국의 아버지들까지 다양하다. 그 가운데 문묘 공자가 제례 대상이 되었던 것은 조선이 성리학을 국가 통치 이념으로 삼았고, 중화 국가로 인식한 송-원-명의 문묘 관습을 따랐기 때문이라 할 수 있다. 공자가 비록 황제나 제후의 반열에 오르지 못한 역사적 문신이었지만, 조선은 그가 남긴 사상이 보편적 문왕으로서 손색이 없다고 여겨 공자를 동아시아의 사표이자 문선왕文宣王으로 인식한 것이다.

하지만 관왕묘제의 주인공인 관우關羽는 사정이 다르다. 비록 중국에서 역대 군왕의 관심과 추숭이 있었다 할지라도[1] 관왕묘제 수용 당시 조선에서의 관우는 유비劉備를 보좌한 일개 군인에 불과하였다. 그런 이유로 임진왜란 이후 명군에 의해 수용된 관왕묘제는 우리에게 낯설 수 있었다. 이러한 사정에도 불구하고 관왕묘제가 조선에 안착된 것은 우리의 관심을 끌기에 충분하다.

관왕묘제에 관한 연구로는 관왕묘제의 성립과 역사적 배경 그리고 의례 등이 다루어져 왔다. 성립과 배경 연구에는 관왕묘제가 조선에 수용된 배경과 숙종 때에 이르러 부각된 이유를 정치적 배경에서 찾은 논의가 있었다.[2] 그리고 의례 연구는 의식의 변화 과정을 역사적 추이 속에서 살핀 결과가 있었다.[3] 이 외에도 명 사신이 남긴 동묘 현판에 대한 의미 연구,[4] 관왕묘 의례 복식 연구,[5] 안동 지역 관왕묘와 지역 신앙화 과정 연구[6] 등이 있어 관왕묘에 대한 이해를 도왔다.

이에 비해 악장에 관한 연구는 《악장가사樂章歌詞》를 이해하는 자리에서 정조 대의 악장과 고종 대에 개찬된 악장에 대한 간략한 언급을[7]

제외하면 찾아볼 수 없다. 이러한 이유는 여러 가지겠지만 한국 악장 문학사에서 이 작품이 거의 언급된 적이 없는 것을 보면 이 작품은 연구자의 관심 밖에 있을 정도로 판단 유보 내지 정지 상태에 놓여 있었기 때문이라 할 수 있다. 그러나 조선 후기에 제작된 제례 악장 가운데 이 작품은 여러 군주가 중요하게 여겼고 한국 악장사에서 특이한 전력이 있기 때문에 궁중문학사를 이해하는 데 의미를 부여할 수 있으리라 생각한다.

2. 관왕묘제 수용과 정착

우리나라에 관왕묘제가 수용되기 이전에 이미 중국에서는 관우에 대한 신격화 내지 숭배화가 시작되어 오랫동안 지속되었다. 한대에서 시작된 관우의 우상화가 청대 말까지 이어져 관우의 봉호封號가 '후侯-왕王-제帝-신神'으로 격상되어 갔다.[8]

조선에 관왕묘가 세워진 결정적 계기는 임진왜란이었다. 조선에 파병이 된 명나라 군인들은 그들의 관습대로 전쟁의 승리를 기원하기 위해 1597년과 1598년에 각각 성주와 안동에 관왕묘를 건립하였다. 그들은 평양, 도산島山, 삼로三路 등의 대일본 전투에서 승리한 것은 관우가 도왔기 때문이라 믿어 일부 장군은 자비를 털어 관왕묘를 건립하였고,[9] 이것이 조선에 관왕묘를 수입하게 하는 동인이 되었다. 이에 조선의 조정은 많은 논란을 거쳐 1598년에 남관왕묘를, 1601년에 동관왕묘를 각각 설치하였다. 그 사이 선조는 제례 의식과 절차를 정하여 관왕묘에서 친제親祭하였다.[10] 당시 관왕묘제에 대한 부정적 입장이 있었지만, 선조는 전쟁이라는 특수 상황과 명을 의식한 외교적 선택 그리고 종전終戰에 대한 염원 등을 고려하여 관왕묘제의 조선 안착이라는 결론을 내렸다.

선조 이후부터 숙종 이전까지 관왕묘제에 관한 논의는 소강상태에 들어갔다. 광해군 대는 아직 명나라가 중원에 있고 전쟁 중이라는 상황에서 관왕묘에 대해 보수 관리 차원의 관심이 있었고,[11] 인조 대에는 같은 차원에서 관왕묘에 방문한 명 사신을 접대하는 수준에서,[12] 현종 대에는 오래 방치된 관우 소상에 문제가 있었다는 내용만이[13] 전부였다. 이처럼 광해군 대에서 현종 대까지 관왕묘와 제례에 관심을 두지 않았던 것은 청의 건국과 명의 쇠잔 등의 대외적 여건과 전쟁 이후 관왕묘의 현실적 효용성의 회의가 작용한 결과로 해석된다. 명을 의식한 관왕묘제의 수용, 대일본 전쟁 승리를 위한 정신적 기대 심리가 병자호란을 거치면서, 명나라는 청에게 중원의 자리를 내주었고 일본은 본섬으로 퇴각했기 때문에 더 이상 관왕묘의 존치는 무의미하였다.

이런 흐름은 숙종 대에 이르면 변화를 맞이한다. 숙종 17년(1691) 2월 26일에 숙종은 "무안왕이 행한 만고의 충의를 평소에 아름답게 여겨 감탄하는 바이다. 이미 그 문을 지나니 새롭게 느낌이 일어나는데, 들어가 본들 무엇이 해롭겠는가."[14]라고 하여 충의를 명분으로 내세워 관왕묘에 변화를 예고하였다. 그다음 날 숙종은 관왕묘의 보수를 명하는 것을 시작으로 관우를 경모하는 시를 지어 내렸다. 그리고 동묘와 남묘 치제, 지역 관왕묘에 대한 의식 정비와 보수 등 집권 전반에 걸쳐 관왕묘에 관심을 두었다.[15] 이 과정에서 의례 방식에 대해 중요한 논의가 있었는데, 그 내용은 관우에 예를 표할 때 읍례揖禮로 할 것인지 배례拜禮로 할 것인지에 관한 것이었다.[16] 이 논의는 선조가 명나라 장수와 관우 제례에 동참했을 때 선조가 배례한 전력이 있었고, 이후 숙종은 단지 읍례를 행하였기 때문에 제례 의식에 규정을 만들어야 한다는 것이었다. 당일 여러 논의를 거친 후 숙종은 1711년 6월 25일에 배례를 규례로 삼았다.[17]

숙종이 관우와 관왕묘에 적극적으로 나섰던 것은 청을 의식한 존주론尊周論이 확산되는 분위기 속에 왕권을 강화하려[18] 했기 때문으로 볼 수 있다. 효종 대의 북벌론은 효종의 죽음과 청의 강성으로 동력을 잃은 대신, 숙종 대 관념적 존주론으로 대체되면서[19] 실질적 열등감을 조선중화주의라는 정신적 우월감으로 가리려는 차원에서 이해할 수 있다. 반청 의식의 지속, 잦은 환국과 당쟁 격화의 상황 속에서 숙종은 한漢의 충성스러운 무장 관우를 선택함으로써 존주론에 동의하고 권신 세력을 제압하려는 논리를 찾은 셈이다. 이로써 관우는 조선 국가 제례의 대상으로 자연스럽게 자리 잡게 되었고 이후 국정 운영의 길을 모색하는 군주들에게 정치적 도구로 활용된 것이다. 이는 선조 대 관우를 대일본 격퇴라는 상징으로 본 것에서 숙종 대에는 신료의 충의를 강조하는 방향으로 선회한 것을 의미한다.

영조 또한 숙종과 마찬가지로 즉위년부터 충의와 존주대의를 강조하고[20] 관왕묘에 각별한 관심을 보이면서 집권 기간 내내 관왕묘를 방문하였다. 영조 8년 남관왕묘에 방문했을 때, 여전히 쟁점으로 남은 읍례, 배례 문제를 영조가 재배례再拜禮를 행함으로써[21] 일단락되었고 관왕묘와 관우의 위치는 달라졌다. 특히 영조가 갑주甲冑를 입고 관왕 묘에서 군례軍禮를 행한 일은[22] 관우의 위상을 보여 주는 단적인 예라 할 수 있다. 물론 이 일은 삼사의 거센 비판과 영조 자신의 유감 표명 으로 무마되었지만, 관왕묘에 대한 영조의 의지는 변함이 없었다. 52년 왕세손(훗날 정조)에게 동관왕묘에 전작례奠酌禮를 행하도록 지시 한 것도[23] 이러한 맥락에서 이해할 수 있다.

3. 관왕묘제 악장의 전사前史

정조의 관왕묘에 대한 관심은 선대왕들과 비슷하였다. 집권 3년 차 에 정조는 숙종과 영조의 선례를 언급하며 관왕묘에서 재배례를 행하 였고[24] 5년에는 관왕묘제의 의식과 절차에 대해 바로잡을 것을 지시하 였다.[25] 그리고 결국 다음과 같은 결심을 한다.

> 임금이 일찍이 관왕묘의 악장을 지었는데, 이때에 이르러 비로소 사용하 였다. 악장은 세 번 연주하는 것으로 규식을 삼았다.[26]

국가 제례 가운데 대사大祀의 경우는 그 제례에 해당하는 의식과 절 차, 제례 음악, 악장을 고루 갖추게 되지만 중사中祀 일부와 대부분의 소사小祀 그리고 사전祀典에 오르지 못한 제례는 이 세 가지를 다 갖추기보다는 기존의 음악과 악장을 공유하거나 악장 없이 진행하기도 한다. 관왕묘는 영조대 소사에 편입된 제례이기 때문에[27] 악장 없이 이어 오다가 정조 대에 이르러 처음으로 악장을 사용한 것이다. 이 악장이 1786년에 정조가 직접 지은 것이다. 국가 제례의 악장은 군왕의 지시로 담당 관료가 제작하는 경우가 일반적인 데 비해 정조가 친제한 것으로 보아 정조는 이 제례에 특별한 의미를 두었다고 할 수 있다.

> 당초에 정조께서 관왕묘비명을 친히 지어서 묘정廟廷에 세웠는데, 정미년(1787)에 장악 제조 서유녕徐有寧이 아뢴 것으로 인하여 비명을 장章으로 나누어 악가樂歌를 만들고 악은 3성을 쓰도록 명하였는데, 관왕묘에 악을 사용한 것은 여기에서 시작되었다.[28]

위 기록을 보면 정조는 관왕묘정에 이미 묘비명을 지은 적이 있었고 이것을 정미년에[29] 악장으로 사용했음을 알 수 있다. 정조가 묘정에 비명을 남길 수 있었던 배경에는 전례가 있었기 때문이라 할 수 있다. 숙종의 경모시, 영조의 차운시 그리고 사도세자의 묘비명에서 이를 엿볼 수 있다.

숙종 18년(1692)에 숙종은 무안왕을 경모하는 시 2편을 지어 목판에 새겨 내리면서 남묘와 동묘에 걸어 두기를 지시하였고,[30] 영조 19년(1743)에 영조 역시 숙종의 시를 차운하여 편액에 새겨 걸도록 하였다.[31] 숙종이 지은 시는 다음과 같다.

① 生平我慕壽亭公　평소에 내가 수정공을 사모함은

節義精忠萬古崇　절의와 정충이 만고에 높아서라네

志勞匡復身先逝　광복에 마음 쓰다 몸이 먼저 갔기에

烈士千秋涕滿胸　천추토록 열사들 가슴에 눈물 그득하네

② 有事東郊歷古廟　동쪽 교외에 일 있어 고묘 지나다가

入瞻遺像肅然淸　들러 보니 맑은 유상 숙연했도다

今辰致敬思愈切　이번은 공경하는 마음 더욱 간절해지며

願佑東方萬世寧　우리 동방 만세토록 편케 해 주기 소원이로다

①에서 숙종은 관우를 경모하는 이유로 절의節義와 정충精忠을 들었다. 관우의 선공후사, 멸사봉공 정신, 즉 국가의 위기 극복을 위한 개인의 자발적 희생을 높이 산 것이다. 관우의 정신은 오랫동안 수많은 열사를 길러 내는 데 기여했다고 믿고 있다. 숙종은 관우가 국적을 떠나서 조선에도 좋은 교육 제재가 될 수 있는 모범적 인물로 본 것이다. ①이 관우의 정신에 초점을 맞추었다면 ②는 관왕묘 주인공으로서의 관우에 대해 노래하고 있다. '고묘古廟'로 관왕묘의 전통을 부각하고 '숙연肅然'으로 진지하고 경건한 자세를 드러내어 공경의 마음을 담고 있다. 결국 자신이 통치하는 국가의 만세 안녕을 도와달라고 한다. 이처럼 숙종은 관우가 생전에 충의를 갖춘 자이기 때문에 죽어서 신으로 숭앙될 수 있으며, 그에 대한 심리적 초상은 국가를 유지하는 데 필수적 정신전력으로 작용할 수 있다고 믿었다.

天地鍾英 鼎氣雄雄　하늘과 땅이 영재를 내셨으니 바야흐로 기상이 씩
　　　　　　　씩하도다

功蓋萬禩 威耀八戎　공업은 오랜 제사로도 부족하고 위엄은 무기로써
　　　　　　　빛나도다

旰衡載籍 侯莫與同　우러러 공적을 견주어 보니 어떤 제후와도 당신을
　　　　　　　견줄 수 없도다

　　　　(…)

歲一精禋 帕首甲裒　해마다 정성을 다하여 제사를 받들겠나니
靈如地水 若朝暮逢　신령은 아침 저녁 만나는 흐르는 물처럼
冀垂英顧 祚我大東[32]　상서로운 보살핌을 우리 조선에 내리기를 바라나
　　　　　　　이다

위 비명은 사도세자가 지은 것으로 비명 끝에 '歲壬申謹撰'이라는
기록으로 보아 영조 28년(임신년, 1752)에 지은 것임을 알 수 있다. 관
우의 무공과 능력에 대한 칭송으로 시작하고 노래의 중간에는 역대
중국 왕조의 숭배와 우리나라에서의 존숭이 있었다는 내용이 있으며,
관우가 우리를 보살피기를 바란다는 것으로 마무리하고 있다. 대체로
관우에 대한 상식적 전기傳記와 제례 대상에 대한 관습적 수사로 채워
져 있으나, 관우에 대한 긍정적 인식과 국가적 차원에서의 활용 가치
를 보여 준다는 점에서 숙종의 송시와 궤를 같이한다.

4. 정조의 악장

정조가 지은 악장은 3성成의 형식을 따른다. 본래 3성은 제후국에
서 아악 제례를 행할 때 적용되는 것이나 속악 제례인 관왕묘에 3성
을 따른 것은 아악을 지향하는 정조의 의지가 반영된 것으로 추정된
다. 이렇게 〈무안왕묘 악가〉는 전조의 관우에 대한 송시頌詩들과 아악
제례에서 사용하는 3성의 양식을 고려하여 영신, 전폐, 송신 각 1편씩
제작되었다.

【영신迎神】〈왕재곡王在曲〉

王在帝傍　왕께서 상제 곁에 계시어

魄毅神雄　넋은 굳세고 정신은 웅장하도다

赤驥翠芒　적토마와 청룡도로

廓掃蠻戎　오랑캐를 휩쓸어 버렸도다

辨香拜稽　향을 피우고 절하고 공경함은

萬邦攸同　온 나라가 함께하는 바이네

誕我肇祀　참으로 우리가 처음 제사함은

匪直尙忠　충의만을 높이려는 것은 아니로다

粢牲練日　제물을 갖추고 날을 가리어 제사하니

鐃鼓殷穹　징과 북소리 하늘까지 은은히 울리도다

九旒琅璆　면류관의 구슬소리 아름다운데

決雲駕龍　구름을 헤치고 용을 탔도다

悅兮僚兮　황홀하고 빠름이여

肅然有風　숙연히 바람 같도다

神之降矣　신께서 강림하시니

河魁態態　빛나는 북두성의 자태로다.[33]

　영신 〈왕재곡〉은 관우를 하늘의 황제를 보좌하는 왕으로 상정한다. 이는 노래의 제명을 '무안왕'으로 정한 것과 관련이 있다. 비록 살아서는 유비를 보좌한 장수였지만 사후 점차 승격되는 봉호 가운데 하나를 선택한 것이다. 과거 관우의 무공, 현재 그를 받드는 만백성의 자세, 제례의 이유와 성대한 제향, 강림하는 모습 등이 상상과 현실, 심리적 거리 이동, 과거와 현재 사이의 조화로운 대칭을 통해 보여 준다. 이처럼 〈왕재곡〉은 대상의 속성이나 업적을 찬양하고 그것을 기리는 이유와 이를 기리는 자들의 자세를 보여 줌으로써 제례 악장에서 '영신'의 문법을 잘 따르고 있다.

　관우의 무공은 적토마와 청룡도로 상징되는 군사적 능력과 오랑캐를 척결한 역사적 사실로 드러나 있다. 실제 관우가 적토마와 청룡도를 무기로 삼아 적들을 물리치기는 했지만, 그 적들은 오랑캐가 아니라 전쟁에 참여한 삼국 군인들이었다. 그런데도 그들을 '만융蠻戎'이라 한 것은 관우가 '바른 것'이라면 관우의 적은 '그른 것'이고, 관우를 받드는 우리가 바른 것이라면 우리를 해하려는 세력은 그른 것이라는 이분법적 사고를 반영한 것이다. 다음에 이어지는 '온 나라'의 공경과 관우의 충의만이 제례의 이유가 아니라는 부분 역시 '옳은 것 지키기'의 당위성이 담겨 있다. 인간의 악기 소리에 면류관의 구슬 소리로 화답하여 빠르게 강림하고 있다는 설정은 문학적 상상력으로 이루어 놓은 제례적 실재이기에 자못 진지하고 경건하다. 게다가 국가 제례가 주는 무게감과 엄숙함, 그리고 본 악장이 군왕의 창작이라는 점에서 〈왕재곡〉은 무조건적 진선미眞善美를 전제한다.

【전폐奠幣】〈힐향곡肹蠁曲〉

歆我肹蠁	우리의 제물을 흠향하고
格我欽崇	우리의 공경을 받으소서
永懷駿惠	큰 은혜 길이 생각하니
洵莫與隆	진실로 더없이 높도다
像配光嶽	기상은 광옥光嶽에 짝할 만하고
秩邁公侯	지위는 공후보다 앞서도다
麗牲有顒	아름다운 희생은 크기도 한데
于廟之中	사당 가운데 있도다
承承奎璧	대대로 왕으로 받들어
載烈象容	그 공적을 드러내었네
華渚壽丘	화저華渚와 수구壽丘에서의 위덕威德
於萬頌功	아, 만년토록 찬송하리라

전폐 〈힐향곡〉은 관우를 현현顯現하여 그의 은혜에 대한 공경, 그의

기상에 대한 찬양, 제사의 성대함, 영원히 모실 것에 대한 우리의 다짐 등을 보여 준다. 대부분 〈왕재곡〉의 내용을 반복하거나 조금 변형하는 수준에서 노래하고 있다. 하지만 〈왕재곡〉이 중국과 한국에서 통용될 수 있는 보편적인 내용으로 꾸며졌다면 〈힐향곡〉은 '준혜駿惠'를 적시함으로써 관우와 조선의 특별한 관계를 구체적으로 드러낸다. 주지하다시피 관왕묘가 조선에 수입된 배경에 명군의 조선 파병이 있었고, 결과가 어떻게 되었든 조선은 명군을 따라온 관우에게 일정 정도 은혜를 입었다고 믿었다. 선조, 인조 연간에 명에 대한 재조지은再造之恩이 명이 조선에 요구한 근거로 작용했다면, 정조 대의 은혜는 자발적 명분으로서의 의리로 볼 수 있다. 이를 통해 관왕묘의 영구 존치와 제향은 은혜를 입은 자가 반드시 지켜야 할 의무이며, 관우의 존재로 인해 조선은 관우의 음우를 보장받을 수 있다는 순환 고리를 찾은 것이다. 곧 '대대로 받들어 만년토록 칭송하겠다'는 다짐은 조선의 편이 된 관우에 대한 변심 없는 의리 지키기인 셈이다.

【송신送神】〈석가곡錫嘏曲〉

神兮錫嘏　신께서 복을 주시니

龜筮協從　귀서龜筮에 합하도다

邦享五福　나라에서는 오복을 누리고

民無四窮　백성들은 사궁四窮〔鰥寡孤獨〕이 없었네

顧瞻靡聘　돌아봐도 빙문聘問할 길 없으니

玄黃晦蒙　천지만 어둡고 아득하도다

一指風霆	한번 풍정風霆을 지휘하여
顯庥冥通	드러난 것 도우시고 어두운 것 통하게 하소서
環庭介士	뜰을 에워싼 무사들
竪髮沾胸	머리털 곤두세워 가슴을 적시도다
剡剡上下	아래위에서 번쩍번쩍 빛이 나
弗遐皦衷	속마음 아니 시원한가
神之迪矣	신이 이르시어
如相攀逢	서로 붙들고 만나는 듯하도다
地久天長	천지같이 장구하여
永食吾東	길이 우리 동방의 제사 받으소서

송신 〈석가곡〉은 신神이 된 관우의 복이 온 나라에 미치고 있는 것으로 시작한다. 관우가 신이기에 바람과 천둥을 다스릴 수 있고, 관우가 무장이었기에 무사들을 통솔할 수 있음을 보여 줌으로써 무묘제武廟祭로서의 성립 가능성을 확인하고 있다.

관왕묘는 수입 당시부터 법제적 제례가 아니라는 한계를 안고 있었다. 중사中祀인 문묘는 공자의 권위와 건국 이후부터 송·원·명으로부터 이어받은 의식 절차, 제례 음악과 악장 등에 의해 위상을 보장받았지만, 관왕묘는 관우의 지위와 전범이 될 만한 제례 의식의 부재로 제사의 격을 소사小祀에 머물게 하였다.

그러나 정조 대에 이르러 제례 대상을 신격화하여 소사의 한계를 극복하려 하였다. 그리고 제례 음악의 정비도 이를 도왔다. 제례에서 음악은 악장과 함께 제례의 격을 가늠해 볼 수 있게 한다. 본래 관왕묘제의 음악은 군악軍樂인 고취악鼓吹樂이었으나 정조가 대사大祀인 종묘제례의 음악인 〈정대업定大業〉의 〈소무昭武〉, 〈분웅奮雄〉, 〈영관永觀〉 등을 끌어와 제례악으로 삼았다. 게다가 〈무안왕묘 악가〉의 악장으로 두고 관왕묘제의 격을 높이려 하였다. 제례 대상을, 노래를 통해 물리적·정신적 공업功業을 드높여 절대적 숭앙을 꾀한 것이다. 이렇게 정조는 관왕묘제를 중사中祀 수준의 제례로 높여 놓았다.[34] 다시 말해 정조는 대사大祀 음악을 활용하고 악장을 제작하여 제례 대상을 높임으로써 관왕묘를 문묘에 버금가는 국가적 의례로 정착시켰다.

따라서 정조의 악장은 숙종 대 이후 축적된 관우의 국가 제례화의 과정을 마감하는 것으로 전대 관우의 송시들을 집대성하면서 관우의 긍정적 초상들을 제례 절차에 맞게 정리한 것이라 할 수 있다. 더욱이 선조 대 관우 수입에 중요한 근거가 되었던 '왜적 격퇴'의 부적은 사라지고 모범적인 군인으로서의 이미지가 의리, 충절, 정의 등으로 표상되면서 악장 전반에 배치된 점은 특징이라 하겠다.

그렇다면 정조 대 관왕묘의 정비와 악장 제작의 의도는 무엇일까? 국가 의례와 악장의 성립은 범박하게 보자면 국가의 통합, 왕권 안정 내지 강화를 목적으로 한다. 예나 지금이나 국가가 막대한 비용과 수고를 쏟아 기념일을 제정하고 행사를 진행하는 일은 거시적 목적이 담겨 있고 그 주체가 최고 권력자와 그 주변이기 때문에 국가 체계의 안정과 번영을 꾀한다고 할 수 있다. 다만 정치 상황은 늘 변화하고 변화된 상황에 따라 대응하는 논리나 방식이 달라지게 마련이다. 다시 말해 악장은 본래 궁중에서 생산, 유통, 수용되기 때문에 왕권을 주제로 하고 있지만, 시대에 따라 각각의 악장이 지향하는 점은 달라질 수 있다. 이런 점에서 정조가 집권 10년 차에 새롭게 정비한 관왕묘제와 친제 악장의 의미를 발견하는 것이 범박한 차원의 주제를 벗어나는 지점이라 할 수 있다.

> 우리나라는 문치文治를 숭상하고 무비武備를 닦지 않으므로, 사람들이 군사에 익숙하지 않고 군병이 연습하지 않아서 번번이 행군 때를 당하면 비록 1사舍인 곳일지라도 조금만 달리면 문득 다들 숨이 차서 진정하지 못하는데, 장수는 괴이하게 여기지 않고 군병은 예사로 여긴다. 또 더구나 훈장訓將은 곧 삼군의 사명이고 원융은 국사의 중임임에랴?[35]

이 기록은 1779년에 정조가 관왕묘에 방문하기 전에 주요 지휘관들에게 언급한 것이다. 이를 병자호란 이후 오랫동안 전쟁이 없는 상황에서 약화된 국방력에 대한 질책으로 볼 수 있지만, 왕권을 유지하기 위한 물리적 힘을 역설한 것으로 볼 수 있다. 발언의 맥락이 행행行幸의 과정에 있었던 점이 이를 짐작하게 한다. 정조가 1785년(정조 9)에 경호부대 장용위壯勇衛를 창설하고 이를 장용영(1793)으로 확대 개편한 것과, 이보다 앞서 규장각을 설치(1781)하여 문무文武의 친위부대를 확립하게 된 배경으로도 이해할 수 있다.[36] 이처럼 정조는 집권 10년을 기점으로 균형적인 문무겸치文武兼治를 통해 국정을 운영하려 하였고, 그 과정에서 관왕묘 방문을 통해 상대적으로 기울어진 무치 기반을 공고히 하려고 애썼다.

조선이 문반과 무반의 균형을 전제로 건국되었다고는 하나 고위 관료가 되기 위해 문과文科가 무과武科보다 유리한 현실에서 문文에 기우는 불균형은 당연할지도 모른다. 그 결과 임병양란의 상처를 통해 군사력의 중요성을 각성하게 되었지만 효종 대 북벌론의 좌절, 숙종 이후 대청 외교 및 대내 붕당으로 인해 강병强兵의 필요성은 각성하는 수준에서 머물게 되었다. 정조는 이러한 흐름에 새로운 전기를 마련하고자 했던 것 같다. 정조는 세손 시절 생부의 부재와 붕당의 격화로 자신의 안위를 고민할 수밖에 없었다. 이런 경험이 등극 이후에 안정적 국정 운영을 위해 실질적 힘을 고민하게 하였다. 국가적 차원에서 군은 적에게는 공포와 전율의 대상이어야 하고, 군주적 차원에서 신민臣民에게는 권위와 경외의 상징이어야 한다. 그러나 재위 초기 그가 관찰한 군대는 나약함과 안이함 그 자체였다. 이에 정조는 상무운동尙武運動을 전개할 필요를 느꼈고 그 중심에 관왕묘를 두었던 것이다.

관왕묘가 수입된 2세기가 지나는 동안 관우의 격에 대한 논란은 소멸되었고, 국가 제례로서 어느 정도 자리 잡은 상황에서 관우는 다양한 상징으로 활용될 수 있었다. 그리고 정조의 입장에서 보면 상무 정책을 수립하고 논의하는 과정에서, 새로운 군사 영웅을 가져왔을 때의 부담보다는 기존의 군사 영웅을 차용하여 설득하는 것이 효율적이었을 것이다. 따라서 정조는 악장에 관우의 이미지를 충, 출중한 무예, 조선-명 사이의 의리, 조선의 수호신 등으로 그려 내면서 자신의 상무 정책을 성공적 운영할 수 있도록 정신적, 실질적 가치를 부여하였다.

앞으로 이 책이 나온 것을 계기로 하여 중위中尉 재관才官이 날이 갈수록 용호龍虎의 진법에 익숙해지고, 비휴貔貅 같은 군사들이 저마다 강한 활을 잘 당길 수 있어 국가에서 계속적으로 인재 양성을 하려고 하는 근본 취지를 저버리지 않는다면 앞으로 억만년을 두고 닦아 가야 할 군사 교육과 분명하게 일러 준 내 뜻이 잘 반영될 수 있는 길이 바로 여기에 있을 것으로 본다. 모두 노력할지어다.[37]

1790년에 정조는 조선의 군사 기술을 집성한《무예도보통지》를 편찬한다. 10여 년 전 조선의 허약한 군대를 목격하고 난 뒤 대응책의 하나인 셈이다. 그 사이 관왕묘제는 제례와 악장이 새롭게 정비되었고, 장용위가 창설되었다. 기록에서 보듯 정조는 장교에게는 부대 전술을, 병사에게는 개인 무기를 익혀 강한 군대와 군인을 양성하는 것을 최선으로 여기고 영구히 훈련에 매진하기를 요구하였다. 군사 교육에 관우가 어떻게 사용되었는지는 구체적으로 알 수 없지만, 관왕묘제에서 악공들이 투구와 갑옷을 입었다는 점과[38] 악장 정비 이후 정조의 지속적인 관심 등으로[39] 볼 때 정조 대 관우는 장병의 훈육 과정에 깊숙이 개입되었던 것으로 이해할 수 있다.

따라서 정조의 관왕묘 악장 제작은 관우가 갖춘 의리, 충절, 무용이라는 상징을 통해 청, 신료, 군대 등을 염두에 두고 국정 운영의 명분과 실리를 꾀하려 한 것이라 할 수 있다. 다시 말해 북벌 의식과 북학사상의 사이에서[40] 청과의 외교적 관계, 여전히 노론이 우세한 관료 사회, 친위 부대를 중심으로 한 군대 개편 등이 맞물려 있는 형국에서 정조에게 관우는 실질적으로 활용할 수 있는 무인의 상징이었다.

4. 고종 대의 악장

정조 대 정비된 관왕묘제 일체는 철종 대까지 큰 변화 없이 계승되었다. 순조, 헌종, 철종의 관왕묘제는 관례에 따라 간헐적으로 행하여졌으며, 제례에 대한 논의도 일상에 머무는 정도였다.[41] 그러다 고종 대에 오면 고종은 관왕묘에 비상한 관심을 갖는다. 고종은 재위 3년(1866)부터는 매년 한두 번씩 동묘와 남묘를 번갈아 방문하였고, 20년(1883)에는 새롭게 북묘를 건립하기도 하였다.[42] 북묘 건립 이후 고종은 관왕묘와 관련된 예산 집행을 과감히 단행했으며 불타 버린 남묘의 중건을 위해 많은 돈을 지출하기도 하였다.[43] 33년(1896)에 사전祀典 체계를 정비하면서 관왕묘제를 경모궁제, 문묘제 등과 같은 중사中祀로 편입하였다.[44] 또한 관왕묘에 대한 고종의 집착은 관우를 신앙화하는 데 일조하였는데, 17년(1880)에는 중국에서 관우를 믿는 관성교關聖教의 경전인 《삼성훈경三聖訓經》과 《과하존신過化存神》을 언해하여 편찬하기도 하였다.[45]

관왕묘를 높이 모시고 공경스럽게 제사 지낸 지가 지금 300여 년이 되었다. 순수하고 충성스러우며 지조 있고 의로운 영혼은 천년토록 늠름하여 없어지지 않고, 중정中正하며 굳세고 큰 기백은 천하에 차고 넘쳐 오가면서 말없이 짐의 나라를 도와 여러 번 신령스러운 위엄을 드러냈으니, 경모하고 우러르는 성의를 한껏 표시해야 할 것이다. 더구나 역대로 행해온 예법이 있음에랴. 황제로 칭호를 높이는 제반 의식 절차를 장례원掌禮院으로 하여금 널리 상고하고 택일하여 거행하게 하라.[46]

광무개혁(1897)을 기점으로 고종은 황제로 등극하고 대한제국은 황제국에 맞게 각종 제도를 고쳐 나갔다. 그 가운데 관왕묘 또한 정비에 들어갔다. 조서의 내용은 관왕묘제는 3세기 동안 조선에 정착하였고 그동안 관우의 순수, 충성, 지조, 의기 등이 조선을 지켜 왔으니 응당 경모의 마음으로 더욱 높여야 한다는 것이었다. 물론 조서의 이면에는 자신이 황제가 되었으니 자신의 제례 대상 또한 황제가 되어야한다는 논리가 담겨 있었다. 이에 고종은 관왕을 다소 거창한 현령소덕의열무안관제顯靈昭德義烈武安關帝로 봉했고, 이듬해(1902) 서정순徐正淳에게 새로운 악장을 짓게 명하여 다음 제례부터 이것을 사용하였다.[47]

고종 대의 악장은 7성에 따라 영신, 전백(전폐), 초헌, 아헌·종헌, 철찬(철변두), 송신의 절차마다 노래를 두었다. 오래된 동아시아 제례 악장의 관습을 반영하여 황제국의 7성을 따른 것이다.

【영신迎神】〈제좌장帝座章〉

| 帝座高兮重霄 | 관제關帝의 좌석 높아 하늘까지 닿았고 |
| 望雲旌兮飄搖 | 구름 깃발 바라보니 바람에 나부끼네 |

瑞曒煥兮黃袍	상서롭게 아침 햇볕에 누른 곤룡포 빛나고
輦出房兮金蓋玉鐮	연輦이 방에서 나오니 금개, 옥오 아름답도다
睿容與兮良朝	한가롭게 돌보시길 좋은 낮에 하였고
降在庭兮昭昭	강림하사 뜰에 계시니 매우 빛나도다
靈貺兮懽邀	영께서 내려 주심 기쁘게 맞이하며
奏雅音兮鳳韶	우아한 음악을 연주함은 봉소로써 하도다

〈제좌장〉에서는 군인이던 관우의 모습은 찾아볼 수 없다. 정조의 〈왕재곡〉에서 관우는 하늘의 황제를 보좌하는 왕으로 그려졌으나, 지금의 관우는 황제가 되어 곤룡포를 입고 연을 타며 높은 자리에 앉아 있다. 게다가 관우의 국적은 중요하지 않고 단지 조선이 모셔야 할 왕으로 묘사될 뿐이다. 조선 말기 관왕묘에 그려진 관우의 모습이 조선 왕의 이미지를 차용한 조선식 관왕이라는 점을 참고한다면,[48] 새로운 악장의 관우의 모습 또한 세탁된 조선의 왕으로 볼 수 있다. 작품의 분위기 또한 정조 대와 달라졌다. 〈왕재곡〉에서 생전 관우의 용맹함과 천상天上 관우의 하강, 제사의 분주함과 소리 높은 악기 소리 등에서 보여 준 역동감이 〈제좌장〉에서는 여유로운 이동과 뜰 안에서의 한가한 정지, 아려한 악기 연주 등 제사의 시작부터 우아하고 차분한 분위기를 조성하고 있다.

【전백奠帛】〈강리장降釐章〉

| 百靈兮衛扈 | 모든 영이 호위하고 |

簇擁兮金支　　　떼 지어 지키는 이 금지〔王族〕로다

捧禮帛兮拜跪　　예백을 받들어 절하오니

肅有風兮來斯　　엄숙한 위풍으로 이르소서

祀事兮孔康　　　제사 행사 매우 편안하니

皇剡剡兮降釐　　거룩하고 빛나신 영이여 복을 내리소서

【초헌初獻】〈성공장聖功章〉

酌醴齍兮芬芳　　울창齍 술잔 올리니 향기로워

登降兮肅雝　　　오르내리심 엄숙하고 화하도다

景祐兮潛周　　　큰 복은 그윽하고 두루하여

有願兮必從　　　원하면 반드시 이뤄 주시도다

瞻煡黃兮　　　　신의 강림하심을 바라보매 기뻐하시니

荷無量兮聖功　　거룩하신 은혜 한없이 받으리다

【아헌亞獻】〈순가장純嘏章〉

淸齋汜灆兮禮秩秩　깨끗한 재궁은 넓고 예의는 차례가 있는데

昭格兮和融　　　신께서 밝게 이르시니 온화스럽네

幡幢兮輝日　　　번당幡幢 깃발은 햇빛에 빛나고

鐃鼓兮殷穹　　　요고 소리 공중에 은은하도다

稷臨兮赫赫　　　강림하심 매우 빛나도다

惠以純嘏兮時和歲豐　큰 복을 내리시어 태평스럽고 풍년들게 하소서

〈강리장〉, 〈성공장〉, 〈순가장〉에서 관우는 신성한 혼령과 왕족의 보호를 받고 있다. 죽은 자와 산 자가 누릴 수 있는 최고의 호사를 누리고 있다. 〈힐향곡〉에서 관우의 지위가 공후보다 앞선다는 언급과 대대로 왕으로 받들겠다는 다짐이 무색할 정도로 고종 대에 오면 관우는 신들 가운데 최고 신이 되었고, 왕족들의 우두머리가 되었다. 제례를 받드는 자와 제례 대상과의 격차가 그만큼 벌어진 것이다. 대상을 높일수록 그에 기대하는 바는 커지고 뚜렷해진다. 〈힐향곡〉에서 관우의 무공武功을 칭송하면서 그의 무공이 정조가 이끄는 조선에 긍정적으로 기여하기를 은근히 바랐다. 하지만 위 악장들은 노래마다 큰 복을 노골적으로 구걸하고 있다.

국가의 안녕과 번영은 강한 군사력과 튼튼한 경제력에 바탕을 둔다. 국가가 위기에 처했을 때 군인들은 원상 복구에 매진해야 하고, 국가 구성원의 경제적 삶이 흔들리면 관료들은 민생을 안정시켜야 한다. 그리고 전체적으로 이들을 조정하고 새로운 비전을 제시해야 하는 것은 최고 통치자의 임무이다. 이런 측면에서 '시화세풍時和歲豐'은 일개 군인이 해결한 사안이 아니기 때문에 고종은 관우에게서 군인의 이미지를 소거한 것이다.

【철찬徹撰】 〈현상장顯相章〉

顯相兮駿奔	제사를 돕는 신하 분주하게 다니고
約肴羞兮歌雍	제물祭物을 올리니 노래 소리 화합하도다
萬億年兮申休	억만년토록 거듭 복을 내리시고

無疆左右眷于東　영원히 좌우에서 동방을 돌보소서

【송신送神】〈영우장靈佑章〉

帝車陳兮鼓嚴　　　황제의 수레 진열하니 북소리 엄숙하네
雲騰兩鶩兮萬騎熊熊　구름 일고 비 뿌리니 일만 군사 그 기상 빛나도다
靈佑兮孔昭　　　　영께서 도와주심 매우 뚜렷하며
吉無不利兮萬祥來同　모두 길하고 이로워서 모든 상서 함께 이르도다

대개 길례 악장의 철변두와 송신은 복을 간곡히 요청하는 것으로 마무리한다. 〈현상장〉, 〈영우장〉에서 복을 염원한 것도 이런 맥락에서 볼 수 있다. 제사 끝까지 성심을 다하는 모습, 흠향하고 돌아가는 관우의 기상, 끊이지 않는 장중한 음악 등을 노래하고 있다. 그러면서 억만년 동안에 동방에 상서로움과 복을 달라고 한 것이다. 복을 요구하는 것은 정조 대 철변두 악장 〈석가곡〉에서도 나타난다. 다만 정조의 악장은 신이 복을 내려 사궁四窮의 백성이 없어져야 한다는 것으로 기복祈福의 당위성을 먼저 노래하고, 무인으로서 관우의 기상을 환기하는 것으로 끝을 맺고 있다. 이에 비해 고종의 악장은 전 장에서 요구한 복을 신비한 자연 현상과 과장된 시어를 통해 거듭 요청하고 있다. 비록 '만기萬騎'로 군사적 색채를 담고 있으나 이는 황제의 제사이니만큼 도열한 군사가 많다는 수사이자 정조 대 악공에 군복을 입혀 제례를 연출했던 전통이 반영된 것일 뿐이다. 실제 고종의 관제묘 제례에는 악공과 악사는 군복을 입지 않았다.[49]

이렇게 고종의 악장은 관우에게 중국의 군복을 벗기고 조선의 곤룡포를 입혀 왕으로 삼고, 충의의 상징 대신 신령한 능력을 부여함으로써 군주가 정치적으로 해결해야 할 사안을 관우에게 전가했다고 할 수 있다. 특히 악장 전체가 구복求福에 집중한 까닭에 관우는 신앙의 대상으로 변질되었던 것이다.

그렇다면 고종은 어떤 의도에서 관왕묘제를 개편하고 악장을 개찬했던 것일까? 주지하다시피 고종 재위 기간(1863~1907)은 한국근대사에서 적지 않은 변화가 있었던 시기이다. 대원군의 집권기가 끝나고 고종의 친정을 선언한 이후 조일수호조약(1876), 임오군란(1882), 갑오농민전쟁(1894), 청일전쟁(1894), 을미사변(1985), 아관파천(1896) 등 국권과 왕권을 심각하게 위협하던 사건들이 일어났다. 대외적으로 청과 일본, 대내적으로 보수와 개화, 급진개화와 온건개화, 민과 관 등의 갈등과 대립으로 혼란한 정국이 계속되었다. 고종은 이러한 정국을 돌파하기 위해 1897년 10월 12일에 환구단에서 대한제국을 선포하고 자신은 황제에 오른다.[50]

그러나 조선이 대한제국이 되었다고 해서 주요 현안이 해결되지는 않았다. 특히 청일전쟁에서 승리한 일본은 조선의 국권을 더욱 침탈하고 있었다.[51] 그리고 일본에 동조하던 국내 지식인 세력 또한 고종의 왕정 회복에 걸림돌이었다. 임진왜란 때 오랑캐로 여겼던 일본은 고종 대에 이르러 더욱 강한 오랑캐가 되었다. 그리고 병자호란 때 오랑캐이던 여진은 명을 내치고 중화의 청국이 되었다. 하지만 강한 오랑캐 일본은 중화의 청국을 이겨 청은 일개 지나支那, China가 되었다. 더욱이 을미년에 일본의 왕비 시해는 고종으로 하여금 일본을 주적으로 삼기에 충분하였다.

이런 상황에서 고종은 존왕양이尊王攘夷, 위정척사衛正斥邪를 실천할 방안을 찾았을 것으로 보인다. 바른 것과 왕권을 위협하는, 사악한 오랑캐인 일본을 물리치기 위해 그는 러시아와 외교적 노력을 시도하는 한편 관념적 차원의 대일본 억제책을 강구했다. 그중 하나가 바로 임진왜란 당시 '대일본 격퇴 상징'이었던 관우의 재활용이다. 숙종 이후 관우는 대일본 격퇴의 이미지에서 충의의 이미지로 무게 중심이 이동되었으나, 고종 대에 이르러 일본을 의식한 '승리의 신'으로 다시 되돌아온 것이다. 하지만 일제는 이를 용납하지 않았고 결국 1908년 관왕묘제는 사라졌다.[52]

문묘에 나아가 전배하고 이어 북관왕묘에 나아가 전배하였다. 왕세자가 따라 나아가 예를 행하였다. 이어 삼선평에 나아가 왕세자가 시좌侍座한 가운데 서총대瑞蔥臺 시사試射를 행하였다.[53]

관제묘 개편 이전의 기록이다. 1893년 고종은 세자와 함께 문묘와 관왕묘를 방문한 후 서총대에서 활쏘기를 즐겼다. 이는 정조가 관왕묘 방문을 실질적 강병의 발판으로 삼았던 것과 달리 고종은 관왕묘를 문묘 및 대사례와 같은 수준의 길례와 군례로 보았던 것이다. 고종은 관우를 공자와 같은 위치에 올려놓고 심신 수양적 측면이 강한 대사례와 연결함으로써 관념의 차원에서 관우를 대한 것이다.

조일수호조약 이후 조선의 군대는 신식 군대로 재편되었고 《무예도보통지》로 연마된 종래의 군대는 '구식'이라는 차별 속에 임오군란을 계기로 힘을 잃었다. 신식 군대로의 재편은 고종이 염원한 강병을 위한 것이었겠지만 관우를 신식 군대에 담기에는 버거웠을 것이다. 대한제국 수립 이후 고종은 1899년 6월 22일에 자신이 군의 최고통수권자가 되었음을 발표하고 이후 시위대 양성과 같은 국방 개혁에 매진하였다.[54] 이렇듯 신식 군대가 대한제국의 군대로 자리 잡기 시작한 다음부터 관우는 더 이상 군에 남을 수 없었다. 그러나 고종은 다른 차원에서 관우를 활용하고자 했으니 그것이 관제묘 개편(1902)이었다. 이는 관우를 군사적 수준이 아니라 환구단에서 취임식을 거행한 황제로서의 권위를 재확인하는 차원이라 할 수 있다.

따라서 고종의 관왕묘 악장 개찬과 관제묘로의 개편은 왜적 격퇴의 관우상을 부활하여 일본의 내정 압박을 정신적으로 극복하고자 한 것이라 할 수 있다. 그리고 관우를 영적 존재이자 조선의 왕으로 만들어 놓음으로써 고종 자신의 권위를 높여 대한제국을 전제 국가로 탈바꿈하려 했던 것이다. 이런 까닭에 고종 대의 관우는 3세기 전 비합리적 믿음 그대로 다시 신앙의 대상으로 태어났던 것이다.

5. 의의와 한계

앞서 살폈듯이 관왕묘에 대한 우리나라의 태도는 타의적 수용에서 적극적 활용으로 바뀌었고 그 변화의 중심에 정조의 악장과 고종 대의 악장이 있었다. 이 악장을 통해 관우는 아주 오래된 중국의 군인에서 조선의 왕과 황제로 부활하였다. 조선에서 관우가 재생되어 승진한 배경에는《삼국지연의三國志演義》의 수입과 유통이 적지 않은 기여를 했겠지만[55] 이것은 어디까지나 민간의 차원에서 개연성만을 가질 뿐 정조와 고종이 관왕묘제를 개편하고 악장을 제작·개찬하는 결정적인 배경으로는 볼 수 없다. 대민 홍보 사업을 위해 국가 제례에 사용할 공식 문학을 수립했다고 보기에는 관왕묘의 규모가 다대하기 때문이다. 이보다는 정조와 고종 자신에게 닥친 대내외적 문제를 해결하기 위한 방안의 하나로 보는 것이 나을 듯하다.

정조와 고종은 정국을 운영하는 데 '한나라 군인 관우'를 효율적으로 활용할 수 있는 길을 선택하였다. 정조 대에는 명이 망한 자리에 청이 들어섰지만 여전히 조선의 일부 지식인은 청을 오랑캐로 여기며 조선만이 중화의 정신을 이어 갈 수 있다는 의식이 팽배했고, 고종 대에는 청일전쟁에서 청이 오랑캐 일본에 패배하자 이러한 의식은 더욱 고조되었다. 그리고 힘이 없는 국가와 군주는 시해의 공포와 국가 존립의 위기를 느낄 수밖에 없었다. 이에 내부적 결속을 다지고 분명한 피아식별을 위해 '충과 의리'라는 아군끼리 공유할 수 있는 이념이 필요했던 것이다. 이런 측면에서 관우는 중화의 보전 가치를 지닌 인물, 군사적 영웅으로 힘을 가진 자, 주군에게 충성을 다하는 의로운 인간으로 삼기에 적합한 대상이었다. 이렇게 정조와 고종은 군주로서 악장을 통해 관우를 재발견하여 시대적 난국을 모색하는 데 적극 활용하고자 했던 것이다.

그러나 이러한 의의에도 불구하고 정조와 고종의 선택은 한계를 가질 수밖에 없었다. 본질적으로 관우 자체의 결핍 때문이다. 역사적으로 관우는 충, 인, 의를 다 갖춘 인물로 보기 어렵고, 실제 전쟁에서 관우는 손권에게 패해 죽임을 당한 인물이었다. 이러한 결핍은 다양한 경로를 통해 보상을 받기도 하였다. 명나라 대중 소설에서 관우가 절의를 지닌 승리의 무장으로, 민간에서 구복의 신으로 변신하는 것이 그것이다. 문학적 허구는 실제와 허상을 채워 주나 이들의 간극이 큰 만큼 진실은 줄어들게 마련이다. 정조와 고종의 악장이 비록 국가적 차원에서 제작된 것이기는 하지만, 근대적 사상이 싹트던 합리적 이성의 시대에 관우의 초상은 믿기 어려운 이야기일 뿐이었다. 정조 당대에 조선은 이미 서양의 학문과 과학 문물을 들여왔고[56] 대한제국 직후에 서울은 전신, 전화, 전기, 기차 등 근대화가 진행되던 상황에서[57] 신이 된 관우는 악장 안에서만 존재할 뿐 악장을 넘어 존재할 수 없었다. 그런데도 고종은 근대적 문제를 합리적으로 해결하지 않고 미신에 가까운 신비적 힘에 의지하여 해결하고자 했으니 다분히 시대착오적이라 할 수 있다.

국가와 군주의 힘이 군사력에 기반하는 것은 고금의 이치이다. 정조가 군대를 양성하고 고종이 군대를 재편하는 것은 이러한 측면에서 올바른 군사정책이라 할 수 있다. 또한 정신전력의 강화와 사기 진작을 위해 모범적인 군인을 내세우는 것은 마땅하다. 다만 이러한 활동이 효율적인 결과를 가져왔는가는 따져 볼 일이다. 정조의 군대 양성은 장용영을 중심으로 이루어졌다. 이 군대는 애초 친위 경호 부대를 모태로 한 것이기 때문에 정조 자신의 경호력 강화는 될 수 있을지언정 조선의 국방력 강화로까지 이어지는 데는 한계가 있다. 장용영이 주로 정조의 능행과 수행에 동원되었다는 사실로 보아[58] 정조의 군대는 국가보다는 국왕 자신을 위한 조직이었다. 다시 말해 정조가 관우를 악장의 주인공으로 삼아 군대를 키우려는 의도는 긍정할 수 있으나, 그 군대가 조선의 국방력 증대에 기여하지 못한 점은 비효율적 운영이라 할 수 있다.

또한 고종은 대한제국 수립 이후 관왕묘 사업에 많은 예산을 쏟았다. 36년(1899) 3월에 2만 원,[59] 4월에 1만 원,[60] 5월에 1만 9,351원,[61] 37년(1900) 6월에 1,236원, 39년(1902) 8월에 5,277원[62] 등 관왕묘의 유지 보수비용으로 4년간 약 5만 5,864원의 국가 예산을 사용하였다. 당시 국가의 세출 예산이 647만 1,132원~778만 5,877원인 점을 고려하면[63] 해마다 평균 예산의 0.22%를 사용한 셈이다. 최근 우리나라의 문화 예산이 전체 예산의 1%를 웃도는 것을 상기하면 단일 제례에 0.22%를 사용한 것은 과한 집행이라 할 수 있다.

국가의 최고통수권자가 국가 예산을 소신 있게 집행하는 것을 나무랄 일은 아니다. 다만 비용 대비 효율이 높을 때는 긍정적인 평가를 받지만 그렇지 못하면 준엄한 비판을 각오해야 한다. 국가의 돈은 인민의 세금을 원천으로 하므로 국가의 유지와 인민의 행복을 위해 사용되어야 한다. 그러나 고종은 막대한 국가 예산을 인민의 행복을 위해 쓰기보다는 국가 제례 행사 비용으로 사용하였다. 고종이 일본 저지를 위한 명분으로 관제묘 정비에 국가 예산을 투입했지만 인민을 행복하게 하지는 못했고, 대한제국의 군대는 1907년 8월 1일에 해산되었으며, 대한제국은 1910년 8월 22일 일본에 강제 병합되고 말았다. 관우를 통해 강한 국가를 만들고 군주가 되려 했던 고종의 생각은 오판이었다.

한편 조선은 성리학적 이념을 중심으로 국가를 건설하고 유지해 왔다. 문묘로 상징되는 공자 추숭, 문과 중심의 과거제, 서원과 향약 등 국가 전반에 걸쳐 성리학은 우리의 삶을 지배해 왔다. 임병양란 이후 성리학에 대한 반성과 모색은 있었지만, 여전히 성리학은 조선을 지배해 왔다. 국가의 이념이 국가가 존재하는 데 긍정적으로 작용한다면 의미 있는 평가를 받을 만하다. 성리학은 조선이 5세기 넘게 지탱해 온 이념이라는 점에서 긍정적이라 할 수 있다. 다만 성리학이 특정 시기, 특정 권력에 의해 근본주의, 원리주의의 관점에서 적용된다면 문제가 발생한다.

조선의 위정자들 가운데 일부는 외교 관계를 중화-사이四夷, 사대-교린으로, 통치 질서를 군-신민臣民, 장-유, 부-부로 보는 입장에서 전자는 끝까지 지켜야 할 보루이자 후자가 존숭할 대상으로 이해하기도 한다. 다만 역사가 우리에게 알려준 대로 이러한 논리는 비합리적인 데다 매우 위험하다. 두 군주가 의리, 충을 내세워 지식 관료들을 설득하려 한 것은 그들의 의식에 각인된 명분과 이념을 전제했기 때문이라 할 수 있다. 중화가 사라졌으니 조선이 그 자리를 대신해야 한다는 의무감 또한 오랑캐 조선이 중화가 될 수 있다는 환상적 자긍심으로 볼 수 있다. 국력에 따라 국가 간의 차이를 인정한다고 해도 외교는 수평적이어야 하고 국가 간 거래는 상호 이익을 전제로 해야 한다. 그럼에도 불구하고 임진왜란 때 조선이 명나라 군대 3만 명을 영원한 부채로 여기고 열등한 자리에 머물러 있는 것은 성리학 수입국으로서 바람직한 자세로 볼 수 없다.

요컨대 정조와 고종이 중국 한나라 군인 관우를 통해 중화 보전의 자부심, 강한 국가와 군주, 충성을 유도하기 위한 전략으로 관왕묘제 정비와 함께 악장을 제작·개찬한 점은 시대상을 담은 악장문학사로서 의의를 둘 수 있다. 하지만 역사적 변화를 따라잡지 못하여 악장의 주인공을 신령스럽게 가공함으로써 문학적 진실성을 구현하지 못하고 제례 악장의 진정성을 훼상하였다. 또한 성리학적 '중화 가치'가 진지하게 고민되는 상황에서 이를 간과한 채 관우 악장을 통해 친위 세력 양성과 전제 국가의 건설을 이루려 한 점은 관왕묘 악장이 갖는 비효율성의 한계를 노정한 것이라 할 수 있다.

6. 관왕묘 악장의 허상

관왕묘는 임진왜란 때 명나라 장군들에 의해 수입되어 전승되다가 정조와 고종 대에 관왕묘제의 정비를 계기로 신제 악장과 개찬 악장이 추가되었다. 논의의 관심과 출발은 외래 인물을 악장의 대상으로 삼은 점, 단일 제례 악장의 변모 양상을 보여 준다는 점, 악장이 조선 후기 군주의 관심에 놓여 있다는 점 등이었다.

관왕묘제는 임진왜란 당시 일부 명나라 장군이 왜군과의 전투에서 승리하기 위해 관우 사당을 건립하고 선조가 동묘와 남묘를 짓고 친제하면서 시작되었다. 이후 관왕묘에 대한 관심이 멀어지다가 숙종 대 충의를 명분으로 관왕묘를 부활하였다. 숙종이 관왕묘를 부활한 이유는 청을 의식한 존주론의 확산과 충의를 내세워 국내 정치 세력을 제어하기 위해서였다. 숙종 대까지 이어 온 관왕묘의 제례 방식, 즉 읍례와 배례 방식은 영조 대에 이르러 영조가 재배례를 행함으로써 논란의 종지부를 찍었고 관왕묘를 소사小祀로 두어 국가 제례에 편입하였다.

정조 10년에 정조는 관왕묘를 중사中祀에 준하는 수준으로 올려놓았고 악장을 제례에 사용하기 위해 직접 제작하였다. 기존에 관왕묘제에 악장은 없었지만, 관우에 대한 숙종, 영조, 사도세자의 송시訟詩들이 정조가 악장을 짓게 한 동인이 되었다. 정조의 악장은 이전에 정조가 지은 관왕묘비명과 전대의 송시를 원천으로 하였다.

정조의 악장은 3성成에 따라 영신 〈왕재곡〉, 전폐 〈힐향곡〉, 송신 〈석가곡〉으로 구성되었다. 〈왕재곡〉은 관우의 무공과 충의를, 〈힐향곡〉은 조선과 명과의 특별한 관계와 의리를, 〈석가곡〉은 관우를 무신武神으로 삼아 무묘제武廟祭 악장으로서의 의미를 부여하였다. 정조는 전대의 송시들을 집대성하면서도 선조 대 왜적을 격퇴한 관우의 이미지 대신 의리, 충절, 정의, 무용 등으로 의미를 담았다. 이렇듯 정조가 관왕묘와 악장에 관심을 둔 것은 문무겸치文武兼治 의식과 상무 정책을 통해 실질적 군사력을 강화하기 위해서였다.

고종은 대한제국 선포 이후 황제국에 맞게 관왕묘를 관제묘로 개편하고 악장 또한 7성에 따라 제작하였는데 영신 〈제좌장〉, 전백 〈강리장〉, 초헌 〈성공장〉, 아헌 〈순가장〉, 철찬 〈현상장〉, 송신 〈영우장〉 등이 그것이다. 이 악장에서 관우는 한나라 무인武人으로서의 모습은 사라지고 조선의 왕과 같은 이미지에 신령스러움이 더해져 천신으로 그려졌다. 이렇듯 고종이 관왕묘와 악장을 개편한 것은 청일전쟁, 을미사변을 거치면서 일본에 대한 반감과 억제 의지가 작용했기 때문이다. 이는 선조 대의 왜적 격퇴라는 관우의 초상을 빌리면서 왕정 복구라는 정치적 결단이 작용한 것이다.

정조와 고종의 관왕묘제와 악장은, 한나라 무장 관우에게서 중화 존숭, 충의적 가치, 실질적 무력 등을 얻어 난국을 해결하려 한 점에서 의의를 둘 수 있으나, 근대로 이행하는 시기에 중세의 낡은 이념으로 포장된 인물을 내세워 국가의 제례 악장으로 삼은 것은 본질적 한계라 할 수 있다. 허황되게 인물을 포장하여 문학의 진실성을 잃었고

이런 인물을 내세웠으니 그들이 새로운 돌파구로 생각했던 중화 수
호, 충의는 새 시대의 이념이 될 수 없었다. 게다가 막대한 국가의 예
산과 인력을 국가 행사에 쏟고도 강한 국가와 군주가 되지 못했으니,
결국 관왕묘제와 악장은 정조와 고종의 비효율적인 결정이자 실패한
정책을 보여 주는 단면이었다.

1   이성형, 〈朝鮮 知識人의 詩文에 投影된 '關王廟': 明淸 交替期를 中心으로〉, 《漢文學論集》38집(근역한문학회, 2014), 261~262면.

2   한종수, 〈朝鮮後期 肅宗代 關王廟 致祭의 性格〉, 《역사민속학》21(한국역사민속학회, 2005), 85~88면; 이성형, 〈對明義理論의 推移와 朝鮮 關王廟: 宣祖~肅宗 年間을 中心으로〉, 《韓國漢文學硏究》第53輯(한국한문학회, 2014), 358~359면.

3   심승구, 〈관왕묘 의례의 재현과 공연예술화 방안〉, 《공연문화연구》제24집(한국공연문화학회, 2012), 268~285면.

4   홍윤기, 〈東廟의 明 使臣이 지은 懸板에 대한 考證과 그 외교적 문화적 의미에 관하여: 壬辰倭亂 직후부터 丙子胡亂 직전까지〉, 《中國學論叢》第49輯(중국어문연구회, 2015).

5   박가영, 〈관왕묘 의례 복식의 변천과 문화콘텐츠화 방안〉, 《한국복식학회지》제62권 제4호 통권163호(한국복식학회, 2012).

6   김명자, 〈安東 關王廟를 통해 지역사회의 동향〉, 《韓國民俗學》42(한국민속학회, 2005).

7   김명준, 《악장가사 연구》(다운샘, 2004), 96~102면.

8   이성형, 〈朝鮮 知識人의 詩文에 投影된 '關王廟': 明淸 交替期를 中心으로〉, 《漢文學論集》제38집(근역한문학회, 2014), 261~262면.

9   《증보문헌비고》권64 제묘.

10 김명준(2004), 앞의 책, 96~97면.

11 광해군 4년 6월, 10년 11월.

12 인조 5년 7월.

13 현종 12년 10월.

14 《肅宗實錄》卷23 17年 2月 26日(壬午). "上曰 武安王萬古忠義 素所嘉歎 旣過 其門 油然興感 入瞻何妨 不從."

15 숙종 17년 2월 17일, 18년 9월 15일, 29년 6월 18일, 29년 6월 19일, 36년 12월 17일, 37년 1월 3일, 37년 5월 12일.

16 숙종 36년 3월 2일.

17 숙종 37년 6월 25일.

18 이성형, 〈對明義理論의 推移와 朝鮮 關王廟: 宣祖~肅宗 年間을 中心으로〉,
《韓國漢文學研究》第53輯(한국한문학회, 2014), 371면; 380~382면.

19 정옥자, 《조선후기 역사의 이해》(一志社, 1993), 72~74면.

20 영조 1년 3월 24일.

21 영조 8년 8월 16일.

22 영조 35년 11월 13일.

23 영조 52년 2월 26일.

24 정조 3년 8월 3일.

25 정조 5년 5월 21일.

26 《正祖實錄》卷21 10年 2月 2日(丙子). "上嘗親製 關廟樂章 至是始用之 樂以
三成爲式."

27 《국조속오례의서례》권1 변사 길례 변사.

28 《增補文獻備考》卷100 樂考十一. "初 正祖親製 關廟碑銘 竪立廟廷丁未 因掌
樂提調徐有寧 啓命以碑銘 分章爲樂歌 樂用三成 關廟用樂始此."

29 실제 관왕묘 악장은 정미년(1787)이 아니라 1786년부터 사용되었다.

30 숙종 18년 9월 15일.

31 영조 19년 8월 20일.

32 〈경모궁예제예필(景慕宮睿製睿筆)〉《경모궁관왕묘비(景慕宮關王廟碑)》(한국
학중앙연구원 장서각).

33 《악장가사》속악가사 〈어제 무안왕묘 악가(御製 武安王廟樂歌)〉.

34 송지원, 〈關王廟 祭禮樂 연구〉, 《音樂學論叢》(韶巖權五聖博士華甲紀念會 論
文集刊行委員會, 2000), 401면.

35 《正祖實錄》卷8 3年 8月 3日(甲寅). "我國文治是尙 武備不修 故人不習兵 兵
不習鍊 每當行軍 雖於一舍之地 少或驅馳 則輒皆喘息靡定 將不爲怪 軍兵以
爲常 又況訓將 卽三軍司命 元戎 乃國家重任."

36 정옥자, 〈정조와 정조의 제반정책〉, 《서울학연구》51(서울시립대학교 서울학연
구소, 2013), 11, 18면.

37 《弘齋全書》卷9 〈武藝圖譜通志序〉. "苟因此書之行 而中尉材官 日慣龍虎之韜 引關斷張咸得 犹獟之士 以不負國家繼述作成之本意 則萬億年修敎明諭之實 固亦卽此乎在 勖哉夫子."

38 《증보문헌비고》권100 악가 3 〈고취요가〉.

39 정조 10년 4월 1일, 12년 4월 4일, 17년 1월 12일.

40 정옥자(1993), 앞의 책, 80면.

41 순조 4년 9월 1일, 10년 8월 30일, 31년 2월 19일, 32년 3월 12일; 헌종 12년 4월 9일; 철종 3년 2월 27일, 6년 2월 29일, 12년 2월 18일.

42 고종 20년 9월 25일.

43 고종 30년 9월 19일, 36년 4월 8일, 5월 12일, 39년 8월 20일.

44 고종 33년 8월 14일.

45 이유나, 〈조선 후기 關羽신앙 연구〉, 《동학연구》 20(한국동학학회, 2006), 11~12면.

46 《高宗實錄》卷41 38年 8月 25日. "關廟之崇奉敬祀 今焉三百有餘年 精忠節義之靈 凜凜然亘千秋而不泯 中正剛大之氣 浩浩乎包六合而往來 陰騭朕邦 屢顯神威 景仰欽慕之誠 宜其靡不用極 況有歷代已行之禮 尊帝崇號之諸般儀節 令掌禮院博考擇日擧行."

47 《증보문헌비고》권100 악고11 악가3.

48 金炡姓, 〈朝鮮時代〈日月五峯圖〉役割의 擴散과 展開: 關王廟를 中心으로〉, 《文化史學》第43號(韓國文化史學會, 2015), 90~96면.

49 《대한예전》권4.

50 이태진, 《고종시대의 재조명》(태학사, 2008), 38~39면; 77면.

51 韓沽劤, 《韓國通史》(乙酉文化史, 1987), 489~495면.

52 《純宗實錄》卷2 1年 7月 23日. "崇義廟 東關廟 南關廟 北關廟及地方關廟의 祭祀를 廢止하고."

53 《高宗實錄》卷30 30年 5月 13日(갑오). "詣文廟 展拜 次詣北關王廟 展拜 王世子隨詣 行禮 仍御三仙坪 王世子侍座, 瑞蔥臺試射."

54 이태진(2008), 앞의 책, 83~85면.

55 이성형, 앞의 논문, 373~377면.

56 韓沽劤(1987), 앞의 책, 332~335면.

57 이태진(2000), 앞의 책, 344면.

58 위의 책, 320~324면.

59 고종 36년 3월 14일.

60 고종 36년 4월 8일.

61 고종 36년 5월 12일.

62 고종 39년 8월 20일.

63 이태진(2000), 앞의 책, 388면.

참고문헌

• 자료

〈경모궁예제예필(景慕宮睿製睿筆)〉,《경모궁관왕묘비(景慕宮關王廟碑)》, 한국학중앙연구원 장서각.

《고려사(高麗史)》→ 한국사데이터베이스(db.history.go.kr); 사회과학원 고전연구실,《북역 고려사》, 신서원, 1991.

《고려사절요(高麗史節要)》→ 한국사데이터베이스(db.history.go.kr).

《국립경주박물관》 도록, 국립경주박물관, 2009.

《국역 고려사절요》, 민족문화추진회, 1989.

《국조속오례의서례(國朝續五禮儀序例)》

《대동운부군옥(大東韻府群玉)》

《대한예전(大韓禮典)》

《명사(明史)》

《무명자집》→ 한국고전번역DB(db.itkc.or.kr).

《불광대사전(佛光大辭典)》

《사기(史記)》

《삼국사기(三國史記)》, 한국사데이터베이스(db.history.go.kr).

《삼국유사(三國遺事)》, 한국사데이터베이스(db.history.go.kr). → 이동환 역주,《삼국유사》, 삼중당, 1983; 李民樹 譯,《三國遺事》, 乙酉文化社, 1983; 이재호 역,《삼국유사》, 솔, 1997.

《삼국유사(三國遺事)》(晚松文庫本), 高麗大學校 中央圖書館 圖書影印第

十二號, 旰晟社, 1983.

《송사(宋史)》

《시경(詩經)》

《신증동국여지승람》→ 한국고전번역DB(db.itkc.or.kr).

《악기(樂記)》

《악장가사(樂章歌詞)》

《악학궤범(樂學軌範)》→ 이혜구 역주. 《신역 악학궤범》, 국립국악원, 2000.

《원사(元史)》

《전한서(前漢書)》

《조선왕조실록(朝鮮王朝實錄)》→ 한국역사정보시스템(www.koreanhistory.
　　or.kr).

《주례(周禮)》

《증보문헌비고(增補文獻備考)》→《국역 증보문헌비고》, 세종대왕기념사업
　　회, 1994.

《춘천향토자료집(春川鄉土資料集)》, 春川文化院, 1992.

《태사개국공신장절공행장(太師開國功臣壯節公行狀)》

《평산신씨고려태사장절공유사(平山申氏壯節公遺事)》

《해동역사(海東繹史)》

《홍재전서(弘齋全書)》→ 한국고전번역DB(db.itkc.or.kr).

《화엄경(華嚴經)》

• 저서

金東旭,《韓國歌謠의 研究》, 乙酉文化社, 1961.

金理那,《韓國古代佛敎彫刻史研究》, 一潮閣, 1991.

金福順,《新羅華嚴宗研究》, 民族社, 1990.

金完鎭,《鄕歌解讀法研究》, 서울대학교출판부, 1980.

金雲學,《新羅 佛敎文學研究》, 玄岩社, 1976.

金鍾雨,《鄕歌文學研究》, 三文社, 1977.

金俊榮,《鄕歌文學》, 螢雪出版社, 1981.

김갑동,《고려전기 정치사》, 일지사, 2005.

김두진,《신라 화엄사사상사연구》, 서울대학교출판부, 2002.

김명준,《고려속요의 전승과 확산》, 보고사, 2013.

김명준,《악장가사 연구》, 다운샘, 2004.

김영수,《조선시가연구》, 새문사, 2004.

김완진,《향가해독법연구》, 서울대학교출판부, 1981.

김준영,《향가문학》, 형설출판사, 1979.

김태준,《조선한문학사》, 소화6년(1931).

남인국,《고려중기 정치세력 연구》, 신서원, 1999.

류렬,《향가연구》, 조선어학전서 13, 박이정출판사, 2003.

박기호,《고려 조선조 시가문학사》, 국학자료원, 2003.

朴魯埻,《新羅歌謠의 硏究》, 悅話堂, 1982.

朴龍雲,《高麗時代史》上下, 一志社, 1990.

박은옥,《고려당악》, 문사철, 2010.

박재민,《신라 향가 변증》, 태학사, 2013.

볼코프, 박노자(티호노프) 역,《韓國古代佛敎史》, 서울대학교출판부, 1998.

佛敎史學會 편,《古代韓國佛敎敎學硏究》, 民族社, 1989.

徐復觀, 權德周 譯,《중국예술정신》, 東文選, 1990.

서재극,《신라 향가의 어휘 연구》, 계명대학교출판부, 1975.

徐在克,《藏庵池憲英先生環甲紀念論叢》, 湖西文化社, 1971.

서철원,《향가의 역사와 문화사》, 지식과교양, 2011.

小倉進平,《鄕歌及び吏讀の硏究》, 아세아문화사 영인, 1974.

송방송,《증보 한국음악통사》, 민속원, 2007.

宋惠眞,《韓國雅樂史硏究》, 민속원, 2000.

신영명,《월명과 충담의 향가》, 넷북스, 2012.

양 인리우, 이창숙 역,《중국고대음악사》, 솔, 1999.

양주동,《여요전주》, 을유문화사, 1947.

梁柱東,《增訂 古歌硏究》, 一潮閣, 1965.

유창균,《향가비해》, 형설출판사, 1994.

劉向, 이숙인 역, 《열녀전》, 예문서원, 1997.

尹絲淳·高翊晋 편, 《韓國의 思想》, 열음사, 1984.

尹榮玉, 《新羅歌謠의 硏究》, 螢雪出版社, 1982.

이기영, 《한국의 불교》, 세종대왕기념사업회, 1974.

李範稷, 《韓國中世禮思想硏究》, 一潮閣, 1997.

이병도, 《조선명인전》 1권, 소화14년(1939); 재간, 조선일보사, 1988.

이숙인, 《정절의 역사》, 푸른나무, 2014.

이탁, 《국어학논고》, 정음사, 1958.

이태진, 《고종시대의 재조명》, 태학사, 2008.

鄭光·北鄕照夫, 《朝鮮吏讀辭典》, 2006.

정렬모, 《향가연구》, 평양: 사회과학원출판사, 1965.

정옥자, 《조선후기 역사의 이해》, 一志社, 1993.

鄭亢敎 외, 《國譯 漁村集》, 江陵文化院, 2006.

조규익, 《조선조 악장의 문예미학》, 민속원, 2005.

조남국, 〈설총〉, 《한국인물유학사》 1, 한길사, 1996.

조선민주주의인민공화국과학원·언어문학연구소, 《조선문학통사(상)》, 평양:
    과학원출판사, 1959.

지헌영, 《향가여요신석》, 정음사, 1947.

차주환, 《당악연구》, 범학도서, 1976.

최미정, 《고려속요의 전승 연구》, 계명대학교출판부, 1999.

崔鶴璇, 《鄕歌硏究》, 宇宙, 1985.

한국역사연구회, 《한국역사》, 역사와비평사, 1992.

韓㳓劤, 《韓國通史》, 乙酉文化史, 1987.

현종호, 《국어 고전시가사 연구》, 보고사, 1996.

홍기문, 《향가해석》, 김지용 해제, 여강출판사, 1990.

· 논문

강대구, 〈가시리 연구〉, 《청람어문학》 14, 청람어문교육학회, 1995.

姜友邦, 〈新良志論〉, 《美術資料》 47, 1991.

高翊晋, 〈韓國佛敎思想의 전개〉, 尹絲淳·高翊晋 편, 《韓國의 思想》, 열음 사, 1984.

구수영, 〈화왕계고〉, 《인문과학논문집》 2, 충남대학교, 1977.

권우연, 〈화왕계 소고〉, 《최정여박사회갑기념논총》, 1984.

金基卓, 〈悼二將歌에 對하여〉, 《한민족어문학》 제9집, 한민족어문학회, 1982.

金東旭, 〈悼二將短歌에 대하여〉, 《韓國歌謠의 硏究·續》, 二友出版社, 1980.

김명자, 〈安東 關王廟를 통해 지역사회의 동향〉, 《韓國民俗學》 42, 한국민속 학회, 2005.

김승우, 〈세종대의 경기체가 시형에 대한 연구〉, 《한민족문화연구》 제44집, 한민족문화학회, 2013.

金承宇, 〈月印千江之曲의 主題와 形象化 방식〉, 문학석사학위논문, 고려대 학교, 2005.

金炡妊, 〈朝鮮時代 〈日月五峯圖〉 役割의 擴散과 展開: 關王廟를 中心으로〉, 《文化史學》 第43號, 韓國文化史學會, 2015.

김종수, 〈조선시대 사신연 의례의 변천〉, 《온지논총》 제38집, 온지학회, 2014.

남동신, 〈원효와 분황사 관계의 사적 추이〉, 《신라문화제학술발표회논문집》 20, 1999.

류창규, 〈태종대 하륜의 악장 창작과 그 정치적 의미〉, 《한국사학보》 35, 고려 사학회, 2009.

文明大, 〈新羅 大彫刻匠 良志論에 대한 새로운 해석〉, 《미술사학연구》 232, 2001.

文明大, 〈良志와 그의 作品論〉, 《佛敎美術》 1, 1973.

박가영, 〈관왕묘 의례 복식의 변천과 문화콘텐츠화 방안〉, 《한국복식학회지》 제62권 제4호 통권163호, 한국복식학회, 2012.

박노준, 〈향가와의 대비로 본 속요의 情緖〉, 《향가여요의 정서와 변용》, 태학 사, 2001.

박노춘, 〈설총과 그의 〈화왕계〉〉, 《문호》 6·7합집, 건국대학교, 1971.

박인희, 〈〈悼二將歌〉의 창작 배경 연구〉, 《국어국문학》 160. 국어국문학회, 2012.

박재민, 〈風謠의 형식과 해석에 관한 재고〉, 《韓國詩歌硏究》 제24집, 韓國詩歌學會, 2008.

박진태, 〈팔관회·가상희·도이장가의 관련 양상〉, 《국어국문학》 제128집, 국어국문학회, 2001.

성기숙, 〈조선전기 궁중정재의 예악사상과 형상의식 연구〉, 석사학위논문, 성균관대학교, 2000.

손정인, 〈설총과 〈화왕계〉〉, 《영남어문학》 제20집, 1991.

송지원, 〈關王廟 祭禮樂 연구〉, 《音樂學論叢》, 韶巖權五聖博士華甲紀念會 論文集刊行委員會, 2000.

신상인, 〈설총과 〈화왕계〉〉, 《한양》 31, 한양사, 1964.

신태영, 〈조선 초기 창작 정재의 악무와 예악사상〉, 《동방한문학》 제55집, 동방한문학회, 2013.

심승구, 〈관왕묘 의례의 재현과 공연예술화 방안〉, 《공연문화연구》 제24집, 한국공연문화학회, 2012.

安啓賢, 〈慈藏〉, 《三國의 高僧8人》, 新丘文化社, 1976.

양광석, 〈설총과 〈화왕계〉〉, 《어문논집》, 제23집, 고려대학교, 1982.

유종국, 〈풍요론〉, 국어국문학회 편, 《향가연구》, 태학사, 1998.

李康秀, 〈勞動謠로서의 〈風謠〉〉, 白影鄭炳昱先生10週忌追慕論文集 刊行委員會 편, 《한국고전시가작품론》 1, 집문당, 1992.

李基白, 〈新羅 初期 佛敎와 貴族勢力〉, 《新羅時代의 國家佛敎와 儒敎》, 韓國硏究院, 1978.

이성형, 〈對明義理論의 推移와 朝鮮 關王廟: 宣祖~肅宗 年間을 中心으로〉, 《韓國漢文學硏究》 第53輯, 한국한문학회, 2014.

이성형, 〈朝鮮 知識人의 詩文에 投影된 '關王廟': 明淸 交替期를 中心으로〉, 《漢文學論集》 38집, 근역한문학회, 2014.

李淑仁, 〈女性倫理觀 形成의 淵源에 관한 硏究: 《禮記》를 中心으로〉, 《儒敎思想硏究》 제6집, 한국유교학회, 1993.

李佑成, 〈高麗 末期의 小樂府〉, 《韓國漢文學硏究》 1, 한국한문학연구회, 1976.

이유나, 〈조선 후기 關羽신앙 연구〉, 《동학연구》 20, 한국동학학회, 2006.

이종숙, 〈조선초기 사신연의 궁중악무 연구〉, 《한국음악사학보》 제27집, 한국 음악사학회, 2001.

이종찬, 〈支天主의 구실을 한 설총〉, 《우리역사인물전승》 2, 집문당, 1997.

張忠植, 〈錫杖寺址 出土遺物과 釋良志의 彫刻 遺風〉, 《新羅文化》 3·4, 1987.

정상희, 〈풍요(風謠) 해독안 검토〉, 박지용 외 편·김성규 감수, 《향가 해독 자 료집》, 서울대학교 대학원 국어연구회, 2012.

정옥자, 〈정조와 정조의 제반정책〉, 《서울학연구》 51, 서울시립대학교 서울학 연구소, 2013.

조규익, 〈文昭殿 樂章 硏究〉, 《古詩歌硏究》 第25輯, 韓國古詩歌文學會, 2010.

조남국, 〈설총〉, 《한국인물유학사》 1, 한길사, 1996.

조수학, 〈《화사》에 미치는 〈화왕계〉의 영향여부〉, 《국어국문연구》 제14집, 영 남대학교, 1972.

池憲英, 〈風謠에 관한 諸問題〉, 《국어국문학》 제41집, 국어국문학회, 1968.

蔡尙植, 〈一然의 思想〉, 尹絲淳·高翊晉 편, 《韓國의 思想》, 열음사, 1984.

崔喆, 〈功德歌〉, 《鄕歌文學論》, 새문사, 1986.

한종수, 〈朝鮮後期 肅宗代 關王廟 致祭의 性格〉, 《역사민속학》 21, 한국역사 민속학회, 2005.

허영일, 〈조선시대 사신연의 특징과 변화 양상〉, 《대한무용학회논문집》 제 71권 제2호, 대한무용학회, 2013.

홍윤기, 〈東廟의 明 使臣이 지은 懸板에 대한 考證과 그 외교적 문화적 의미 에 관하여: 壬辰倭亂 직후부터 丙子胡亂 직전까지〉, 《中國學論叢》 第 49輯, 중국어문연구회, 2015.

황선엽, 〈《悼二將歌》의 해독〉, 《구결연구》 제35집, 구결학회, 2015.

黃浿江, 〈風謠〉, 華鏡古典文學硏究會 편, 《鄕歌文學硏究》, 一志社, 1993.

찾아보기